滄狼行
卷17
敵友難分
指雲笑天道

目錄

CONTENTS

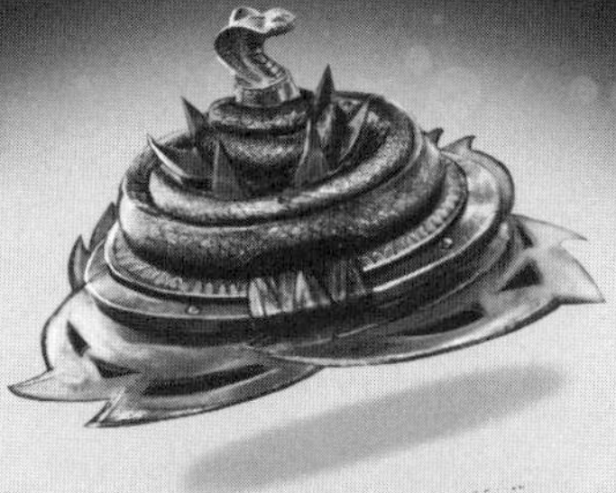

第一章

烈火焚身

李滄行被烈火焚身後，左肩又被陰氣入體，
傳來一陣冰冷的衝擊，感到血液都快要凝固了。
他再也支持不住，雙腿一麻，身體被擊得凌空飛起，
像風箏般，在空中飛舞著。

李滄行心中暗道這屈彩鳳實在是太聰明了，自己完全騙不了她，不如直接以實相告。

「彩鳳說得沒錯，瑤仙確實是無法收買，她之所以答應我，是因為最後動手打起來時，我的面具被打落了，她認出是我李滄行。」

屈彩鳳臉上閃過一絲不快：「我就知道會是這樣，滄行，以你的武功，怎麼還會讓她打落面具，我不太相信。」

李滄行解釋道：「她先是突然暈了過去，然後我去扶她的時候她馬上出手，距離太近，我只顧防備招式，卻沒注意面具被擊落。」

屈彩鳳櫻唇不覺地嘟了起來：「哼，她還對你舊情不忘啊，滄行，你可真是到處留情，命犯桃花哪。」

李滄行苦笑道：「你別消遣我了行不行，我在峨嵋的時候只是把瑤仙當成妹妹一樣，並無男女之情，她也很清楚這一點。」

當年渝州城外竹林相會之時，屈彩鳳是衝著想擒拿林瑤仙一行人去的，那時她沒有愛上李滄行，更不會仔細觀察林瑤仙對李滄行時的表情，是以並不知道二人間的關係，剛才不過是本能地使使小性子而已。

聽到李滄行坦然否認，她心裡很是高興，嘴上卻說道：「哼，我才不信林瑤仙這麼容易就能聽你話呢，肯定是你的老相好才會這樣。」

李滄行哭笑不得，這個爽朗的女漢子吃起飛醋時，跟一般的小兒女無異，對林瑤仙尚且如此，以後若是知道自己跟鳳舞已經私訂終身的事，還不知道會如何傷心呢，大戰在即，還是不要分心，以後找機會再跟她說明此事吧。

於是李滄行搖搖頭道：「彩鳳，我畢竟以前幫過峨嵋大忙，替她們找到了陸炳派到峨嵋多年的臥底，所以瑤仙心存感激，想要報恩是很正常的事情。」

屈彩鳳微微一笑：「好了，你不用解釋了，那今天晚上究竟怎麼打？」

李滄行正色道：「我現在最擔心的，是楚天舒潛伏在一邊，暗中偷襲，所以我也作好了布置，讓錦衣衛的人埋伏在附近，一旦楚天舒的人出現，我就帶著錦衣衛殺出來，攔住楚天舒，你到時候切不可戀戰，一定要趁亂逃跑。」

屈彩鳳上次聽李滄行說這次還扯上錦衣衛，就不太高興，這回聽了，更是忍不住道：「滄行，若是真碰到楚天舒老賊的埋伏，兄弟們也唯有決一死戰而已，你要錦衣衛來救我，還不如我們全都戰死。」

李滄行笑道：「彩鳳，我知道你不喜歡錦衣衛，我也不喜歡，但是這回不一樣，我跟陸炳好不容易做了交易，他既然肯派人助我，我又何必推辭？何況上次也是陸炳跟我報信，說嚴世蕃要對你下手，我才及時趕到巫山派的，彩鳳，我們的仇人並不是陸炳，你沒必要這樣恨他。」

屈彩鳳咬牙道：「官府中人沒一個是好東西，即使我師父不是死在他手裡，他多少也脫不了干係，若非與他會面，我師父又怎麼可能一個人離開總舵？只衝著這一點，我也不會原諒他。」

說到這裡，她頓了頓又道：「還有，那個女殺手鳳舞又是什麼人？以前在塞外的時候，我就曾看到你跟她在一起。」

李滄行心中暗叫糟糕，這女人的直覺果然是敏感無比，他打定主意，目前還不能把自己與鳳舞的關係向屈彩鳳和盤托出，於是正色道：

「這個鳳舞，是陸炳手下最出色的殺手，也是陸炳一手調教出來的王牌間諜，我曾經跟她聯手行動過，但在東南被她欺騙，差點在雙嶼島上送命，不過後來在巫山的時候，她放了我們一馬，沒有向陸炳彙報我們逃亡的事，所以這回我跟她又繼續合作了。」

屈彩鳳「哦」了一聲，沒再說話，一雙烏溜溜的大眼睛卻轉來轉去，顯然對李滄行的話還有幾分生疑。

李滄行澄清道：「說白了還是因為陸炳的關係，他現在需要我幫忙，所以不得不跟我做交易，你也知道，我的計畫需要時間，過程中，我不希望陸炳和我為敵。」

屈彩鳳理解道：「我知道了，好吧，這回就聽你的，不過，如果楚天舒沒有埋伏，你不要出來，我不想看到錦衣衛的人。」

李滄行答應道：「不會的，我讓他們穿的是巫山派的衣服，這樣，如果楚天舒在場，也會以為你已經恢復了實力，以後就不敢對你們隨便下手了。」

屈彩鳳嘴邊梨窩一現：「你想得還蠻周到的嘛，謝謝啦。這次巫山派的攻防戰結束後，我還是按原計劃到廣東嗎？」

李滄行點點頭：「等東南的事情一結束，我就派部下到廣東，接手魔教退出後的廣東分舵，到時候你趁機攻擊那分舵，假裝逐出我的部下，這樣無論是冷天雄還是楚天舒，都不會再生出疑慮了。」

屈彩鳳沉吟道：「可是魔教退出廣東，就一定會輪得到你去接手嗎，難道洞庭幫看到一塊大肥肉會無動於衷？滄行，你這計畫有點太主觀了，我覺得你還是要多加考慮才是。」

李滄行微微一笑，拉下面巾，指了指自己的陸炳面具，說道：「辦法我早就想好了，你看這是什麼？」

屈彩鳳訝異道：「你是想在楚天舒面前故意暴露出自己是陸炳，以挑起洞庭幫和錦衣衛的恩怨？」

李滄行點點頭：「當年陸炳通過青山綠水計畫，不僅把伏魔盟各派攪得不得安生，就連黃山的三清觀也被陸炳的臥底蝮蛇趁機控制，現在三清觀成為陸炳的一處秘密基地，最近楚天舒從東南回來的路上，已經派人在那裡暗中布勢了，我想以楚天舒的精明，他肯定查出這裡是陸炳的地盤。楚天舒背後有朝廷的支持，如果陸炳沒有惹他，他也許會賣陸炳一個面子，但若是陸炳先動手，他絕對會毫不猶豫地拔掉三清觀，以作報復。」

屈彩鳳疑道：「你這樣在背後害陸炳，就不怕他以後報復你？」

李滄行老神在在地說：「這只不過是把他當年對我做的事情，稍稍地回報一下罷了，比起他對我的背叛，這實在算不了什麼，再說，陸炳現在離不開我，就算再恨我，也不會在此時和我公開翻臉。」

屈彩鳳聽了道：「那好，既然你主意已定，就依你，打起來後，我會迅速地和峨嵋華山兩派脫離接觸，若是你們在東南被絆住，我就自己取了廣東的魔教分舵以立足，時間太長，我也怕會有變化。」

李滄行心中有些不好意思，想到屈彩鳳對自己一往情深，自己卻是在利用她，就是一陣愧疚，忍不住說道：「彩鳳，如果在廣東不如意的話，就來我這裡吧，若是我這裡一切順利，很快就有向魔教復仇的能力了，你一個人，我實在有些擔心。」

屈彩拂了拂霜雪般的白髮，正色道：「滄行，你我的仇家不完全一樣，我要對付的是楚天舒，而你的仇家是冷天雄，我們合作，卻互不從屬，這樣是最好的，**我不喜歡被人束縛，即使是我心愛的男人也不行**，你明白嗎？」

李滄行點點頭：「那就一切珍重！」

呼嘯的風雪停止了，巫山迎來了冬天裡第一個不下雪的日子。

雖然嚴寒依舊，但是今晚夜色中的月亮，卻是格外地明亮，全然不似前些天那樣，被濃密的烏雲所掩蓋，地上伸手不見五指，五十步內，即使不點火燭，皎潔的月光也能把鋪了霜雪的大地照耀得一片明亮。

李滄行的臉上戴了兩層陸炳的面具，今天在出發前，他特地用厚厚的膠水把面具黏在臉上，用手硬扯也沒有扯下來，這才讓李滄行完全滿意。

他蒙著面巾，一身雪白罩衫打扮，手持著東皇太阿劍，和千餘名錦衣衛殺手一起伏在雪地之中，罩衫內則穿著巫山派土黃色的制服，只等著楚天舒的出現。

鳳舞悄悄地伏在李滄行身邊，今天她也戴了面具，外罩面巾，可仍然掩飾不了一雙炯炯有神的明眸，將神女峰上的一舉一動盡收眼底。

今天對面的分舵沒有什麼變化，一切都很平靜，與昨天不同的是，換了洞庭幫水藍色制服的峨嵋弟子們正持刀拿劍，或者是提著峨嵋派的獨有兵器分水峨嵋刺，結隊在山寨中巡邏。

為了掩蓋自己的身分，她們一個個都青巾包頭，鬆開髮髻，把一張張美麗的嬌顏抹上泥土，看起來像是營養不良的黑小子。

已經入夜，寨內各處點起了燈火，一片通明。

李滄行的眼睛落在站在寨門後的林瑤仙，萬黃叢中一點白，只有她一個人穿著如雪的白衣，飄飄若仙，又是那樣的清麗脫俗，只是她臉上揮之不去的一抹淡淡憂傷，讓這位冰山一樣的仙子多了一種讓人憐惜的表情。

鳳舞眨了眨眼，幽幽地密語道：「林姑娘看來被你傷得不輕，眼睛都是紅的呢，肯定是哭過一場，狼哥哥，你可真是個害人精。」

李滄行狠下心來，回道：「現在不是兒女情長的時候，一會兒說不定還要動手呢。」

鳳舞聞言道：「我看來看去，也沒看到楚天舒埋伏在哪裡啊。」

李滄行面帶憂心道：「楚天舒掌理巫山派分舵多年，也許有地道什麼的，不可大意。」

鳳舞吐了吐舌頭，不再言語。

突然，神女峰的山下亮起一陣火光，一千多土黃色衣服的巫山派人眾舉起了火把，大聲鼓噪起來，兩個值守寨門的峨嵋弟子大驚失色，趕快跑向林瑤仙：「掌門，有敵人殺到！」

只見一身大紅羅衫的屈彩鳳，戴著大紅面具，手持雪花鑌鐵雙刀，在一眾弟子們的簇擁下立於陣前，呼喝道：「弟兄們，報仇雪恨的時候到了！跟我一起衝，奪回巫山，殺啊！」

一群土黃色的身影緊跟著這道紅色的儷影，沿著幾百步長的山道，向山上的分寨攻去。

林瑤仙冷冷地站在寨門口，身邊的弟子摸出了暗器，作勢欲發，林瑤仙卻伸手攔住了她們：「手底下見真章，不要用暗青子招呼，你們看屈彩鳳那樣子，也不像是用暗器。」

一旁的「巧織仙女」湯繪如皺眉道：「掌門，可是這樣，我們的地形優勢就沒有了呀。」

林瑤仙微微一笑：「守住分寨就可以，屈彩鳳如果想來拼命，就迎頭痛擊，我看她不會傻到把最後一點實力都葬送在這裡。」

話音剛落，屈彩鳳已經衝到了寨門前四五十步，十餘名峨嵋弟子嬌叱一聲，齊齊抽劍出鞘，準備迎擊。

屈彩鳳哈哈一笑，大叫道：「來得好！」鑌鐵雪花刀舞出一陣刀嵐，直殺入劍陣之中，一招「天狼月夜舞」，眼中碧光一閃，周身上下頓時被一陣紅氣所包圍，兩柄鑌鐵雪花刀則帶出一波紅氣，與那些長劍相交，長劍劍身就如普通的木劍竹刀一般紛紛折斷。

十餘名峨嵋弟子見狀大駭，紛紛向後急退，還不忘把手中的斷劍擲出。

屈彩鳳纖腰一扭，左搖右晃，宛如空中隨風飄蕩的細柳一般，姿勢曼妙優美之極，十餘柄斷劍紛紛從她的身側飛過，或者是被她護身的紅色天狼戰氣所震，沒有一柄近得了她的身。

林瑤仙看得真切，以屈彩鳳的功力，若是存了傷人之心，剛才就可以利用強大的內力把這些斷劍原樣送回，那這十幾名弟子至少會受傷一半，看來屈彩鳳果然和李滄行是演給大家看的，並未想動手結仇。

念及於此，林瑤仙大喊道：「把這些賊人全部生擒拿下，莫要殺人！」

隨著她的嬌叱，紫電劍陡然出鞘，帶著林瑤仙體內散發出的白色真氣，直取屈彩鳳。

屈彩鳳睜大了眼，裝著很吃驚的樣子叫道：「姓林的，怎麼會是你！」

林瑤仙冷笑道：「賊婆娘，早就恭候多時了，納命來！」

話音未落，白色的身影已經飛到屈彩鳳身前三尺左右，一招「青風指面楊柳寒」，攻向屈彩鳳的胸前膻中穴。

屈彩鳳哈哈一笑：「來得好，省得我去峨嵋找你們報仇啦！」

雙刀一錯，左手一招「天狼凌風斷」，向林瑤仙的腰間斬去，右手則使出五虎斷門刀中的「虎跳洛澗」，刀柄一勾，反挑林瑤仙刺向自己中門的這一劍。

雙方的首領正面交鋒，各自的手下也殺成了一團，湯繪如找到毒龍寨的寨主，使著三股鋼叉的「黑面殺神」解氏兄弟，三人戰在一起，一時間，山路上打得好不熱鬧。

雙方的主將這時候已經殺成了一團，九陰真氣和天狼戰氣互相激蕩，方圓兩丈之內無人敢接近，功力差的，進入這個距離，就會被鼓蕩的真氣擊中身體，輕者嘔血，重則倒地不起。

圈中的兩人卻是一招一式的比拼，甚至還有心情邊打邊聊起來。

屈彩鳳一招「天狼回旋轉」，擊退林瑤仙攻向自己左肩的一招，疑道：「林瑤仙，你用的這分明不是峨嵋武功，又是在哪裡偷學的？」

林瑤仙回手一招「回風拂柳」，撥開屈彩鳳攻向自己左腿的一刀，嘴上也沒閒著：「你沒見過的功夫還多呢，哼，倒是你，不是說練天狼刀法走火入魔了嗎，怎麼這會兒看起來一點都不像有病！」

屈彩鳳哈哈一笑，雙刀一錯，一道刀氣噴湧而出，直襲林瑤仙的小腹：「我的病被你們氣好了，大仇還沒報，我怎麼能去死呢。」

林瑤仙身形一動，不可思議地向左邊生生閃過兩尺的距離，恰到好處地避開這道刀氣，刀氣去勢未盡，又衝到後面三丈左右一對正在廝殺的低階弟子，二人被刀氣震得雙雙兵器落地，倒地不起。

林瑤仙秀眉一皺，不滿地道：「既然是假打，為何又要暴氣傷人？」

屈彩鳳臉上閃過一絲歉意，旋即又恢復了一貫的強硬口吻：「哼，總不能一個也不傷吧，林瑤仙，要不是那人不許我出手，今天我還真想跟你打個痛快。」

林瑤仙毫不停留地一劍刺出，十二道劍影一閃而過：「放心，以後我們有得是機會，你為什麼還不走？」

屈彩鳳雙刀捲起一陣刀花，道：「現在走是不是太假了點，起碼等到展慕白出來吧。」

話音未落，展慕白尖細的聲音便從寨中傳了出來：「哈哈，果然不出所料，屈彩鳳！你真的自投羅網了，華山弟子聽令，隨我斬妖除魔！」

屈彩鳳正面硬頂了一下林瑤仙刺過來的一劍，這下兩人各自用了八分真氣，同時暴退五步。

屈彩鳳臉上做出慌張的神色，叫道：「好啊，姓林的，你居然還拉了華山派的死人妖當幫手，這回饒你一命，下次再取你性命！大家快撤。」

屈彩鳳的手下們早已得到通報，此戰只是做做樣子即可，待屈彩鳳一喊就馬上閃人，既然首領明確下令了，這些人便按著原定的計畫向後急躍，後排接應的弟子們則扔出一把把暗器，另有些人向地上擲出白磷彈，前線頓時升起一陣白霧。

峨嵋弟子們紛紛結成劍陣，使出護身的劍法，只聽「叮噹」之聲不絕於耳，等到林瑤仙等人上前驅散白霧，只見黃潮般的巫山派弟子們已經離有百餘步之遠，退向山腳附近了。

展慕白一馬當先，一個凌空飛虛，跳到林瑤仙的身邊，臉色一沉，質問道：「林師姐，為何不追擊？」

林瑤仙面色沉靜，搖搖頭：「只怕對方還有伏兵，想誘我們下山，最好還是固守分寨，這樣萬無一失。」

展慕白一拍大腿：「這可是難得的消滅屈彩鳳的機會呢。」

林瑤仙心中暗自奇怪，不是說好了這回是假打的嗎，為何展慕白這樣不依不饒，但她嘴上仍然說道：「那就有勞展師弟了，我在這裡把守分寨，你莫要追得太遠，若有埋伏，鳴響箭聯絡。」

「華山弟子，跟我追！」展慕白一呼百諾，身後穿著天青色華山弟子服的劍手們立即隨著展慕白追了下去。

屈彩鳳這會兒已經跑到了山腳下，她擦了擦額頭上的汗水，回頭看了眼正從山道上殺下來的展慕白，嘴角微微一勾，沉聲道：「大家不要戀戰，迅速向北邊撤離。」

一個陰森森的聲音突然從地底傳來：「撤離？來了還想撤嗎?!」

屈彩鳳正愣神間，突然見前方的幾十名弟子連聲慘叫起來，只見他們拋下了兵器，用手拚命抓著面門，似乎是中了什麼暗器，在他們的面前，百餘名一身白衣，形如鬼魅的人從雪地裡破雪而出，手裡還熟練地打出點點暗器。

屈彩鳳怒吼一聲：「有埋伏！」

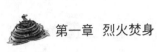

她的弟子們都是久經戰陣的老山賊了，雖遭埋伏，卻處變不驚，也不顧前方受傷的同伴們，抬手便是一陣暗器雨反擊，一時間，鋼鏢激射，袖箭和透骨釘飛揚，雙方不斷有人中招。

飛濺的鮮血中，大批身著白衣，被血染得一片通紅的殺手從雪地裡鑽出，為首的兩人被屈彩鳳看得真切，可不正是那**「奪命書生」萬震和「妙珠神算」謝婉君！**

屈彩鳳身邊的「黑面殺神」解氏兄弟雙雙暴吼一聲，剛才死的多是跟隨他們多年的寨中親衛，本以為今天是點到為止，沒想到卻是見了血，他們咬牙切齒地揮舞著鋼叉，衝向了萬震。

屈彩鳳杏眼圓睜，作為一個統帥，她知道這時候必須要冷靜，**萬震和謝婉君在此出現，顯然楚天舒也不會太遠**，他們既然早早在此埋伏，就是衝著自己來的，現在絕不是意氣用事，硬拼的時候，如何把盡可能多的兄弟帶出這裡，才是首要任務。

屈彩鳳喝道：「不要慌，不要戀戰，所有人向南方轉移，注意腳下和身邊的樹林，親衛隊隨我斷後！」

百名親衛弟子齊齊地吶喊一聲，飛身上前，和從地裡鑽出的洞庭幫高手接戰。

解氏兄弟已經殺紅了眼，連聲虎吼，兩桿幾百斤重的三股大叉舞成了一團罡風，逼得萬震和謝婉君連連後退，哪還肯退。

「解寶，解昆退下，帶著你們的人快撤！」屈彩鳳急道。

說話間，一襲紅衣已經越過眾弟子，衝進了戰團，這下她手下再不容情，紅色的天狼戰氣籠罩她全身，雪花刀過處，斷肢殘臂橫飛，只十餘步，就有四五名洞庭幫高手倒在她的刀下。

一道白光突地從雪地中暴起，屈彩鳳心中一驚，連忙向後一個旋身，一招「天狼迴旋舞」向後連退三步，姿勢優美，將來勢化於無形。

這是屈彩鳳把兩儀劍法和天狼刀法融滙貫通的一式，兩劍劍法講究力道悠久綿長，靠著旋轉畫圈的那種向心力來化解敵方凶狠的來勢，屈彩鳳則把「天狼迴旋舞」這一本來進攻性的刀法與之相融合，可以在退卻的同時卸掉對方的來勁，起到奇效。

從地中飛出的神兵利器如毒蛇一般，幻出三道劍花，連連擊中鑌鐵雪花刀，屈彩鳳每退一步便是一擊，火花四射，一擊稍退之後，馬上又重新借力蕩回，威力絲毫不亞於前一擊，屈彩鳳連退三個大步，才將兵器擊退。

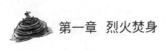

這回屈彩鳳看清了來物，赫然竟是一把斷了的劍尖，尖頭閃著冷冷的寒光與殺氣。

此時她的腳下現出一道地龍，來勢洶洶，屈彩鳳意識到碰到了絕頂的高手，一咬牙，眼中綠芒大盛，周身的紅色天狼戰氣暴起，左刀迅速地從右刀的刀身劃過，鮮紅一片的紅色戰氣強行地注入右刀之中，整個刀身變得像燒紅的烙鐵一樣，灼熱的氣浪讓十步之內的人都紛紛跳開。

屈彩鳳暴吼一聲，眼看那道地龍離自己已經不到三步，右手的鑌鐵雪花刀高高舉過左肩，又狠狠地向右下劈出，正是天狼刀法中的三大殺招之一：「天狼破軍斬」！

隨著如火山爆發般的刀氣噴湧而出，巨大的刀弧從右手雪花刀處逸出，幻成一個狼頭形狀，狠狠地斬進冰雪覆蓋的大地中，碰上那隻疾行的土龍。

一道身影從雪地中騰空而起，大地在劇烈地顫抖著，皚皚的白雪被屈彩鳳的「天狼破軍斬」所迸發出的巨大能量所融化，直接從雪塊變成了紅色的蒸氣，空氣彷彿要融化般，地上被炸出一個二尺見方的泥坑，裡面翻滾著熱氣，被映得火紅一片，像是一個正在煮著沸水的大鍋，熱氣騰騰。

仔細一看，這個綠色的身影手中持了一把光芒閃閃的寶劍，發亮的劍光覆蓋著她的全身，而那個紅色的巨大狼頭，正張牙舞爪，狠狠地啃噬著這人手中的寶劍，白色的光團隨著狼牙的嘶咬，時大時小。

這綠色的身影不是別人，正是劍術絕世的**崑崙派後起之秀：李沉香！**

她早就盯上了屈彩鳳，剛才設計了一連串的殺招，先是準備以倚天斷劍御劍突襲，然後本尊再從地中殺出，以青釭劍直取敵人性命，沒想到天狼刀法的爆發力如此之強，竟然在極為不利的情況下強行使出「天狼破軍斬」這樣的招式反擊。

不過，李沉香也不愧是絕頂的高手，眼見自己在地中無法阻擋這驚天一擊，便拔地而出，運起十二分的真氣，硬頂了這一下。

這回她也顧不得再御劍攻擊了，所有的內力全都灌注在青釭劍上，兩支倚天劍的斷劍缺乏了內力的引導，則同時掉進了那個煮沸的大坑中。

屈彩鳳斷喝一聲，雙眼變得如同狼眼一般暴突，渾身上下的紅色戰氣迅速凝聚到她的右手刀上，順著刀尖加強到正在嘶咬著李沉香的那隻紅色狼頭上。

李沉香銀牙一咬，只覺渾身彷彿被熊熊烈焰包圍，衣服都要著起火來。

她的劍術極高，但走的是詭異靈便的路子，三劍合一，御兩把飛劍的神來之筆才是其所長，這樣正面的死打硬拼，完全靠內力爆發，並不是她所喜歡的戰鬥方式，可是眼下面臨屈彩鳳的千鈞壓力，卻是半步也退不得，只要氣勢稍稍一洩，自己就會被轟得四分五裂，死無全屍。

屈彩鳳此時也是騎虎難下，武功如此之高的對手，世所罕見，出道以來她碰到的，除了自己心儀過的兩個男人外，也只有司馬鴻、林平之、林瑤仙、沐蘭湘四人在劍法上能與之一較高下而已，萬一不慎被對方的劍氣反撲，亦是非死即傷的結果。

兩大絕頂美女高手就這樣相持著。

「收力，分開！」如響雷般的巨吼驟然響起，一道巨大的金龍真氣，從二人間橫衝而出，張牙舞爪，二女心中一凜，不約而同地把氣勁收了三分，轉而向橫空出世的這道金龍擊出。

只聽一聲巨響，屈彩鳳向後退出五個大步，嘴角滲出鮮血，顯然已受內傷，李沉香則在空中連翻了十幾個跟頭，重重地摔在七八丈外的雪地上，粉臉一片慘白，頭上的髮簪被生生擊落，烏瀑般的秀髮散落開來，遮住她半個嬌顏。

發出這一擊的不是別人，正是李滄行！

剛才在屈彩鳳攻山的時候，他便帶著錦衣衛們悄悄地下了山，向山腳這裡移動，沒想到還是遲了半步，楚天舒果然在這裡設下埋伏。

眼見屈彩鳳的部下有不小的傷亡，他顧不得許多，扔下大部隊一個人飛奔而至，就在二姝拼上內力的時候，冒險從中強行將二人分開，把二人的功力都吸引向自己。

所幸二女應變極快，聽出了他的聲音，各自只以六七成的功力向他擊出，攻向對方的力道，只剩下了三四成。即使如此，二女仍然互相擊破了對方的護體真氣，隱隱間已經受了內傷。

李滄行現在卻顧不得二姝的傷勢，只感覺到如牆的氣勁洶湧而來，本能地想以天狼戰氣對抗，卻突然想到現在自己可是陸炳而不是天狼，萬萬不可暴露自己的身分。

李滄行一咬牙，手中的東皇太阿劍幻出三個光環，二快一慢，正是兩儀劍法的「兩儀迎客」，希望能透過兩儀劍法的卸力能力，將來勁卸掉一些。

不料屈彩鳳的天狼戰氣和李沉香的崑崙蓮花戰氣，一個是至剛，另一個是極柔，衝擊在一起，起到陰陽交融，相生而勁的作用，力道更是大了許多，在李滄行的眼裡，右邊的真氣是半隻紅色的狼頭狀，左邊的真氣卻是冰冷的純白半個太極八卦，自己畫出的三個圈，就像石沉大海一般，迅速地被這道混合真氣衝破，離自己的身體已經不到一尺了。

情急之下，李滄行鼓起金色的屠龍真氣，腳下運起千斤墜，左手硬抓住太阿劍的劍尖，劍身上頓時響起龍吟之聲，金色的戰氣從太阿劍的劍身溢出，瞬間形成一道氣牆，擋在李滄行身前半尺距離，而他體內的屠龍戰氣，盈滿了奇經八脈，渾身的衣服都被吹得鼓起，連兩隻眼睛也變得一片金色。

半狼半太極的混合真氣突破了屠龍戰氣半尺左右的防守，直頂到李滄行手中那柄太阿劍的劍身上，李滄行的左手開始出血，手中的劍尖如同燒紅的烙鐵一樣，他手上烙出的一道道創口瞬間變得極度冰寒，連同流出的鮮血都凍結在劍身上。

這種一半是火焰，一半是寒冰的感覺，自李滄行習武以來從沒有感覺過，但他的腦子裡只有一個念頭：寸步也不能移動，要死死地頂住。

李滄行的嘴角和鼻孔開始冒血，強大的混合真氣開始傷到他的經脈，如果這時候鼓起天狼戰氣，應該可以勉強頂住，可是這樣一來，便會暴露自己的身分，這是李滄行寧死也不願意的。

手中劍身上的壓力越來越大，他很清楚地意識到，靠著屠龍真氣只怕是頂不住了，李滄行一咬牙，全身的肌肉開始固化，運起十三太保橫練，肌肉變得像鋼鐵一樣，準備硬頂這一下。

「嘶啦」一聲，李滄行前胸的衣服像是被周身的金色戰氣生生爆裂一般，化為朵朵飛絮，凌空飛舞，只要一離他的金色真氣範圍，馬上就會燃燒起來，變成一片灰燼，要麼就是被凍成冰塊，直直地落到地上，他如鋼鐵般的古銅色肌肉和濃密的胸毛也展現在眾人眼前。

「叭」地一聲，半個狼頭終於突破了太阿劍的金氣，狠狠地撞上李滄行的前胸，緊接著，那半個太極狀的白色真氣也擊中了李滄行的右肩，李滄行只感覺到胸口如同被一支熔化的千斤巨錘所重擊，皮膚就像是被置於熔爐之中，連內臟都感覺像是被焚燒一樣。

鮮血湧到李滄行的嗓子眼，只要他一開口，就會噴射而出，他緊咬著牙關，這時候絕對不能鬆掉這口氣，只要氣一洩，自己馬上就會身如焦炭，給轟得連一點渣都不剩，他的口鼻中全是鹹鹹的血腥味，大腦也漸漸混沌起來。

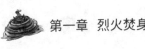

繼被烈火焚身之後，他左肩上又被陰氣入體，傳來一陣冰冷的衝擊，李滄行感到自己的牙齒像是被凍結到一起，血液都快要凝固了，這回他想張嘴叫也開不了口啦。他再也支持不住，雙腿一麻，身體被擊得凌空飛起，像風箏般，在空中飛舞著。

李滄行最後一點清醒的意識，或者說作為一個武者的本能，讓他勉強地控制自己的身軀在空中旋轉著，卸掉這一層層如冰如火的力量。

就這樣，他在空中被生生擊出二十餘丈外，重重地摔在地上。

他感覺渾身的骨頭像是散了架，頸部以下幾乎失去知覺，他咬緊牙關，試著轉了轉自己的舌頭，還能動，冰冷一片的丹田，也漸漸地騰起一些真氣來。

李滄行右手還牢牢地握著東皇太阿劍，他吃力地以劍拄地，搖搖晃晃地站起身子，驚喜地發現體內的真氣又開始運行了。

再一看自己的胸口，胸毛已經被燒得一點不剩，皮膚焦黑一片，左肩結成一片寒冰，他試著用屠龍戰氣衝行三次，才勉強融化那層冰霜，被凍僵的左手稍稍能活動。

李滄行這下才長舒了一口氣，儘管這只不過是片刻的事，但對他來說，無異於鬼門關前走了一圈。

李滄行的眼睛落向二十餘丈外的屈彩鳳那裡，只見屈彩鳳一臉的焦慮，眼中淚光閃閃地盯著自己，他知道屈彩鳳是在擔心自己的安危，咧嘴一笑，正想開口說：「我沒事，你放心吧。」

屈彩鳳身後三丈左右，從雪地裡驟然閃出一個紫色的氣團，一個全身裹在黑袍中，戴著青銅惡狼面具，只留下兩隻充滿殺意眼睛的身影破雪而出，無聲無息，他手中那柄寒光閃閃的干將劍泛滿了紫光，如幽靈般地襲向屈彩鳳的後心。

李滄行想要張嘴大喊：「當心身後！」可一張嘴，一口在嗓子眼的鮮血噴濺而出，哪還說得出話來。

屈彩鳳看到李滄行這副表情，似乎明白了什麼，轉頭一看，楚天舒的干將劍離自己已經不到一丈，她本能地想鼓起天狼戰氣，舉起雙刀抵禦，可是剛才被李沉香打中身子，一些經脈被封住，無法正常運氣，又光顧著關心李滄行，沒來得及運氣重新打通經脈，這一下急著想提氣，卻發現戰氣被封在經脈之中，哪還能用天狼戰氣護住自身？

李滄行低吼一聲，想要衝出去為屈彩鳳擋住這一劍，雙腿剛一動，不僅不能像平時那樣縱躍出去，反而直接撲倒在雪地中，眼睜睜地看著那柄帶著死意的干將劍離屈彩鳳的心臟越來越近，而青銅面具後，**楚天舒的雙眼中浮現出一絲笑意，彷彿是獵人在殺死緊盯已久的獵物前最後的嘲弄**。

就在這一瞬間，一聲嬌叱聲響起，一道土黃色的嬌小身影如神兵天降，擋在屈彩鳳的身前，素手一掌擊出，屈彩鳳仰天向左側飛去，摔出六七丈遠，嬌顏一片慘白，當即吐出兩口鮮血。

楚天舒眼見到手的獵物得而復失，心下大怒，這個擋在屈彩鳳面前的女子，梳著沖天馬尾，黃巾蒙面，渾身上下籠罩在一片黑色之中，在這團黑色的氣息裡，一柄墨綠色的無柄長劍顯得是分外地奪目。

楚天舒厲聲喝道：「敢壞本座的好事，找死！」說話間，一丈的距離瞬間即至，而他手中的干將劍，挾著風雷之勢連連攻出了三十七劍。

鳳舞咬著銀牙，不停地揮劍抵擋著楚天舒狂風暴雨般的攻擊，今天李滄行為了救屈彩鳳，衝得太急，一馬當先，把她落下了幾十丈，眼看李滄行受到重擊，她心急如焚，但一看到李滄行還能自己站起時，心便放下了一半。

見情郎和屈彩鳳四目相對，她心裡不禁一陣妒火中燒，本想轉頭離去，卻發現屈彩鳳背後有一股殺機正悄無聲息地迅速接近中，意圖偷襲，來不及多想，趕忙鼓起終極魔功的真氣，一掌擊開屈彩鳳。

只是鳳舞的功力比起楚天舒畢竟還是稍差了些，加上楚天舒這回含怒出手，天蠶劍法中各種殺招層出不窮，鳳舞連退十三步，左支右擋，勉強頂住了這三十七劍。

楚天舒稍一緩氣，又是四十六劍攻出，一招快似一招，若非絕頂高手，根本看不清他的動作，只能看到一團紫氣越來越盛，把鳳舞周身的黑氣打得連連後退，幾乎要散開。

兩個錦衣衛的虎組殺手一直緊跟著鳳舞，眼看鳳舞處於危險，紛紛抽刀上前，企圖幫鳳舞擋住楚天舒，此時鳳舞正好與楚天舒雙掌相擊，被打得一口鮮血幾乎要噴出，右手的別離劍幾乎握不住，踉蹌著向後跌出五六步，這二人正好恰到好處地殺到，一人使出武當派的柔雲劍法，另一人則使出青城派的青雲劍法，想要硬擋住楚天舒的一擊。

楚天舒連環使出天蠶劍法中的「伏地成魔」、「雲開日散」、「青雲直上」這三招，兩位虎組殺手只覺得眼前一花，對方的兵刃根本沒和自己的兵器相交，一陣勁風拂過，手臂處一涼，便再無知覺，向手腕處一看，赫然發現持劍的之手竟飛在空中，還沒來得及驚叫，又覺得胸腹處一痛，內臟已沿著創口向外流出，兩人倒地時，還不敢置信世上怎麼會有如此快的劍法。

不過虧得這兩個殺手上前擋了一下，鳳舞總算有了一點喘息之機，周身剛才幾乎被打散的黑氣又重新凝聚起來。

楚天舒一咬牙，三劍接連攻出，紫氣所致，黑氣被蒸發得無影無蹤，鳳舞的身影卻在光天化日之下生生消失，再也無從得見。

楚天舒心中一凜，鳳舞的武功在剛才的這幾十劍裡，他有了很清楚的認識，雖然正面比拼遜於自己，但天底下能這樣硬接自己幾十劍天蠶劍法的人屈指可數，身為女子，有這樣的武功，實在是非常難得了，現在鳳舞靠兩個手下的捨命抵擋，一時間失了蹤跡，絕不是臨陣脫逃，而是潛伏在一邊，只等自己露出空門與破綻，就會全力一擊。

楚天舒白眉一揚，右手持劍，左手運起了紫雲真氣，匯成了一個三寸見方的氣功球，置於自己的掌心，一旦鳳舞偷襲，他便能快速地反擊。楚天舒眼睛微閉，感受著鳳舞的氣息。

這股魔氣時隱時現，一直在楚天舒身周三四丈的距離遊走，時而從兩個打鬥之人中間穿過，時而從雪地中潛行，間或向一個方向急走幾步，然後又突然消失不見。楚天舒心下雪亮，於是抱元守一，全力捕捉起鳳舞的蹤跡來。

屈彩鳳在地上稍事調息了一下後，覺得經脈又恢復正常了，一躍而起，同時在十餘丈外的李沉香也跳了起來，她受創本來比屈彩鳳稍重一點，但虧得楚天舒的這一打擾，兩人幾乎是同時恢復。

李沉香櫻口一張，吐出一口淤血，恨恨地道：「咱們重新打過！」

屈彩鳳杏眼圓睜，迅速判斷出楚天舒已經被那個救了自己一命的神秘女子纏上，暫時無暇攻擊自己，眼下最大的威脅就是這李沉香。

然而，她的頭腦冷靜下來，**當下自己需要做的，是及時撤出伏擊點**，另一邊的山道上，華山派的人正氣勢洶洶地趕來，洞庭幫的伏兵也源源不斷地殺出，每拖延片刻，都可能給自己的手下帶來更多的傷亡。

於是屈彩鳳扭頭看了遠處的李滄行一眼，只見他盤膝運起功來，蒼白的臉上已經有了幾絲紅潤，六七名戴著面具的黃衣殺手，正寸步不離地圍著他的身子替他護法，看來遲早也能恢復，此時撤出戰場，正是絕好的時機。

屈彩鳳主意既定，心中暗暗地說了聲：滄行，挺住！長刀一舉，喝道：「親衛隊斷後，巫山派弟子迅速閃人！」雙刀一舞，把兩個想上前圍攻自己的洞庭幫高手打得飛了出去，玉足一點，向後疾退。

楚天舒左手紫氣氣團脫手而出，向屈彩鳳的方向擲去，屈彩鳳正在向後飛奔，只覺得側面一股寒氣襲來，心中一凜，雙刀瞬間一紅，一道「天狼半月斬」擊出，與那紫色的氣功波正面相撞，「砰」地一聲，凌空破碎，將一丈以內的幾名巫山派高手震倒在地，半天起不來身子。

屈彩鳳眼中碧芒一閃，按捺住上前一戰的衝動，吼道：「大家快撤，不要停留，快！」而她的大紅身影，隨著這幾句話，已經飄出了十丈之外，沒入了密林之中，幾個起落便不見了蹤影。

楚天舒本想上前追擊，只稍稍一動，一道凌厲的劍氣就從背後襲來，直奔他背上的魂門穴，他一咬牙，右手的干將劍向背上一背，一招「蘇秦背劍」，與這道劍氣凌空相撞，「波」地一聲，便化解於無形之中。

楚天舒一回頭，手中的干將將連續斬出七道劍氣，一道快似一道，向著三丈開外的那個土黃色的嬌小黑影襲去。

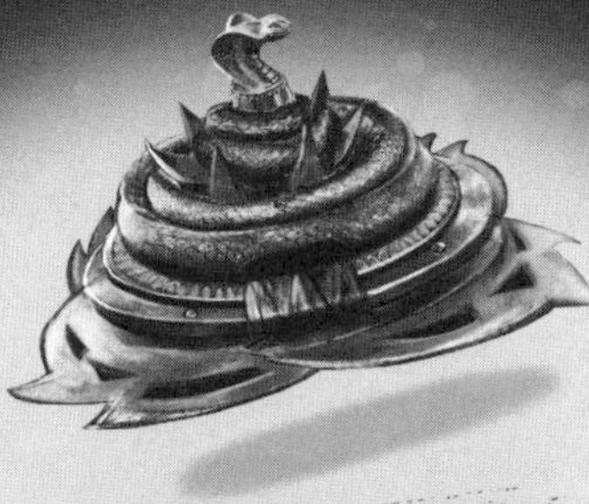

第二章

國相張居正

那白面文士正是張居正，他睜開眼睛道：
「錢胖子，這個天狼真的值得我們這樣信任嗎？」
錢廣來笑道：「張大人，咱們交情也有十多年了吧，
我提這天狼也不是一次兩次，你還有什麼不放心的呢？」

鳳舞微微一笑，周身黑氣一現，幻出一個人形，真身則鑽進了腳下的雪地裡，只聽「撲」地一聲，七道劍氣把幻出的那道黑影打得四分五裂，煙霧散盡，卻是沒有半個活人還站在那裡。

楚天舒跺腳怒道：「該死的小妮子，本座非將你碎屍萬段不可！」

李滄行的聲音如金鐵相交一般，傳進楚天舒的耳朵裡：「楚天舒，凡事太過，緣分勢必早盡，做人還是留一線。」

楚天舒心中一凜，嘴上說道：「沉香，追殺賊婆娘去！」一邊轉向十餘丈外已經挺身而起，仗劍橫立的李滄行，他赤裸著上身，臉上的蒙面巾不翼而飛，陸炳那張黑裡透紅，長髯飄飄的臉，顯現在他的面前。

鳳舞的身影從李滄行的身邊鑽了出來，頑皮地向李滄行眨了眨眼睛，一拱手：「見過總指揮大人。」

李滄行哈哈一笑，學起陸炳的腔調：「你做得很好，辛苦了。」

楚天舒恨恨地說道：「原來是陸總指揮，你為什麼要蹚這渾水？這是我跟屈彩鳳的事情，與你何干？」

李滄行道：「這是朝廷的意思，就算要消滅屈彩鳳，也是我們的事，不勞你們出手，而且這個女人身上有我們想知道的情報，絕不能就這樣死在你們的手上。」

楚天舒冷笑一聲：「好，很好，你們錦衣衛一手遮天，老夫佩服，陸總指揮，山不轉水轉，咱們走著瞧。」他一揮手，厲聲道：「洞庭幫眾，咱們撤。」

李滄行也高聲叫道：「錦衣衛，後撤！」

正在打鬥的雙方弟子們紛紛向後，留下了兩三丈左右的空間，然後戒備著向後退去。

李沉香走到楚天舒的身邊，秀眉微蹙，道：「我的倚天劍不見了。」

楚天舒白眉一揚，咬牙切齒地道：「想必是給屈彩鳳趁亂奪了去，沉香，莫急，下回見到她時，將她拿下，再細細拷問劍的下落。」

李沉香點點頭，跟萬震等人一起，頭也不回地向後走去。

展慕白等人衝到山道一半的地方，下面的戰鬥已經見了分曉，悻悻地帶著人向山上走回，楚天舒等人也跟著向山道上走去。

展慕白清了清嗓子，用粗渾的聲音朗聲道：「華山弟子聽令，回分舵為楚幫主接風！」

李滄行身上裹著一件披風，跟千餘名錦衣衛一路急行，奔出去二十多里後，方才長舒了口氣。

鳳舞看他的臉色有些發白，連忙對一旁的幾個錦衣衛指揮使說道：「你們先回指定的集合地點，我等會兒過來，統計一下戰死和受傷的兄弟，死者和巫山派的人一起埋了，我回頭向總指揮大人報功。」

很快，千餘名錦衣衛殺手齊齊地消失在山林之中。

李滄行終於忍不住，張嘴一口鮮血狂噴出來，人也幾乎要倒在地上，鳳舞趕忙扶住他。

鳳舞聲音中充滿關切地道：「傻瓜，為什麼不用天狼戰氣硬頂呢，你若是使出天狼戰氣，也不至於給傷成這樣。」一邊從懷裡摸出一個小藥瓶，掏出兩顆專治內傷的聖藥「九轉熊膽丸」，遞給了李滄行。

李滄行抹乾嘴角的血涎，把丹藥塞進嘴裡，五臟六腑的感覺立時好了許多，他盤膝坐下，閉上雙目，開始運起功來。

五個周天下來，李滄行才修補了今天被損壞的經脈與臟腑，一睜眼，張嘴吐出一口黑色的淤血，這才算完全癒合。他長舒一口氣，彈身而起。

鳳舞已經換回標準的裝扮，一襲黑衣將身材襯托得凹凸有致，看到李滄行醒過來，解下身上的披風給李滄行裹上，就像妻子給要出門的丈夫披上外套似的，眼中盡是濃濃的情意。

李滄行抬起頭，見天色漸漸黑了下來，密語道：「謝謝。」

鳳舞嗔怪道：「狼哥哥，你現在有我，不再是一個人了，可不能像以前那樣不惜命，你要是不在了，我可怎麼辦？」

李滄行把鳳舞摟進懷裡，刮了一下她被凍得通紅的鼻尖：「當然，我可不想這麼快就死了，只不過計畫了這麼久，總不能輕易地暴露了自己的身分，再說，我也想試一下屠龍真氣進展到了何種程度，老不用也會生疏的。」

鳳舞秀眉微蹙：「今天可真的是太驚險了，以後千萬別這樣，你昨天也被我和林瑤仙打傷過，今天本就不是最好的狀態，又想要試圖分開那兩個絕頂高手，這不是自找苦吃麼。對了，那個女的是誰？怎麼這麼厲害，看起來屈彩鳳也勝不過她。」

李滄行抹了抹脣邊的血跡：「她就是出身崑崙的李沉香，這兩年名氣一下子變得很大，你不知道？」

鳳舞嘴角勾了勾：「我的事很多，哪能成天留意江湖上的事，不過。她的名號我倒是聽說過一二，今天她用的就是倚天劍嗎？」

李滄行點點頭：「手中若非有神兵利器，又怎麼能擋得住屈彩鳳！」

鳳舞的嘴邊露出一絲神秘的笑意：「**這世上有兩柄倚天劍嗎？**」

李滄行一愣：「這是什麼意思，鳳妹，你還知道些什麼？」

鳳舞像變戲法似的，手中多出了兩截斷劍，一截帶柄，另一截則是劍尖，**可不正是那李沉香的兩把倚天斷劍？**

李滄行虎軀一震：「你怎麼會有這東西？」

鳳舞「嘻嘻」一笑：「屈彩鳳和李沉香打的時候，我看到兩柄亮亮的東西掉到屈彩鳳炸出來的雪坑裡，明顯是神兵寶劍，在地裡潛行的時候，我想這好東西可不能白白地丟在那裡，就去把它撿了回來，你剛才運功的時候，我仔細地看了看，這不分明就是那倚天劍嗎？」

她說著一指倚天劍柄那一段劍身上的小字，刻著「倚天」二字。

李滄行嘆了口氣，說道：「不錯，這應該就是倚天劍。」

鳳舞眨了眨自己的眼睛：「如果這是倚天劍，那李沉香手裡的又是什麼？」

李滄行微微一笑：「那是青釭劍，倚天劍就是照這個模子打造出來的。」

他便將倚天劍和青釭劍的來歷說了一遍，只是隱去了那個神秘高手找李沉香要她加入洞庭幫這一節，只說倚天劍是李沉香加入洞庭幫後，楚天舒與她比劍時被削斷的。

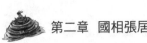

鳳舞聽得眼睛都不眨一下，她對這種江湖秘辛很感興趣，嘆道：「原來如此，想不到這李沉香居然有御劍之術，還能三劍齊發，照這麼說來，屈彩鳳只怕還真打不過她呢。」

李滄行道：「彩鳳的內力修為在她之上，天狼刀法也是無堅不摧，只不過吃虧在她手中的兵器並不是有劍靈的神兵利器，如果跟李沉香正面交手的話，三千招內可分出勝負，但李沉香今天太過心急，想要潛地偷襲，彩鳳的對敵經驗畢竟豐富，立即暴擊反制，反而占了上風。」

鳳舞嘴角揚道：「既然你的彩鳳都占上風了，你又何必多此一舉把二人分開呢？就算要出手，也應該幫著屈彩鳳打李沉香才是啊。」

李滄行微微一笑：「我不想多出手傷人，讓洞庭幫知難而退即可，若是出手傷了李沉香，那可就真跟洞庭幫結下仇了。這次我用的是你爹的身分，楚天舒若是不打魔教，專門跟你們錦衣衛作對，我心裡可是不願意的。」

鳳舞春蔥般的玉指在李滄行的胸口輕輕地摩挲著，道：「沒什麼你們錦衣衛的，我若是嫁給你，也就跟你進黑龍會，不再是錦衣衛的人了，所以你一定要珍惜自己的命！」

李滄行感觸地道：「鳳妹，我很感激你，你雖然嘴上說不喜歡屈彩鳳，但真的碰到她生死攸關的時候，還是肯出手救她，謝謝。」

鳳舞抬起頭，一雙黑白分明的眸子波光閃閃：「狼哥哥，你為什麼就不相信我的話呢，我就算不喜歡屈彩鳳，也不至於趁機對她下手呀。」

「不是說妒忌是女人的天性嗎，愛一個人愛得越深，越是不能接受別的女子在自己心愛的男人身邊，鳳妹，你並沒有那麼大度吧，我們認識這麼多年，你是一個可以接受屈彩鳳或者林瑤仙的人嗎？」李滄行不禁道。

鳳舞幽幽地道：「那是以前，以前你始終不肯鬆口說愛我，屈彩鳳自然就是我的頭號競爭對手，但現在不一樣了，你已經答應跟我在一起，屈彩鳳畢竟跟你共過生死，她若是死了，你肯定會傷心的，**我不能讓我的男人傷心難過。**」

李滄行心中一陣感動：「你真的是這麼想的嗎？」

鳳舞點點頭：「狼哥哥，我相信你的人品，更相信你的承諾一言九鼎，你說娶我，就一定會娶的，這回我能感覺得到，你是真心對我的，不像以前那樣只是敷衍而已，我又有什麼好擔心的呢？你若真是喜歡屈彩鳳和沐蘭湘，就是把她們一併娶來，我也不會介意的，這是我的真心話。」

李滄行目不轉睛地盯著懷裡的鳳舞，今天鳳舞用實際行動證明了自己不是個歹毒殘忍的女人，也解開了李滄行最後的心結，有妻如此，夫復何求呢？

李滄行認真地道：「**今生今世，李滄行只娶鳳舞一人，永不相負！**」

京師。

早春。剛過完年，大街小巷正處在一片歡天喜地的氣氛中，家家戶戶門頭貼著的對聯沒有取下，前些天燃放的煙花爆竹還有不少殘屑落在街上，無人打掃，節日的氣氛籠罩著這座城市。

在這日益艱難的世道中，也許只有過年這樣喜慶的節日，才能讓人們暫時忘記民生的艱難。

百官坊中，一處不算起眼的院落，平平無奇的黑色大門緊緊地關閉著，此處正是國子監司業張居正的住處。

這樣的從四品官員，在大明的朝廷裡多如過江之鯽，實在算不得了不得的大官，跟門庭若市，大門口排隊人潮等著接見的嚴府、徐府等閣老們的府邸相比，更是可以算得上門可羅雀了。

院內一處幽靜小院裡，四個孔武有力的家丁衛士持刀而立，牢牢地守著院門。

小院內的一處精舍之中，從二樓的窗口看進去，一個四十出頭，面如冠玉，器宇軒昂的長鬚白面文士，正一邊輕撫著自己的鬚髯，一邊微瞇著眼，若有所思的樣子。

胖得像個水桶似的錢廣來，今天一身僕役打扮，他是隨著張府今天外出採辦的馬車一起進來的。

這會兒錢廣來正坐在屋內的客椅上，喝著剛泡的清茶，一股沁人心脾的茶葉清香鑽進他的鼻子，令他不由得讚道：「好茶，張大人，看來明年我不用孝敬你初採的西湖龍井了，你這裡的存貨可比我的好啊。」

那白面文士正是張居正，聞言睜開了眼睛，道：「錢胖子，你給我說實話，這個天狼真的值得我們這樣信任嗎？」

錢廣來微微一笑：「張大人，咱們的交情也有十多年了吧，我提這天狼也不是一次兩次，你還有什麼不放心的呢？」

張居正眼中寒芒一閃，轉過身子，沉聲道：「可是我畢竟沒有見過此人，也沒有和他長談過，他究竟在想什麼，要做什麼，我一無所知，這回他在東南這樣幫戚繼光，我總是有些不放心，世上沒有無緣無故的好事，**此人出身錦衣衛，會不會是陸炳想要打入我們的一個棋子呢？**」

錢廣來放下了手中的茶碗，正色道：「我錢廣來可以用項上人頭作保，絕對不會有問題，此人在加入錦衣衛之前我就認識了，是我的生死兄弟，跟魔教有不解之仇。以前還跟我一起在東南抗過倭寇，也就是在那次之後，他追擊倭寇高手，就此失蹤，後來我才知道他進了錦衣衛，又因為陸炳投向了嚴世蕃而叛出，三年來在大漠一帶積蓄力量，大破英雄門，然後才來東南立足的。」

張居正聞言道：「追擊倭寇高手？可我聽說那個倭寇高手是他的左膀右臂，錢老闆，此事作何解釋呢？」

錢廣來早就知道張居正的耳目極靈，李滄行的手下中，一定有他的眼線，柳生雄霸的事，根本瞞不過他的。

他微微一笑，說道：「這個柳生雄霸，並不是那些喪心病狂的倭寇，他跟我們並肩作戰，此戰也立了很多大功，並非敵人，張大人，你不會不知道吧。」

張居正嘆了口氣，踱回廳中：「廣來，不是我信不過你們，但畢竟你們軍中有個正牌的倭人，就算我不懷疑你們，此事也會給嚴氏父子作為攻擊的把柄的，要知道『通倭』這兩個字就能滅九族，一切大功都可能會被這兩個字抹殺掉的。」

錢廣來憤憤不平地道：「倭人之中有好人也有壞人，怎麼可以一概而論？嚴世蕃才是真正的通倭，這回我們可是人贓並獲，不怕他再抵賴了。」

張居正心中一動，忙道：「人贓並獲？你們捉到誰了？」

為了保密，戚繼光並沒有把捉到上泉信之的事在信裡透露出來，錢廣來道：「浙江倭寇的首領，不是別人，正是那個嚴世蕃的親信師爺羅龍文，他的真名叫上泉信之，以前就是汪直的手下，上次出賣汪直，引島津家，西班牙人和陳思盼合攻雙嶼島的，也是此人。

「汪直、徐海死後，此人便成了浙江一帶的倭寇首領，另一個倭寇頭子則是盤踞在福建一帶的汪直義子毛海峰。台州之戰中，我們不僅把上泉信之的兩萬多手下消滅了大半，連上泉信之本人也落在了我們手裡，他對這些年來跟嚴世蕃的勾結供認不諱，這是他的口供。」

錢廣來從懷中掏出一疊供狀，是他臨行前特意帶給張居正的。

張居正一把抓過供詞，一頁頁地翻看，他的手在微微地發抖，臉上的表情卻是波瀾不驚，顯出他此刻心中的矛盾之情。

看完，張居正長嘆一聲，仰天閉上雙眼：「嚴黨的罪惡，實在是天理難容，廣來，謝謝你們的這份供狀。」

錢廣來道：「張大人只怕還不準備馬上把這些供詞向皇上稟報吧。」

張居正有些意外，沒有想到錢廣來一個生意人也能說出這些話來，他把供詞收入袖中，道：「這事我自然要和徐閣老、高大人他們商議，不可急於一時。」

錢廣來點點頭道：「天狼和戚將軍也商量過此事，他們一致認為，現在聖意不明，皇上還不會現在就對嚴黨下手，這個通倭的證據可以以後留著扳倒嚴黨的時候再用，現在時機還不成熟，證詞這回給了您，而人證我們也會嚴加看管，等到時機成熟的時候再一併獻上。」

張居正嘆了口氣：「戚將軍乃是武人，對這些朝堂之事並不太瞭解，以前他給我送禮還走正門，可見其並無這種心機，難道這些話都是天狼說的嗎？」

錢廣來微微一笑：「正是天狼所言，如果按戚將軍的意思，本來是直接想把上泉信之押來京城的，天狼說，如果這樣，只會逼張大人和嚴黨攤牌，萬萬不可，嚴世蕃大可把罪名推到他在浙江的幾個黨羽身上，皇上也不可能就真殺了嚴世蕃。」

張居正訝異地道：「這個天狼的見識還真是不凡，並不是普通的江湖草莽呢，不過他越是這樣，我越是有些擔心，該不會是陸炳站在他背後吧。」

錢廣來拍拍胸脯道：「這點我可以肯定，陸炳和天狼早已絕裂，兩人就算以後還有合作，也不可能再回到以前天狼剛加入錦衣衛時的程度了，天狼聰明絕頂，但所謀的都是正道，並非詭謀。」

張居正冷笑道：「錢老闆，只怕你對你的這位朋友還不是太瞭解啊，依我看，接下來為了消滅福建的倭寇，這位天狼大俠是要準備犧牲一城的百姓了。」

錢廣來臉色一變：「張大人，此話怎講？」

張居正道：「信中已經說得很明白了，戚將軍和天狼這回定下了萬全之策，準備把福建各地的數萬倭寇吸引上岸，一網打盡，雖然他們沒有說出明確的計畫，但我可以猜到一二，無非是暫時撤軍，假意宣傳和製造戚家軍與你們黑龍會的矛盾，讓倭寇覺得有機可乘，然後上岸打劫。

「倭寇也並不是傻瓜，這回在台州吃了這麼大虧，又丟了橫嶼，這種時候會非常敏感，一遇埋伏，就會迅速撤退，所以一個縣城或者幾個鄉村，是吊不起他們的胃口，讓他們甘冒風險，大舉進犯的。」

錢廣來聽了道：「這都是大人的猜測，天狼走的時候，並沒有說要我們伏擊哪處倭寇，只是讓我們按兵不動。」

張居正搖搖頭：「這正是天狼的高明之處，而且他看起來深通兵法，這些兵機連你們這些最親信的朋友也是守口如瓶，這回他託你辦的事，就是對他計畫的最好說明。」

錢廣來鼻子抽了抽：「不就是讓徐閣老出面，給伏魔盟四派發令嘛！讓他齊聚福建南少林，我看天狼的意思是想借此跟伏魔盟四派搞好關係而已，談不上犧牲一城百姓啊。」

張居正嘆了口氣：「天狼說準備給四派五百萬兩銀子，還特地要求徐閣老轉告這句話，如果不是有巨大的利益和好處，他出手會這麼大方嗎？」

錢廣來笑道：「張大人，你可能誤會了，天狼只是想借機結交伏魔盟而已，這回攻下橫嶼，我們斬獲頗豐，是有這個實力跟伏魔盟結好的。」

張居正目中神光閃閃：「錢老闆，我相信我不會看錯的，天狼所圖者大，如果不消滅倭寇，他在福建也難立足，就是浙江，也會被倭寇隨時襲擾的，我如果是天狼，想要獨霸浙江福建兩省的武林，一定要先滅了倭寇才行，讓伏魔盟的高手們齊聚南少林，只怕也是他計畫中的一環。」

錢廣來哈哈一笑：「若是如此能消滅倭寇的話，也是一大好事啊，張大人，你不是總感嘆這些倭寇阻斷海路，讓大明無法進行海外貿易嗎？」

張居正點點頭：「是的，消滅倭寇是必須的，但我只是擔心天狼聰明絕頂，又能隱忍，這樣的人以後未必會受我們控制。」

錢廣來為天狼辯護道：「我以為大人的想法有值得商榷之處，天狼不是伏魔盟，也不求榮華富貴，他要做的，就是堂堂正正的立身於江湖，消滅魔教，報得大仇罷了，之所以和嚴世蕃為敵，也是因為嚴世蕃一手控制和操縱魔教，說到底，這人是個單純的江湖中人，並不想和朝堂有什麼關係，所以大人是不可能像對伏魔盟各派那樣，把他收為己用的。」

張居正微微一愣：「錢老闆，你為何也說這樣的話呢？難道尊師和我們的合作，也會生出變數？」

錢廣來收起笑容，正色道：「張大人，這回家師也托我向您傳話，丐幫在這亂世之中，也希望能有所作為，以後不僅會繼續阻止英雄門這樣的番邦勢力南下，也會主動向魔教開戰，這是丐幫上下的決定，希望我來向您告知一聲。」

張居正瞪大了眼睛，看著一臉嚴肅的錢廣來，半天說不出話來。

十天後。武當山上。

玄武殿內，一身紫色道袍，頭戴紫金道冠的徐林宗，坐在上首的主座上，他的臉依然面如冠玉，目如朗星，脣紅齒白，只是下頜蓄起了三縷飄飄的長鬚，脣上也留著兩道八字鬍，一如他那對漂亮的眉毛，顯得仙風道骨，氣度不凡。

穿了一身深藍色道袍的沐蘭湘坐在徐林宗旁邊的椅子上，眉目依然如畫，頭上挽著高高的道姑髻，烏雲般的秀髮披在肩上，瓜子臉上，一雙美麗的大眼睛低垂著，眉宇間帶著難言的憂傷，對外面正在進行的討論似乎全然不放在心上。

就在兩人的下首客位，展慕白和林瑤仙神態平和，安坐在椅子上。

林瑤仙端著一個青花瓷碗，吹著碗中的熱氣，展慕白則一動不動地盯著站在大殿正中的錢廣來，一雙眼珠子滴溜溜地直轉，似乎在想著接下來該如何說話。

徐林宗輕輕地咳了一聲，微微一笑：「錢老闆，遠道而來辛苦了，正好今天林掌門和展幫主也在，你說徐閣老有要事召集伏魔盟各派商議，就在這裡說了吧。」

錢廣來看了眼林瑤仙和展慕白，道：「林掌門，展大俠，這是什麼風，這麼巧，把二位一起都吹到武當山上來了呢？還是二位早就聽到了什麼風聲，方才在此集結？」

展慕白冷冷地道：「錢老闆，我倒是想先問問你這義也行賈的豪商，什麼時候又做起這種信使的生意了？徐閣老有事要跟我們伏魔盟商議，為何會派你錢老闆跑這一趟呢？」

錢廣來哈哈一笑：「這個簡單，因為錢某正好是從浙江福建那裡過來的，奉了戚繼光戚將軍，還有黑龍會的天狼會長的命令，到徐閣老那裡送了封信，接著徐閣老說軍情緊急，刻不容緩，就差我來跑這一趟啦，錢某別的本事沒有，就是多年跑各地的店鋪查帳收租，腳力還算可以，所以就自告奮勇地接下這差事啦。」

徐林宗微微一笑，對展慕白道：「展師弟可能有所不知，這位錢老闆乃是丐幫公孫豪幫主的高足，一身武藝高強，輕功更是了得，多年來一直為家父做事，借行商各地的機會也幫家父做些送信聯絡的工作，可謂是我們伏魔盟的老朋友，並非外人，所以錢老闆送信，完全不用懷疑。」

林瑤仙放下手中的茶碗，正待開口，卻聽到沐蘭湘甜美的聲音響起：

「天狼？就是那個錦衣衛的天狼嗎？」

錢廣來點點頭：「不錯，正是他，他在大漠中潛伏了三年，去年大破英雄門，還救出了展大俠，然後準備在東南消滅另一支我大明的心腹之患，也就是倭寇！黑龍會是天狼在東南新成立的幫派，錢某不才，現在也在黑龍會裡，幫天狼做些事。」

展慕白譏刺道：「錢胖子，我說你這回怎麼放著生意不做，跑來當這信使了，原來是投靠了天狼呀，你們在大漠的時候就已經商量好了，對嗎？」

錢廣來笑道：「不錯，錢某不才，跟天狼有十幾年的交情了，他開口要我幫忙的事，錢某自然會盡力而為的，再說天狼所做的，不是打蒙古，就是平倭寇，展大俠要一心對付魔教，這些驅逐外虜的事情無暇顧及，只好我們多管管閒事了。」

展慕白畢竟被天狼救過，雖然心中不服，但道理不在自己這一邊，也只好閉起了嘴巴，不再說話。

沐蘭湘眼中閃過一絲激動，連聲問道：「錢老闆，天狼三年來真的去了塞外嗎？為什麼這次又回來了，一回來就要開宗立派？他現在還是錦衣衛的人嗎？」

錢廣來搖搖頭：「天狼已經正式離開錦衣衛，走的時候還和陸炳大戰了一場，這事應該江湖上早就傳遍了，沐女俠應該也有所耳聞吧，這幾年他在大漠就是想消滅當年從他手中逃掉的白蓮教餘黨，這次心願得償，就想回中原去消滅另一支當年從他手中跑掉的倭寇，就這麼簡單。」

沐蘭湘長舒一口氣，不知為何，一聽到天狼，她總有一種莫名的親切感，這種感覺很熟悉，以前只有在李滄行的身上找到過，隨著時間的流逝，沐蘭湘對李滄行的出現也越來越絕望，但今天一聽到天狼的消息，馬上又興奮了起來。

徐林宗輕輕地咳了一聲，臉上的表情仍然是非常平靜：「天狼的事姑且放在一邊，錢老闆，這次家父讓你帶的消息究竟是什麼？」

錢廣來聞言道：「茲事體大，這封密信由在下親自攜帶，此外，徐閣老還托在下帶了口信來。」

他一邊說著，一邊從懷中掏出一封已經被汗水浸得有些濕潤的書信，遞給了徐林宗。

徐林宗微微一笑，接過書信，信上濃重的汗味讓一邊的沐蘭湘秀眉微蹙，瑤鼻不自覺地抽了抽。

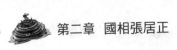

錢廣來不好意思地笑了笑，說道：「因是貼身所攜帶，我人胖，出的汗多了點，把這信弄濕了，抱歉。」

徐林宗拆開信封，拿出了兩張信紙，看了看，微微一笑：「還好，字沒有模糊，都能看。錢老闆，家父要你帶什麼口信呢？」

錢廣來說道：「除了這信中所說的，請你們四派都去福建莆田的南少林，共議如何應對黑龍會外，徐閣老還說，只要你們四派到場，就會以重金相贈。」

徐林宗微微一笑：「我想家父的意思已經非常清楚了，如果認為黑龍會是敵人，也不會派你這位已經加入黑龍會的朋友來送信，他是要我們跟黑龍會保持良好的關係，至少井水不犯河水嗎？」

錢廣來點點頭：「你們三派都還好說，但黑龍會要在福建立足，不可避免地可能會和南少林產生點衝突，所以天狼這回出手的銀子裡，給你們三派都是一百萬兩，給少林派的卻是兩百萬兩，箇中緣由還請三位能理解。」

林瑤仙和展慕白早在巫山時就知道這個分配方案，因而並不意外，可徐林宗和沐蘭湘乍聽此言，臉色立時為之一變：「一百萬兩？天狼哪來這麼多的錢，怎麼會出手這麼大方?!」

展慕白酸言道：「人家滅了倭寇，得了那些倭寇的藏寶，現在可是富得流油呢，徐師兄，面對人家這份大禮，咱們如果拿了，以後可不好意思再跟黑龍會撕破臉了呀。」

沐蘭湘的嘴不覺地嘟了起來：「展師弟，為什麼咱們要跟黑龍會撕破臉呀？人家又沒有勾結魔教，打倭寇是利國利民的好事，咱們沒必要跟他作對吧。」

展慕白冷笑道：「這個天狼以前是錦衣衛的人，這回誰知道是不是奉了陸炳的命令，在東南一帶以武林門派的名義另外開一個分舵呢，雖然他救了我，但這回是有關伏魔盟的大事，不能因為個人感情而影響大局，錢老闆，我們還要關起門來商量一下，你還有什麼話要交代的嗎？」

錢廣來臉上閃過一絲不快，臉上兩堆肥肉抖了抖，說道：「沒別的事了，只是我姓錢的可以肯定，天狼絕非什麼陸炳派來另立門戶的棋子，他只是想找魔教復仇，所以他的敵人是魔教和嚴世蕃，對伏魔盟有百利而無一害的。」

林瑤仙微微笑道：「錢老闆，你的意思我們都很清楚了，還請暫且回避一下，其他的事容我等稍後商量，可以嗎？」

錢廣來知道再多說也無益，只能一拱手：「那我就靜候佳音了。」

徐林宗揮了揮手，兩個小道僮把錢廣來引出了大殿，徐林宗接著又道：「我等有要事相商，你們也都先退下吧。」

其他在殿中侍立的武當弟子們也紛紛行禮而退，大殿中頓時變得異常空曠，只剩下徐林宗、沐蘭湘、林瑤仙和展慕白這四人。

大殿的門被關上，剛才還春光明媚的大殿內，只剩下從窗格中透出的幾許陽光，顯得陰森許多，幾道明暗相間的光影照在展慕白的臉上，透出一絲難言的詭異之色。

沐蘭湘忍不住開口：「林師姐，展師弟，你們是不是和黑龍會事先便接觸過了？」

展慕白微微一笑：「沐師姐何出此言？」

沐蘭湘道：「你們對天狼就是黑龍會首領的事一點也不意外，對那一百萬兩銀子也毫不吃驚，而且二位這麼巧的同時現身武當，本來我還以為是要商量聯手奪回華山派之事，但這幾天你們對此事卻隻字不提，似乎是在等什麼人，今天錢老闆來了，我才真正地明白過來，你們就是在等他吧。」

林瑤仙淡然一笑：「沐師妹果然聰明過人，不錯，我和展師弟都是從巫山那裡過來的，在那裡我們就見過天狼了，來這裡也是為了跟貴派一起商議，統一行動，畢竟我們伏魔盟是一個整體。」

徐林宗緩緩說道：「哦，林掌門現在說我們是一個整體了？那請問之前二位不跟我們武當和少林派打個招呼，就與洞庭幫聯手，伏擊重回中原的屈彩鳳，那時候這個整體又在哪裡？」

林瑤仙臉色微微一變，正待開口，展慕白卻搶先說道：「徐師兄，不是我們有意不通知你的，實在是無奈之舉，你和屈彩鳳的關係，人盡皆知，我們是擔心你這回又像當年在巫山一樣，放屈彩鳳一條生路，所以才會對你有所隱瞞，希望你能理解一二。」

林瑤仙附和道：「這也是洞庭幫楚幫主的意思，要求我們保守秘密，徐師兄，對不起，我們別無選擇。」

沐蘭湘粉面上彷彿罩了層冰霜：「這麼說來，林師姐和展師弟是把洞庭幫看得比伏魔盟還重要了？當著明人不用說暗話，若不是那楚天舒肯給出兩個大分

一點氣，前幾天剛知道華山峨嵋二派背著自己伏擊屈彩鳳的時候，氣得差點要把林瑤仙和展慕白趕下山，徐林宗好說歹勸，才勉強壓下怒火，今天本來就是帶著怨氣來議事，加上以前跟林瑤仙因為李滄行的事也有些心結，一直無法化解，今天這樣借題發揮，也是在情理之中。

但徐林宗畢竟是一派之長，總要顧及面子上的和氣，於是笑道：「林師妹，內子就這脾氣，還請見諒，咱們還是得向前看，剛才錢老闆的話二位也都聽到了，對於這南少林一行，以及如何應對黑龍會的天狼，大家有何意見呢？」

林瑤仙不動聲色地說道：「武當派這回是主人，客隨主便，我想先聽聽武當派的態度。」

展慕白一言不發，卻也是盯著徐林宗，看來也是想讓武當先表態。

徐林宗沉吟了一下，說道：「這裡有家父的親筆書信，也代表了清流派各位大人們的意見，拋開對黑龍會的態度不說，這南少林之行，只怕是非要去不可的，而且剛才我看了一眼這密信，上面讓我們不要大張旗鼓，只帶數百名精銳弟子前去即可，二位既然已經見過天狼了，有何高見呢？」

沐蘭湘忍不住插嘴道：「這回你們在巫山那裡沒有殺得了屈彩鳳，是不是又是這天狼從中出手相助？」

林瑤仙點點頭：「沐師妹說得不錯，如果這回不是天狼借假錦衣衛的名義幫了屈彩鳳，現在她已經是個死人了。」

徐林宗聞言道：「這麼說來，二位很討厭這個天狼了？是不是準備以後在福建浙江跟黑龍會開戰？」

展慕白反問：「武當派對此事是何態度呢，我畢竟被天狼救過一次，不好帶頭說要找黑龍會開戰，但這次天狼在巫山壞了我們的事，說明他跟魔教妖女屈彩鳳還是暗中有聯繫，我覺得不能把天狼看成朋友，對黑龍會一定要有所防備。」

林瑤仙秀眉微蹙：「我不同意展師弟的意見，天狼和屈彩鳳一直是生死之交，這點天下皆知，當年他叛出錦衣衛，聽說也是為了屈彩鳳，雖然屈彩鳳這回重出江湖時投入了魔教的門下，但是天狼出於舊情，隻身前來救她，未必就說明天狼的黑龍會和魔教有所勾結，不然他為什麼不帶自己的部下，而是要用錦衣衛的人作掩護呢？」

展慕白冷笑道：「這正好又說明了另一件事，天狼跟錦衣衛仍然有聯繫，林師姐既然說天狼叛出了錦衣衛，以陸炳的為人，怎麼肯讓錦衣衛聽他的調遣呢？」

林瑤仙搖搖頭：「這點我也不得其解，但我想既然徐大人的意思是讓我們不要和天狼的黑龍會為敵，他在朝堂上得到的情報應該比我們更多，聽他的吩咐，不會有錯的。」

展慕白「哼」了聲：「當年徐閣老還讓我們暫時和魔教休戰呢，他們這些朝廷重臣，想的都是自己的官位和利益，連跟嚴嵩都可以講和，可我們跟魔教和屈彩鳳的血海深仇，能這麼輕易化解嗎？至少我華山派不能。」

徐林宗不動聲色地道：「那依展兄的意思，對黑龍會應該如何應對？」

展慕白傲然道：「我華山派雖然現在窮困潦倒，但也不至於為了一百萬兩銀子就出賣自己的原則與底限，與邪魔外道成為一夥，這次南少林大會，我提議四派聯手，將黑龍會趕出浙江福建，如果天狼不願意，我們就群起而攻之，不能讓他們的勢力發展起來。」

林瑤仙的聲音略微提高了一些：「展師弟，天狼可是在塞外救過你一命，你這樣恩將仇報，只怕於俠義之道不合吧。」

展慕白的臉微微一紅，仍然強辯道：「他救我乃是個人的私情，我現在說的是整個伏魔盟的事，公私不可混為一談，再說，從現在看來，他當時救我，也不過是打擊英雄門時的順手行為罷了，賣我華山一個人情，好讓我們華山派以後能供他驅使，比如這次就是。」

林瑤仙質問道：「展師弟在巫山碰到天狼的時候，答應放棄追殺屈彩鳳，就算是報了他塞外相救之恩嗎？」

展慕白義憤填膺地道：「不，我之所以答應他，是因為我見他有了準備，現在我們還不能和錦衣衛正面起衝突，如果一再強行追殺屈彩鳳，那就得和錦衣衛大戰，我們的敵人是魔教，而非錦衣衛，不宜四面樹敵，而且我知道楚幫主就在附近，也不會放過屈彩鳳的。」

林瑤仙譏刺道：「原來展師弟早就盤算好了，不過我峨嵋派和你不一樣，我們重信守諾，在巫山時，我就答應過天狼，不會在福建和他為敵，這次的南少林大會上，我們峨嵋派也會持相同的觀點，展師弟，恕我不能從命。」

展慕白臉色一變，站起身，怒道：「林師姐，你怎麼能私下跟天狼達成這樣的交易？他究竟給了你什麼好處？」

林瑤仙理直氣壯地說：「天狼沒有給我任何好處，但我相信這個人的人品，而且我也相信他在福建立足，並不是出於什麼私心，而是想把魔教的勢力驅逐出去，消滅倭寇也是為了斷嚴世蕃一臂，這些都是我們暫時做不到的事，人家把這事做了，我們應該高興和感激才是，怎麼可以反過來攻擊他呢？」

沐蘭湘也附和說：「我見過天狼幾次，他確實不是那種有野心的壞人，以前也救過我，師兄，我們武當應該恪守俠義之道，不能恩將仇報啊。」

徐林宗沉聲道：「師妹，此事關乎大局，不是私人感情，天狼救過你，我們夫婦自當設法回報，但這是伏魔盟對黑龍會兩個幫派間的事，豈可因為私情而混為一談？」

沐蘭湘不服地說：「那好，不說私情，只說公事，展師弟，我想問一句，你有什麼證據能證明黑龍會勾結魔教，勾結錦衣衛，以後會成為我們的敵人？只因為天狼這回救了屈彩鳳嗎？不要說天狼了，就是我師兄，如果聽到屈彩鳳有難，也會出手相救的，你們不就是因為擔心這樣的事情發生，才會瞞著我們武當派嗎，難道我們武當也是跟魔教勾結了？」

展慕白臉上青一陣白一陣，怒道：「我相信徐師兄為人識大體，一定不會去救那個妖女的。」

哪知徐林宗卻堅定地說：「展師弟此言差矣，師妹說得對，不管怎麼樣，我徐林宗一定會去救她的，這與武當無關。至於她為什麼會加入魔教，我也想要當面問個清楚，不會直接就殺了她。」

展慕白氣得一跺腳，站起身，指著徐林宗說道：「瘋了，你們全都瘋了！」

林瑤仙勸道：「展師弟，你還是先冷靜一下，有話好好說，為何要與黑龍會為敵，這需要更有說服力的證據。」

展慕白怒氣沖沖地道：「證據？就憑他跟魔教和錦衣衛有來往還不夠嗎？自古正邪不兩立，只此一條，就足夠表明我們的態度了。」

徐林宗搖搖頭：「我認為不能這樣武斷，天狼救屈彩鳳和勾結魔教是兩回事，至於陸炳，也不是完全魔教一方，他們畢竟是朝廷，天狼在東南平倭，也有官方的身分，陸炳助他一臂之力，這並不奇怪，不能說明他們就是一路人，更不能說黑龍會就是錦衣衛的江湖分支吧。」

展慕白冷笑道：「他一出手就是五百萬兩銀子，就是想收買我們伏魔盟，好讓他能舒服地獨霸東南，將來他通過海外貿易獲得的回報，可是遠遠不止這個數，你們不要上他的當。」

林瑤仙微微一笑：「展師弟，難道這些年來，東南的海外貿易，是我們伏魔盟所得嗎？還不是只能看著魔教和倭寇吃這塊肥肉？天狼有本事出手把他們打走，就是不給我們分錢，我們也只能看著，何來收買一說？」

展慕白哈哈一笑：「林師姐這話可是說到重點了，以前我們要和魔教開戰，又得顧及朝中徐閣老和嚴嵩父子的關係，對於魔教在東南這一塊無法插手，現在好了，天狼這回把魔教從東南趕了出去，而倭寇也眼看就可以平定，他現在立足未穩，所以才想花錢買平安，想讓我們不與他為敵，等他緩過這口氣來，獨霸了東南沿海的貿易，到時候我們就是聯手，也只怕無法消滅他了。」

沐蘭湘冷笑道：「所以展師弟的意思是，趁這會兒黑龍會立足未穩，而我們伏魔盟四派齊聚南少林之機，對他們發動突襲，將之消滅，然後由我們來獨霸東南一帶的海外貿易，是不是？」

展慕白秀臉微微一紅，打了個哈哈：「差不多就這意思吧，不過東南一帶的貿易，是朝廷的事情，我等江湖武人只怕也不好過多插手，所以這些還要收歸朝廷，倭寇消滅之後，徐閣老他們必然會趁機掃清東南一帶的嚴黨黨羽，換上清流派的官員，到時候這錢歸了清流派的眾位大人，對我們的支持力度也會加大。」

沐蘭湘哈哈大笑：「師兄，林師姐，你們都聽到了嗎？這就是展師弟的俠義為本，恩將仇報，背信棄義，我算是見識到了！」

展慕白被罵得心頭火起，怒道：「沐師姐，請問我姓展的哪裡得罪你了，要被你這樣冷嘲熱諷，展某再不濟也是一派掌門，咱們伏魔盟的掌門議事還不需要你發表高見吧。」

沐蘭湘不齒地說：「你的這些話聽了我都嫌髒耳朵，師兄，你們慢慢商量，我是沒心思繼續奉陪了，不過我想提醒你一句，**俠義為本，這四個字任何時候都不能丟**。」說著，頭也不回地便要走人。

徐林宗厲聲道：「師妹，不得無禮！今天是三派在我武當商議大事，你作為武當的妙法長老，自然有資格列席發表意見。」

展慕白臉上現出一陣無奈，強忍著怒氣，向徐林宗拱手道：「小弟一時失言，唐突了尊夫人，徐師兄大人大量，請不要放在心。沐師姐，對不起，剛才展某一時衝動，得罪了你，還請包涵。」

沐蘭湘重重地「哼」了一聲，氣鼓鼓地坐回了座位，一言不發。

徐林宗的聲音柔和了一些，緩了口氣，說道：「展師弟，華山派的意思，就是想趁著開會的時候突襲黑龍會，擊殺天狼，對嗎？」

展慕白張了張嘴：「擊殺嘛，就有點過了，只怕天狼武功蓋世，也能逃得掉，我的意思是，咱們先禮後兵，不收他的錢，只是要他退出浙江福建，回到塞外，我們還可以繼續做朋友，反之，咱們就聯手攻擊，滅了他的分舵再說。」

林瑤仙微微一笑：「展師弟說得輕鬆，你想過沒有，現在天狼還沒有正式開宗立派，他的這個所謂的黑龍會，現在只不過是幾千江湖高手組成的一支軍隊，掛靠在戚繼光將軍的名下，是明軍的正式部隊，你說要攻擊他，那是不是就是向官軍宣戰？這種行為好像是造反吧。」

展慕白微微一呆，道：「可天狼的那些手下只不過是披了一身官軍的皮罷了，並非真正的官軍，這回因為分贓的關係，把正牌的官軍戚將軍的部隊都氣得回浙江了，現在福建境內，只有天狼的幾千部下，並沒有真正的官軍。」

徐林宗「哦」了一聲，反問道：「展師弟這消息倒是很靈通啊，請問是從何得知的呢？」

展慕白坦承道：「是洞庭幫的楚幫主告訴我的，此事在東南人盡皆知，我想不會有假。」

徐林宗道：「我聽說楚幫主原來還想去援救那福建倭寇首領毛海峰，後來敗在了這個天狼的手下，不得已才退出福建，他當然不會說天狼的好話，展師弟，是不是有些偏聽偏信了呢？」

展慕白有些急了，聲音也變得尖細起來：「徐師兄，不管那楚幫主是何用心，天狼搶奪倭寇的戰利品，把官軍氣得都回師了，這事總假不了，現在他沒開宗立派就已經公然地搶奪倭寇的藏寶，以後若是站穩了腳跟，還不扯旗造反呀，所以咱們若是出手攻擊他，談不上什麼攻擊大明官軍，而是為國家除害。」

林瑤仙反駁道：「朝廷沒有任何正式的公文宣布天狼他們是叛軍，現在倭寇還沒有全部消滅，展師弟你就要做這種攻擊抗倭力量的事情，那不是親者痛仇者快的事嗎？楚天舒私下勾結倭寇，並非俠義所為，不管他出於何種原因，我覺得跟此人都是保持點距離比較好，這回他利用我們在正面對付屈彩鳳，卻又在背後暗地監視，可見跟我們伏魔盟並非真心合作，我倒是覺得對他需要防著一手。」

沐蘭湘也道：「我同意林師姐的意見，這洞庭幫當初崛起的時候，行事手段就非常狠辣，絕非正派人士所為，而且強硬地拒絕我們武當插手這湖廣一帶的鏢局生意，壟斷了兩湖行商走賈的買路錢，若不是當時看他跟魔教是死敵的份上，我們武當是咽不下這口氣的，但跟此人，我們也不想多來往，而那天狼所做的都是俠義之事，如果讓我選的話，我寧可和天狼合作。」

展慕白咬咬牙，轉向徐林宗：「徐師兄，**這算是武當的正式表態嗎？**」

徐林宗看了一眼沐蘭湘，持平道：「對於這位天狼，我們確實一無所知，只是有過數面之緣而已，但在徐某看來，其人所作所為，並不失俠義，現在又有官軍的身分，家父來信上，並沒有說要與之為敵，只說在南少林那裡召開伏魔盟四派的大會，商討這個問題，所以我想，到時候還需要根據天狼的態度做出最後的決定。」

展慕白聽了，忍不住吐嘈道：「說來說去，**徐師兄就是不想跟天狼為敵，對嗎？**」

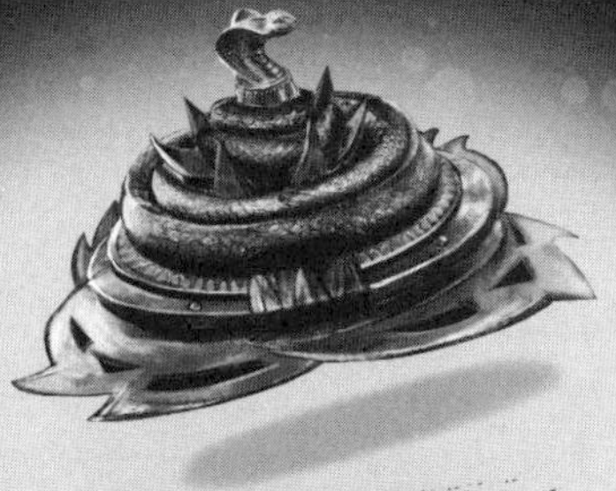

第三章

敵友難分

鳳舞搖頭道：「狼哥哥，你有三樣弱點，
一是幾次三番地援救屈彩鳳，屈彩鳳假意歸順以圖發展自己，
你也會被看成是圖謀不軌之人，最起碼是敵友難分，若非如此，
你也不至於要摘下面具去取信林瑤仙和展慕白吧。」

徐林宗淡定地道：「展師弟，如果天狼和他的黑龍會明顯地與魔教或者是英雄門勾結，危害蒼生，那我武當上下絕對會全力將之消滅，但現在並沒有明確的證據證明這一點，而且天狼現在還在抗擊倭寇，所以我以為對此事應該慎重才是。不能只憑你的猜測，就決定與之為敵。」

展慕白扭頭對林瑤仙道：「林師姐的意思只怕更不用說了，你是完全站在天狼這一邊的，對吧？」

林瑤仙不悅地說：「展師弟，我不喜歡你這樣的說話方式，從頭到尾，大家都沒有說過你華山派站在洞庭幫這一邊的話吧，為什麼要這樣說我們？峨嵋的態度和武當一樣，在沒有明確的證據之前，並不認為應該與黑龍會為敵，這跟錢沒關係，純粹是出於俠義的角度。」

展慕白哈哈一笑：「俠義？別說這個可笑的理由了，林師姐，**不就是因為天狼是你的舊識，給你開出了更好的條件嗎？**」

林瑤仙聽了，柳眉倒豎道：「展師弟，請你把話說清楚，什麼舊識，什麼更好的條件?!」

展慕白咬牙道：「天狼為了取信於我，把他的身分告訴了我，想必他也告訴你林師姐了吧，若非如此，你怎麼可能這麼輕易地放過屈彩鳳?!」

林瑤仙冷言道：「不錯，但林某發過誓，不把此人的身分洩露出去，怎麼，展師弟，你是不是打算把他的身分公諸於世了？」

展慕白嗤聲道：「他果然告訴你了，怪不得你峨嵋這麼護著他，看來今天我們是達不成共識了，展某告辭，到時候南少林大會上再公開辯論吧。」

徐林宗沉聲道：「展師弟且慢，這天狼是何身分，能否向徐某說明？」

展慕白本來起身欲走，一聽徐林宗的話，便道：「徐師兄何不去問林師姐？」

沐蘭湘笑道：「林師姐剛才說得清楚，她立過誓，不能洩露人家的身分，展師弟，你好像沒立過誓吧，為何不能告訴我們？」

林瑤仙突然說道：「沐師妹，天狼不希望把自己的身分公諸於世，我也覺得現在並不是公開他身分的好時機，如果沐師妹真的想知道的話，我想還是在這次南少林大會上當面問他比較好。」

沐蘭湘的小嘴又撅了起來：「林師姐，今天一開始還說以後有什麼事情應該開誠布公，這樣只有你們知道，我們武當卻不知道，恐怕不好吧。」

林瑤仙幽幽地嘆了口氣：「這事跟別的事情不一樣，沐師妹，雖然你早晚會知道天狼的身分，但我希望你是當面親自問他，而不是透過我們來轉述。」

展慕白心念一轉，他本來存了心思想要跟洞庭幫合作，楚天舒向他許諾過，如果能把黑龍會趕出東南，就會轉而支持他在東南一帶開宗立派，這巨大的海運利益讓展慕白無法拒絕，而且他本就出身福建一帶，對那裡的情況也很熟悉，有一個能回老家的機會，自然是求之不得，因此就想在這次大會上慫恿四派一起攻擊黑龍會。

可是他沒想到天狼居然把身分也向林瑤仙透露了，峨嵋如此堅定地支持黑龍會，那他的計畫就失敗了一半，而武當上下若是知道天狼就是李滄行，那多半也不可能支持自己的提議，**當今之計，還是使出第二套方案才是上策**。

於是展慕白哈哈一笑，又坐回了椅子上：「沐師姐，並不是我等有意隱瞞天狼的身分，實在是向他立過誓，不得把他的秘密向大眾公開，不過這次四派大會上，你應該有機會見到天狼，到時候你和徐師兄也可以當面問他的身分，你說呢？」

沐蘭湘覺得自己心跳得很厲害，從展慕白和林瑤仙的眼神中，她讀出了一絲複雜的神色，似乎這個天狼跟自己有莫大的淵源，而在她心裡持續了多年的那兩個影子，越來越重合在了一起，她的臉開始脹紅，連呼吸也變得有些急促了。

徐林宗心如明鏡，**沐蘭湘所想，也是他剛才一直所懷疑的**，從林瑤仙那副欲說還休的態度，他已經確定了一大半，只不過這個謎底需要自己親手揭開。

一想到當年天狼抱著屈彩鳳，衝著自己說的話：「徐林宗你記住，屈彩鳳永遠是我天狼的女人，我不許你再碰他！」他的心就滴血，眼中竟然泛起了淚光，嘴脣也微微地哆嗦起來。

展慕白一看到徐林宗這樣子，心裡也猜到了個大半，暗自冷笑，嘴上卻說道：「徐師兄，既然咱們在對付黑龍會的事情上無法取得一致，就暫時擱置爭議，到時候在南少林的大會上討論吧，小弟還有一事，想先跟二位商量。」

徐林宗意識到自己有些失態了，連忙定了定神，說道：「展師弟有何指教，但說無妨。」

展慕白道：「小弟覺得，這些年來，咱們伏魔盟四派雖然有事都商量著來，但這種制度仍然無法應對突發情況，我們四派相隔千里，彼此間就是聯絡通氣都需要很長時間，而且有很多時候會像這次一樣，四派的看法不一，最後鬧得不太愉快，各派自行其事，難以形成合力。」

林瑤仙點了點頭：「展師弟所言極是，你有什麼好的提議或者辦法來解決這個問題呢？」

展慕白笑了笑：「展某不才，就先拋磚引玉，我覺得這次南少林大會上，在商量如何對付天狼和黑龍會之前，不妨四派先舉行一個盟主推選之會，推出一位盟主出來，以後如果四派意見相持不下的話，就以盟主的意見為最後決定，即使有不同的想法，也要聽盟主的號令行事，如何？」

林瑤仙秀眉一蹙：「展師弟，這個盟主如何選舉，你可有計畫？」

展慕白道：「我看現在四派的掌門人，少林派的智嗔師兄還有我們三人，都是同齡同輩，資歷相當，要推選一人為盟主的話，不如按武林的方式，**比武奪帥**，如何？」

沐蘭湘突然笑了起來：「我道展師弟有什麼好辦法呢，搞了半天是要來個比武大亂鬥，誰的武功高，誰當盟主，這自然對你華山派是有利的，如果按人數投票，華山派新敗於英雄門，連總舵也無法奪回，弟子人數是四派中最少的，若是一對一的比武，展師弟就給自己爭取了可能的機會，你這算盤還真是精明哪。」

展慕白被沐蘭湘說破了心事，臉皮一紅，卻無法反駁，只能說道：「沐師姐，華山雖然遭遇大難，但正道俠士、名門大派不能只看一時興衰吧，當年先師岳掌門在的時候，我華山派只有數十弟子，可是紫光掌門也沒有因此看不起我們華山派，將我們排除在正道大派之外吧。」

沐蘭湘自知也有些失言，粉臉微微一紅，低下了頭。

徐林宗見狀，趕忙緩頰道：「展師弟，內子說話不慎，冒犯了你，還請包涵，武當上下絕無輕慢華山之心，還請不要誤會。」

展慕白卻是得理不饒人，冷冷回道：「展某也知華山當前處境無法與你們幾派相比，但是論及俠義之心，展某自認為不輸給他人。」

林瑤仙緩頰道：「展師弟，並不是我們有意小看華山派，但是如果決出一個盟主，那四派都要聽盟主一人的號令，即使三派的意見與盟主不合，也要聽這盟主一人的決斷，對嗎？」

展慕白搖搖頭：「這只是對重大之事，各派意見僵持、無法決斷的時候，才由盟主一言定乾坤，平時各派的內部事務，盟主不得干預。」

林瑤仙追問道：「什麼叫重大之事，什麼叫意見僵持，展師弟，能舉個例子嗎？」

展慕白「嘿嘿」一笑：「像這次對付新興的黑龍會，我們伏魔盟要取何種態度，或者說接下來對魔教，英雄門這些敵對幫派的大規模行動，這就是重大之事。至於說意見僵持，是指二對二，或者四派各自有主意，沒有形成絕對多數，也就是三派以上共識的情況。比如這次對黑龍會，武當和峨嵋要是能讓少林也採取同樣的態度，那我即使是盟主，個人意見也不得凌駕於三派之上。」

林瑤仙聽了以後，沒有說話，只是點了點頭。

展慕白一看林瑤仙已經默許，便轉向徐林宗道：「徐師兄，你意下如何？」

徐林宗沉吟了一下，撫了撫自己的三縷長鬚，問口道：「展師弟的提議很不錯，我們武當會好好考慮的，這樣吧，我看展師弟把這個意思也傳給少林派，如果他們也支持的話，到時候就依你所言行事，在南少林大會上，表決你的這個提議，選出盟主後，再由盟主主持討論對黑龍會的態度，展師弟以為可否？」

展慕白哈哈一笑，站起身來：「很好，展某這就出發去南少林，咱們一個月後再見。」

徐林宗稽首行禮：「那就恕不遠送了。」

展慕白臉上掛著得意的笑容，推門而出，剛才陰暗的大殿一下子又變得陽光明媚起來。

林瑤仙把茶碗裡的水一飲而盡，也站起身道：「徐師兄，沐師妹，林某也就此別過了。」言罷轉身欲走。

沐蘭湘突然開口道：「林師姐，請留步。」

林瑤仙轉過頭：「沐師妹還有何指教？」

沐蘭湘走到林瑤仙面前，拉起她的手，撒嬌道：「好姐姐，這會兒也沒有外人，就不能告訴我那個天狼究竟是誰嗎？」

林瑤仙看著沐蘭湘那雙水汪汪的大眼睛，裡面充滿了期待與熱切，心中一陣酸楚，她最清楚李滄行心中念念不忘的，便是這位小師妹，便柔聲安撫道：

「妹妹不必心急，這天狼乃是你我舊識之人，不過我發過誓，絕不洩露他的身分，妹妹總不能逼姐姐我破誓吧。」

沐蘭湘眼中閃過一絲失望，幽幽地嘆了口氣：「那當然不可以，只是，這個天狼的身分，我真的很想知道。」

林瑤仙握著沐蘭湘的素手：「妹妹不用心急，一個月後，一切自然可以真相大白了，我想，如果你和徐師兄當面問他的話，他是不會不說的，**他既然向我們公開了身分，應該也做好了對天下公開的準備。**」

沐蘭湘這才開心道：「好，就聽姐姐的，姐姐在這裡多住幾天吧，等我們點齊了人，再一起上路，好嗎？」

林瑤仙搖搖頭：「我們一起走的話，展師弟又要不高興了，再說，我還有些事情要安排，得先告辭了，反正我們很快又會見面了。」

沐蘭湘依依不捨地說道：「那就祝姐姐一路順風。」

林瑤仙抽回了手，對徐林宗行了個禮，轉身急行而去。

沐蘭湘呆呆地看著林瑤仙遠去的背影，一言不發。

徐林宗道：「師妹，你在想什麼？」

沐蘭湘突然飛奔而出，徐林宗趕緊追了出去。

只見沐蘭湘那深藍色的身影奔出了山門，徑直向後山的方向而去。兩道藍色的身影如穿花蝴蝶一般，一前一後，在這武當山的樹叢中來回穿越追逐，幾個巡山的弟子只覺兩眼一花，剛要喝問，卻發現是掌門夫婦。

徐林宗一直追到思過崖上，只見沐蘭湘那嬌小柔弱的身影獨立在山峰中，風兒吹拂她額前的秀髮，點點淚水這會兒已經化為一串串的玉珠，不停地向下落著。

徐林宗輕輕地走到沐蘭湘的身後，嘆道：「師妹，我知道你心裡想的是什麼，如果你想哭，就痛快地哭出來吧。」

沐蘭湘轉過身，盈滿淚水的大眼看著徐林宗，癡癡地道：「徐師兄，你說，**真的會是他嗎，如果是他，為什麼這麼多年他都不肯認我？他是不是討厭我，再也不想見我了？**」

徐林宗想到屈彩鳳，亦是黯然神傷，眼中隱隱地泛出淚光，深吸一口氣道：

「我也不知道是不是他，但我想，如果真的是大師兄的話，他應該也有了自己的幸福，我們應該祝福他才是。」

沐蘭湘突然淒厲地大叫道：「不，我不信，他說過，只要我在武當山上等他，總有一天他會來接我的，大師兄不會騙我的，天狼不會是大師兄，不可能是他的！」

她的情緒越來越激動，一邊叫著，一邊捂住了自己的耳朵，再也不想聽別人的隻言片語。

徐林宗喃喃自語道：「我又何嘗不希望他不是呢？」

兩人就這樣在山風中各懷心事，默然對立。

也不知道時間過了多久，沐蘭湘才幽幽地說道：「徐師兄，你說，如果天狼真的是大師兄，他會不會是誤會了我們的婚禮才那樣的？我們如果跟他解釋清楚當年是假結婚的事，是不是就能解除誤會？」

徐林宗茫然地道：「我不知道，但如果天狼真的是大師兄的話，從他幾次三番地去救彩鳳，甚至不惜為她背叛錦衣衛這點來看，他們之間應該是情深義重，就算是知道了我們是假結婚，只怕也是木已成舟，無可挽回了！」

沐蘭湘頹然地後退了兩步，腳踩到懸崖邊上，一陣碎石下落還渾然不知，徐林宗趕忙抓住她的手，把她拉了回來，沐蘭湘只是默默地流著淚，彷彿整個人的靈魂都被抽乾了似的。

突然，沐蘭湘想到了什麼，興奮地道：「不，徐師兄，我想事情還不至於無可挽回，屈彩鳳入了魔教，天狼在打理他自己的黑龍會，兩人分明是各行其事，我想，他們可能已經分開了，我們還有希望。」

徐林宗先是一愣，轉而也跟著笑了起來：「對啊，我怎麼沒有想到這一層，天不會絕我們的，我們還有希望，哈哈哈。」

兩人相對大笑起來，笑聲在風中蕩漾著，傳遍了武當的後山。

笑畢，沐蘭湘抹了抹眼中的淚水，不好意思地道：「謝謝徐師兄，又是你開導我，讓我走出悲傷。」

徐林宗微微一笑：「應該的，咱們是最好的師兄妹，妹妹的事就是我的事，怎麼能不幫忙呢？何況剛才我們都太激動了，天狼是不是大師兄，這點還沒有確定，我們也不要急著下結論，還是靜觀其變為好。不過，我們也要做好準備，萬一天狼真的是大師兄，咱們就得想辦法讓他回武當。」

沐蘭湘嘆了口氣：「我瞭解大師兄，如果他真的是天狼的話，這些年來他都不肯回來，還要自立門戶，那一定是他不想回來了。徐師兄，不管怎麼說，我都要試試，**如果他真是大師兄的話，我會向他解釋這一切，向他證明我的誠意**，也許……我會離開武當，跟他一起走。」

徐林宗理解道：「放心吧，如果天狼真的是大師兄，又對你舊情未了的話，他若是肯回來自然最好，若是不肯，你想跟他浪跡天涯，黑石師叔你不必擔心，我一定會好好照料的。」

沐蘭湘感激地抓住徐林宗的手：「徐師兄，謝謝你。」

徐林宗臉上擠出一絲笑容，心中卻是悵然不已：**彩鳳，你呢，你肯跟我回頭再續前情嗎？**

與此同時，浙江台州城內，「阿金酒樓」對面的一處小客棧內。

這裡是錦衣衛另一處秘密的接頭地點，平時在這個客棧二樓地字號的客房裡，只要打開窗戶，就可以看清楚酒樓內的一舉一動，上次李滄行到「阿金酒樓」，就是被在這裡觀察的陸炳看到，才會前去接頭的。

可是現在的客房裡，卻是門窗緊閉，李滄行和鳳舞並排坐在屋中的一張八仙桌邊，手拉著手，神情甚是親暱。

這一個多月來，李滄行放下了手頭的事，跟鳳舞一路從湖廣到浙江遊山玩水，打扮成一對小夫妻縱情於山水之間，這也是李滄行久違的休閒時光。

鳳舞也找回了本性，大概這是她做間諜這麼多年來，第一次可以好好地釋放一下自己。

由於兩人名分已定，鳳舞心情愉悅，一路上也是盡情地玩耍，黏著李滄行撒嬌發嗲，恍惚間讓李滄行似乎又找回少年時在武當山上與沐蘭湘那樣兩小無猜，無憂無慮的時光，也真的願意就這樣放下一切，從此與佳人相伴，共走天涯。

不過兩人仍是嚴守禮法，分房而住，並未踰矩。而每到一處，便有當地的錦衣衛秘密機構傳遞消息，告知鳳舞倭寇與官軍的動向。

離莆田南少林大會召開還有十二天，李滄行和鳳舞來台州已經三天了，前天，兩人看到華山派眾人在展慕白的帶領下，幾百名弟子浩浩蕩蕩地穿街而過，引來路人一陣側目。

鳳舞依偎在李滄行的懷中，道：「狼哥哥，我們究竟要在這裡等到什麼時候呢？」

李滄行回道：「別急，看到其他三派後，我們再一起走。」

鳳舞今天沒有戴蝴蝶面具，而是披了一張人皮面具，打扮成一個二十多歲，姿色平平的少婦，她的眉毛微微一皺：「可若是他們不走台州城，而是走別的路呢，那我們豈非錯過了？」

李滄行笑著搖搖頭：「不會，我想他們沒必要捨近求遠的，這裡是從武當來莆田最近的路線了。」

鳳舞抬起頭，眨了眨眼道：「你就這麼確定展慕白和林瑤仙一定會去武當？」

李滄行肯定地說：「不錯，我很確定，而且這三派在來南少林前，也會私下先商議一下這次的事情。」

鳳舞「哦」了聲，道：「你為何如此肯定呢？我覺得展慕白和林瑤仙不像一路人，更不用說徐林宗了。」

李滄行哈哈一笑，捏了捏鳳舞的臉蛋：「那你說，展慕白又是個什麼樣的人呢？」

鳳舞拍了一下李滄行的手，微嗔道：「討厭，人家在說正事呢，別鬧。」

李滄行摸了摸手：「好痛啊，鳳妹，你下手可真夠重的。」

鳳舞吐了吐舌頭：「對你這條色狼啊，就要這樣打，以後才會長記憶，不會亂摸別的女娃兒家。」

李滄行笑道：「好了，說正事吧，我想聽聽你對展慕白的看法，這對我們接下來的南少林之行很重要。」

鳳舞神情變得嚴肅起來，又恢復了作為一個錦衣衛殺手的冷靜與沉著：「展慕白為人有點神經質，特別的偏執，練的武功也是邪門得很，我感覺他有點走火入魔了，不太像個正常男人，除去對魔教的仇恨以外，似乎還有一種，還有一種……」

說到這裡時，她停了下來，欲言又止。

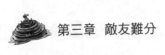

李滄行緊跟著問道：「一種什麼？」

鳳舞想了想，道：「**還有一種骨子裡的自卑，他看你和徐林宗的眼神，透著一股嫉妒以外的東西，更多的是羨慕。**」

李滄行笑道：「展慕白年紀輕輕已經是一派之主，論起武功來，也稱得上是絕頂的高手，身邊更不乏美人相伴，可以說一個武者夢中想要的，他全都有了，談何自卑呢？」

鳳舞搖搖頭：「具體的我也說不上來，但是我能感覺得到，**他對你除了自卑以外，還有一種刻骨的敵意**，狼哥哥，**你一定要對這個人留有戒心**，我知道你救過他，也對他以誠相待，可在我看來，這個人未必會同樣對你。」

李滄行嘆道：「展慕白的事，我很清楚，他確實有點可恨，但他是個非常可憐的人，家門不幸，師父師娘和師姐又慘遭橫死，自己身上還有隱疾，所以性格變得偏激狹隘，這些我都可以理解，也能原諒他，我也只希望能儘量多地幫幫他，至於他領不領情，那倒在其次了。」

鳳舞又道：「我覺得他和楚天舒很相似，給我同樣的感覺，有點陰森詭異，楚天舒並非名門正派，成天戴著面具，給人這種感覺很正常，可是展慕白年紀輕輕，又是正派掌門，也給人這種感覺，就不正常了。對了，那天你本來和展慕白約好了作戲，可我看到楚天舒衝出來的時候，展慕白倒是準備真打的。」

李滄行那天打鬥時只顧著救屈彩鳳，沒怎麼留意展慕白，聽鳳舞這麼說，不禁一愣：「哦，還有這種事？」

鳳舞信誓旦旦地說：「千真萬確，林瑤仙那天留在山上沒有動，展慕白卻帶著手下氣勢洶洶地衝了下來，若不是你迅速地掩護屈彩鳳撤走，只怕展慕白那天就會大開殺戒了。」

李滄行臉上的表情也變得嚴肅起來：「若是如此的話，這回我們還真得防著點展慕白，他知道我的底細，也知道我的意圖，如果存了什麼歪心思，只怕我會措手不及。」

鳳舞微微一笑：「不過我覺得你也不必太擔心，這回展慕白獨自先行，而且那天看他的模樣，匆匆而去，臉上也是表情嚴肅，只怕是在武當沒有達到目的，這才負氣先行的。」

李滄行道：「鳳妹這都能看得出來？」

鳳舞點點頭：「狼哥哥，你說你手上有展慕白的把柄，能讓他身敗名裂，無顏見人？」

「是的，但是我也發過誓，對任何人都不會透露的，除非展慕白對不起我在先。」李滄行道。

鳳舞笑道：「我才沒興趣知道他的什麼醜事呢，只是我從他的角度來分析，如果我是展慕白，你又知道了他的秘密，那我首先想要做的，**就是把你給除掉，或者讓你遠遠地離開中原，不能散播這個秘密。**」

李滄行臉色一變：「不會吧，展慕白有這麼狠辣？」

鳳舞點點頭：「至少換了我爹，一定會這樣做。展慕白這些年來出手非常狠絕，所過之處不留活口，早不是當年你認識的那個羞澀內向的華山少年了，他不這麼做才奇怪。」

李滄行心道：傷根之人往往心性大變，歷代太監都會做些常人難以想像的事，想到這裡，他的背上開始微微地發涼，額角也冒出幾滴汗珠來。

鳳舞看到李滄行的模樣，取笑道：「好了，我也不想挑撥你們的關係，我

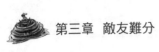

知道，對伏魔盟的這些人，你多少都有些感情，要不然當初也不會冒那麼大的危險去救展慕白，也不會對他透露自己的身分了，但我提醒你一句，**展慕白不是徐林宗，徐林宗不會害你，展慕白就難說了，對他留點心眼，防著點，總是沒錯的。**」

李滄行點點頭：「多謝鳳妹的提醒，我會留意的。這次展慕白沒有跟著其他三派，或者說峨嵋與武當兩派一起行動，確實有點奇怪，他這是想先走一步，去南少林跟少林派達成共識嗎？」

鳳舞笑道：「除了這個解釋外，還有別的原因嗎？狼哥哥，這一路上我都沒有問你，眼看快要開這個大會了，你現在能不能對我說實話，這次你究竟打算如何應對伏魔盟呢？」

李滄行道：「我也不知道，我想向他們示好，以後可以長期作為朋友，共同對抗魔教，也願意把今後東南收益的一部分給他們，他們如果能接受自是最好，若是不願意，那也只能井水不犯河水了。」

鳳舞眨了眨眼睛：「**如果他們不僅不願意，而且這井水也想犯河水呢？**」

李滄行臉色微微一變：「鳳妹，你這是什麼意思，你是說伏魔盟想要向我開戰？」

鳳舞道：「我在錦衣衛這麼多年，看到爹處理任何事情都有一個準則，那就是**凡事都要考慮最壞的情況**，展慕白在巫山就想要在背後偷襲你，顯然不會把你當成朋友，這回我估計他也是想拉上伏魔盟一起對付你；你想想，華山派現在無論是北邊的恆山還是南邊的衡山，呃，假設那衡山分舵楚天舒還肯給他的話，都不是很安全，要直面英雄門和魔教，如果我是展慕白，兩個地方都不要，轉到福建，不是既安全又舒服嗎？」

李滄行質疑道：「可就算展慕白這樣想，那三派又為何會支持他呢？大家也不是傻子，為了華山派的利益來跟我開戰，我覺得不太可能。」

鳳舞搖頭道：「狼哥哥，你有**三樣弱點**，**一是幾次三番地援救屈彩鳳**，現在屈彩鳳的公開身分可是魔教中人，不管她是不是真心加入，還是假意歸順以圖發展自己，伏魔盟都會視之為死敵，而幫著屈彩鳳的你，也會被看成是圖謀不軌之人，最起碼是敵友難分，若非如此，你也不至於要摘下面具去取信林瑤仙和展慕白吧。」

李滄行聞言道：「不錯，可是他們已經知道我是李滄行了，如果我再把身分向武當和少林公開，應該也不至於對付我吧。」

鳳舞嘆了口氣：「你的**第二個弱點**，**就是這回跟我們錦衣衛又扯上了關係**，伏魔盟各派深恨錦衣衛，在他們眼裡，我爹跟冷天雄沒有多大區別，若不是錦衣衛代表了朝廷，他們早就跟我們開戰了，但你現在跟我們合作，又救了屈彩鳳，所以在他們眼裡，也差不多是邪魔外道啦。」

李滄行大嘆：「你想說的**第三個弱點，就是李滄行當年不過是被武當逐出師門的棄徒而已**，而且後來還加入了錦衣衛，說不定跟紫光真人的死都脫不了干係，如果我亮出身分，也許武當和峨嵋二派會相信我，但**沒有打過交道的華山與少林二派會視我為品行不端、背叛師門的敵人**，對不對？」

鳳舞點點頭：「你既然已經想到這些了，那準備如何應對呢？」

李滄行眼中閃過一絲冷芒：「對朋友，自然是以誠相待，奉上好處，但如果有人故意要與我過不去，那我也只好不客氣了，東南一帶是我準備安身立命之處，誰也別指望打著各種名義跟我爭奪，展慕白和少林如果真的想要跟我開戰，那儘管放馬過來就是！至於武當和峨嵋，我相信是不會跟著他們一起走的，最多保持中立。」

鳳舞緊跟著問道：「若是洞庭幫也插手幫助華山與少林二派呢？」

李滄行冷笑道：「我自有辦法反制他們，首先會公開展慕白和楚天舒的秘密，同時公開洞庭幫的來歷，然後我會借助你們錦衣衛的力量，跟他們在東南一帶周旋，洞庭幫的大敵是魔教，當不至於把全部精力都用來跟我開戰。

「要是逼我逼得急了，我會請屈姑娘再次襲擊洞庭幫的總舵，逼洞庭幫退出，少林那裡，只要徐閣老和高大人下書，嚴禁他們出手，應該也不會一直打下去，只剩一個華山，我還沒有放在心上，再說了，華山的背後還有英雄門，自己的恆山都不太平，跟我作對到底，對他們並沒有好處。」

鳳舞聽了，忍不住說道：「你是從哪兒學來這些厲害手段的啊？這不像你啊。」

李滄行的表情變得異常堅定起來：「鳳妹，我可不是什麼迂腐不化的善男信女，這回我來中原，就是要稱霸武林、消滅魔教的，只要在原則之內，什麼雷霆手段都可以用，**我不可能讓所有人滿意，但也不會讓任何人欺負，想跟我做朋友的，我歡迎，想跟我為敵的，那我一定會讓他後悔為什麼要生到這世上！**」

鳳舞眼中光波閃閃，充滿了崇拜之情：「好氣勢，這才是我喜歡的狼哥哥，也只有你這樣的男人，才能保護我。」說著，她一頭埋進李滄行的懷裡，再也不肯出來。

李滄行撫著鳳舞的秀髮，密語道：「我既然說會娶你，就一定會保護你的，鳳妹，你若是嫁給我，就要離開錦衣衛，你爹願意嗎？」

鳳舞喃喃地道：「他當然捨不得，其實以他的心思，你能重回錦衣衛，自然是最好的，退而求其次，讓你的黑龍會能成為錦衣衛下面的周邊組織，就像三清觀那樣，如果實在不行的話，至少能以丈人的身分讓你這個女婿辦事，也算是他的底限了。」

李滄行和鳳舞自從和好以來，今天是第一次正式談到這個問題，他的心中一動，突然對懷中這個溫婉可人的女子，又多出了一份陌生感，繞來繞去，這樁婚姻只怕還是陸炳用來控制自己的一個手段，**而鳳舞對自己的感情，有幾分是真，幾分是假，還要打個問號呢。**

於是李滄行不動聲色地道：「鳳妹，**如果我這三條都不答應，那你爹會怎麼樣？你又會怎麼樣？**」

鳳舞抬起了頭，易容術可以改變面容，但改變不了眼神，她清澈明亮的美目波光閃閃，看不出一絲虛情假意。

只聽鳳舞輕輕地密語道：「我爹怎麼想，那是我爹，我只喜歡你狼哥哥一人，你若是娶了我，我就是你的人，這輩子我只會聽你的，不會再聽我爹的命令了。你對這個還有所懷疑嗎？」

李滄行搖搖頭：「當然不會，只是你剛才說了你爹的三個條件，若是我不肯的話，你爹只怕不肯讓你嫁我，到時候怎麼辦？」

鳳舞堅定地說：「真要是那樣的話，我也一定會嫁給你的，這幾十年來，我已經報夠了我爹的恩情了，以後我想選擇自己的人生，狼哥哥，即使我爹不答應，我也會跟你走，若是因此引得錦衣衛和你翻臉，我也會站在你這一邊的。」

李滄行心中一陣暖意，剛才對鳳舞的懷疑立即煙消雲散，他凝視著鳳舞，柔聲道：「我不會讓你為難的，只要你爹不再跟嚴世蕃勾結，不違背俠義和妨礙我滅魔的事，我都可以答應他，但要讓我像以前那樣，像條狗一樣地被他驅使，做自己不願意做的事，那我可不能答應，有機會的話，你把我的意思轉告給你爹，好嗎？」

「人家才不想回去呢，再說了，你是狼，可不是什麼狗，我爹可從來沒像對狗那樣的對你，這點你也莫要冤枉了他。」鳳舞吐嘈道。

李滄行撫著鳳舞的後背，柔聲道：「好了，鳳妹，雖然我不想和你分開，但你該回你爹那裡去了。」

鳳舞有點意外，抬起頭，睜大了眼睛：「怎麼，你要趕我走？」

李滄行道：「不是要趕你走，而是你今天的話提醒了我，我得早做準備，你回去找你爹，這回南少林之行，我有可能需要他的幫助。」

鳳舞從李滄行的懷裡直起身子，理了理自己的頭髮，表情也變得嚴肅起來：「有這必要嗎？即使我剛才那樣分析，也不太可能馬上就和伏魔盟起衝突，你這次就要我們錦衣衛相助，那豈不是坐實了有些人對你的誣衊嗎？」

李滄行微微一笑：「有些事情發生了，想抹也是抹不掉的，我確實和你們錦衣衛一直是合作的關係，而且以後你會成為我的妻子，這個關係更是怎麼抹也抹不掉了，與其讓人議論紛紛，不如光明正大地表現出來，這次南少林的大會上，我會正式宣布，將迎娶你作為我的妻子，而你，也會正式地加入我的黑龍會，從此與錦衣衛再無關係。」

鳳舞眼中現出一份激動：「你說什麼，你要娶我？」

李滄行認真地道：「是的，而且我要明媒正娶，公告天下，我已經考慮得很清楚，消滅倭寇之後，黑龍會就要正式立足於江湖，成為武林中的一大勢力，**我不想再戴著面具藏頭縮尾地生活，所以我會公開的身分，向世間宣告我就是李滄行，不是錦衣衛天狼，而你鳳舞，也是我李滄行的妻子，不是錦衣衛的殺手。」**

鳳舞嚶嚀一聲，撲進李滄行的懷裡：「我，我不是在做夢吧？」

李滄行微微一笑：「而且我這樣做還有一個目的，就是讓小師妹和屈姑娘她們死了心，老實說，這麼多年來，我不以真面目示人，最主要就是想躲著小師妹，我心裡始終有她，又不願意，或者說不知道如何去面對她，才會這樣自欺欺人地用天狼來隱藏自己，但這樣終歸不是長久之計，所以我現在想通了，**要想徹底放下小師妹，只有扔下面具，做回自己**，以後生活在陽光之下，自然無所畏懼，鳳妹，我希望你也能和我一樣，摘下自己的面具，堂堂正正地做人。」

鳳舞嬌軀微微一抖：「不，不要這樣，狼哥哥，我們還是這樣比較好，沐姑娘對你的感情和別的女人都不一樣，也許屈彩鳳會知難而退，但沐姑娘一定會扔下一切來找你的，我不要你走，我不要她把你搶走。」

李滄行撫著鳳舞的秀髮，柔聲道：「傻丫頭，小師妹沒有你想的這麼衝動，當年在武當她就跟我斷情絕愛過，這你又不是不知道，再說，她早已是徐夫人，對我哪還會有半點情意呢。」

說到這裡，他想到小師妹在徐林宗懷中哭泣的景象，心中就是一陣酸楚和黯然，竟然無法再說下去。

鳳舞囈語道：「不，狼哥哥，我心裡有數，我們都是女人，她的心思我很能理解，**就像你一刻也忘不了她一樣，她其實也不可能忘了你**，她嫁給徐林宗只不過是一時的權宜之計，現在武當已經平靜了，不再需要她用這段婚姻來維持，只要你一出現，她一定會扔下一切來找你的。」

李滄行毅然決然地說道：「不，鳳妹，不管她是怎麼想的，現在她都已經是徐師弟的妻子了，於情於理，都不可能跟我再續前緣，就算她有意這樣想，我也不會這樣做。以前我戴著面具，不敢面對她，是因為我心中還有她，還在猶豫，還存了幻想，**現在我有了你，再也不會如此了**，就是她出現在我面前求我帶她走，我也不會看她一眼，**我已經擁有世上最好的女子，又何必要為少年時的舊愛而誤人誤己呢？**」

鳳舞臉上閃過幸福的神色，不敢置信地道：「你真的是這麼想的嗎，狼哥哥，你不是想哄我開心才這麼說的吧。」

李滄行笑道：「這件事我考慮了很久，並不是一時起意，也不是哄你的漂亮話，這次伏魔盟的大會上，**我決定先亮明身分，再宣布娶你，一來是向天下公告黑龍會的正式創立，二來也是斷了那些鍾情於我的女子們的念想**，這樣大家都清清楚楚的，也不會再有誤會。」

鳳舞輕咬著自己的嘴脣，眼中光芒一閃：「可是，沐蘭湘若是回心轉意了，你真的能就此忘了她嗎？狼哥哥，我對別的事都毫不懷疑，只是感情的事是沒有道理可講的，我真的，真的怕……」

李滄行伸出手指，輕輕地按在她的唇上：「好了，我知道你最在意這件事，所以一定不會讓你失望的，我也需要通過娶你這件事來堅定我的信心，這次我向天下宣告自己的選擇，你還有什麼好擔心的呢？小師妹也並不是衝動無腦之人，我想一定不會是壞結果的。」

鳳舞渾身發著抖，眼中淚光閃閃：「狼哥哥，如果，**如果我有哪天做了對不起你的事，被你知道了，你會恨我嗎？**會趕我走嗎？會和你的小師妹重新好過嗎？」

李滄行扶著鳳舞的香肩：「說什麼傻話呢，夫妻之間本就是互相包容才能長長久久，你幾次三番地救我，連命都不要了，甚至願意為我斷絕和你父親的關係，我又怎麼可能因為你一時做的事情而和你分開呢？」

李滄行說到這裡，舉起右手，正色道：「我李滄行在此對天發誓，若是今生因為任何事情而有負於鳳舞，甘願……」

鳳舞連忙伸出手堵住李滄行的嘴：「別發誓，這誓言不能亂發的，狼哥哥，如果以後你真的碰到自己也無法遵守誓言的時候，我不希望你被自己的誓言所詛咒，我信你便是。」

李滄行有些奇怪地看著鳳舞道：「鳳妹，你這是怎麼了，我發誓你也不

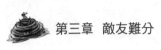

高興？」

鳳舞嘴邊擠出一絲笑容：「我自然信你，只是不想你亂發誓，即使是為我。好了，我這就去跟我爹見面，五天之後，我會去寧德縣城你的營地裡找你。」

說完，她身形一動，只留下室中淡淡的蘭花香氣還縈繞在李滄行的鼻子邊，讓他若有所思。

第四章

七海魔鯊

錢廣來道：「這個吳平號稱『七海魔鯊』，祖輩在大海為生，
名喚晝人，據說祖先是宋武帝劉裕時期，
曾經稱雄海上的孫恩盧循的部下，
劉裕正是靠剿滅這孫恩盧循的起義才發了家，
最後建立了自己的王朝。」

五天之後，寧德縣外。

掛著「郎」字大旗的黑龍會軍營裡，中軍帳中，李滄行除掉了面具，換回了本來面目，穿著一身甲冑，與裴文淵等人集中在沙盤前，商議著最近的軍事。

裴文淵對著一堆由沙土和水泊做成的戰場沙盤，作講解道：

「自從那毛海峰橫嶼大敗之後，就乘船出海，逃到了閩南一帶的澎湖列島一帶，和潮汕一帶的大海盜吳平勾結在一起，這兩個月下來，他四處搜羅福建和浙江一帶的倭寇餘黨，又在佛郎機人那裡購買了不少洋槍火炮，看樣子準備發動大的報復行動了。」

李滄行點點頭，穿上將袍鎧甲的他，別有一番將帥的氣度：「大家覺得，這回毛海峰會對哪裡下手？」

不憂和尚哈哈一笑：「滄行，依我看，毛海峰這回重整旗鼓，聽說現在部下已經超過三萬，還有不少東洋高手和西班牙火槍手助陣，應該是想奪回橫嶼，以報仇雪恨。」

鐵震天也說道：「和尚說得有道理，現在戚家軍已回，閩北這裡只有我們一支部隊，橫嶼島現在沒有駐軍，正是奪回的好時機，有了橫嶼，便可以北連倭寇，進圖浙江了。」

歐陽可搖搖頭：「我不這樣看，最近毛海峰跟廣東一帶的海上巨寇，原魔教的廣東分舵舵主『**七海魔鯊**』**吳平**走得很近，我看他有意轉向廣東一帶發展，這福建沒什麼好待的。」

李滄行「哦」了聲：「這吳平又是何人？」

錢廣來是三天前才趕來的，跟李滄行幾乎是前後腳到達，說道：

「這個吳平嘛，號稱『七海魔鯊』，祖祖輩輩都是在大海上為生，名喚晝人，據說祖先是宋武帝劉裕時期，曾經稱雄海上的孫恩盧循的部下，都是以前的天師道信徒，發動的叛亂幾乎推翻了東晉，而劉裕也正是靠剿滅這孫恩盧循的起義才發了家，最後建立了自己的王朝，起義失敗後，孫恩和盧循的餘黨不願意投降，便退往海上，終日住在船上，也不願意踏上陸地，以示跟劉宋王朝誓不兩立。」

李滄行啞然失笑：「什麼仇能這麼深哪，還真不上陸地了？再說。劉宋王朝已經滅了上千年，都換了多少個朝代了，他們還這樣？」

錢廣來點了點頭，臉上兩堆肥肉把眼睛都擠得瞇了起來：「這些失敗的叛賊，不想再受任何朝廷和官府的管束與欺壓，成天遊蕩於船上，自由自在，不是挺好麼，所以一開始是為了反對劉裕而不上岸，幾十年下來就真的習慣了在船上生活了，若是讓他們強行上岸，反而會不習慣呢。」

李滄行聞言道：「這吳平就是他們的後人了？又怎麼會和冷天雄扯上關係，入了魔教呢？」

錢廣來道：「晝人學的是天師道的祖傳武功，加上千年來在海上討生活，所演化修練出的各種獨門武功，極適合水上作戰，所以他們也是一個存續了千年的海盜組織，除了捕魚外，也靠著打劫為生，尤其是搶掠女子，為自己生下後代，由於嶺南廣東地區一直是化外之地，中央王朝的統治都算薄弱，更無法管這些海盜了，也只能聽之任之，剿撫並重，卻從沒有真正地消滅過。」

李滄行嘆了口氣：「但冷天雄卻是率著魔教高手，突襲了這個吳平的巢穴，將之收服，是不是？」

錢廣來點點頭：「正是如此，那是三十年前的事了，那時候冷天雄的師父陰布雲剛死，為了接任教主，需要完成三件大事，收服晝人就是其中之一，據說冷天雄當年孤身上島，連敗吳平手下十三海島島主，又破了晝人祖傳的七海魚龍大陣，最後與吳平大戰千合，將其擊敗，這才一舉折服了桀驁不馴的晝人，願為魔教屬下，而冷天雄也趁勢任命這吳平為廣東分舵的舵主，讓吳平更是對其感恩戴德。」

歐陽可奇道：「既然如此，冷天雄對吳平也是有大恩的人，為何吳平這回要重新叛離魔教，遁入大海，與那個什麼毛海峰合作呢？」

李滄行淡淡地說道：「這只怕是**冷天雄跟我們的協議之外耍的一個花招**，台州城內，冷天雄被迫答應我的條件，退出包括廣東在內的地盤，這吳平自然也要撤走，所以他乾脆密令吳平下海，與那毛海峰重新聯手，吳平現在名義上不算是魔教的人，毛海峰跟他合作，也不至於得罪了那楚天舒，自然是皆大歡喜。」

裴文淵笑道：「原來如此，看來是我們的壓力逼得這些傢伙用各種方式自保，也算是有意思了。」

李滄行看著裴文淵，問道：「文淵以為毛海峰會作何選擇？」

裴文淵想了想道：「我認為他首先不會來橫嶼，這裡離浙江太近，戚家軍所駐的台州離橫嶼不過百餘里，一兩天就可以到，而且他老巢中最重要的那些珠寶已經全被我們運走了，即使奪回，也不過是一座孤島而已，沒什麼價值。」

李滄行「哦」了一聲：「那文淵是認為他們會去廣東了？」

裴文淵卻搖搖頭：「也不會，各國貿易的中心港無非是福建的泉州和浙江的寧波兩處，而廣東的廣州城，現在並不作為通商的重要港口城市，所以汪直徐海縱橫東南的時候都對那裡沒什麼興趣，吳平之流的一兩千海賊在那裡靠劫掠維生還勉強可以，但若是毛海峰現在的幾萬手下都要過去，那肯定是養不活的。」

李滄行笑了笑：「這麼說，他們會攻擊泉州港？」

一直抱劍獨立的柳生雄霸突然開口道：「不會的，泉州現在集中了福建的大部分官軍，從福建巡撫商震，到福建總兵俞大猷，兩萬陸軍和一萬多水師戰船全都在泉州一帶，而兩廣一帶調來的狼土兵也在此地駐守，所以多年來即使是汪直和徐海最囂張的時候，也不敢打泉州港的主意，更不用說毛海峰現在的兵力遠不如當年汪直全盛時期了，借他幾個腦袋也不敢強攻泉州的。」

李滄行聽了道：「那大家認為毛海峰會攻擊哪裡呢？」

柳生雄霸和裴文淵對視一眼，不約而同地脫口而出：

「興化府！」

所有人的目光都落到了沙盤中央，離著海岸三四百里地的興化府城。

錢廣來連連點頭：「不錯不錯，這裡乃是福建中部的重鎮，物產也算豐富，多年來一直沒有遭遇過倭寇的搶劫，算是內地了，而且此處守備空虛，現在的春耕時節，福建一帶的不少衛所兵都暫時解散，回家播種了，興化府城的守兵只有幾百，面對倭寇的長驅直入，根本不堪一擊啊。」

歐陽可微微一笑：「胖子，既然如此，為什麼這麼多年來，倭寇都不去打這

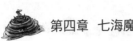

興化府城的主意呢？」

錢廣來嘆道：「主要還是托了少林寺莆田分寺的威名啊，以前倭寇小股上岸的時候，也曾經深入過福建的內地，結果南少林的武僧們組成僧兵，四處搜索和打擊倭寇，零散的幾十上百人一股的倭寇，其中高手也不會太多，也就十來個真正的倭人，自然比不過武功高強的少林武僧們，若不是嚴氏父子勾結倭寇，對少林武僧和自發抗倭的江湖義士們多方打壓，只怕光靠武僧和江湖人士，就能把倭寇給消滅了。

「少林武僧幾次消滅倭寇，都沒有得到應有的獎賞，反而被嚴世蕃說是他們聚眾鬧事，不僅不對死傷的僧兵加以撫恤，還奪了南少林的一些免稅田地，其他一些江湖義士，更是被嚴黨打成江洋大盜，還要繪圖通緝，逼得一些人只能拋妻棄子，遠走天涯。」

不憂和尚恨恨地罵道：「嚴世蕃這個狗賊，真是禍國殃民，罪惡滔天。」

李滄行冷笑道：「嚴世蕃用這種辦法來保護一直跟他有見不得人交易的倭寇，不過南少林的武僧雖然被傷透了心，不再組織僧兵主動平倭，可是這威名卻震懾得倭寇不敢接近莆田的興化府一帶，讓他們再也不敢打起深入福建內地的主意，以前陳思盼在福建沿海稱霸的時候，也是根本不敢深入到興化府城一帶，可是這回不一樣，毛海峰丟掉了他的藏寶，又要養活這麼一大堆倭寇，沒錢可不行，就跟當年汪直招安後的情況差不多，他也不可能走招安的路子，所以唯一的選擇，就是鋌而走險，攻擊興化府了。」

錢廣來點點頭：「這看起來確實是他唯一的選擇，滄行，可是興化府畢竟離海岸有幾百里地，孤軍深入，也是兵家大忌，毛海峰就不能搶幾個離得近一點的縣城，然後再回去嗎？興化是在閩中，泉州港的俞將軍水師戰艦想要過來閩中海岸的話，一天的功夫都不用，他就不怕給抄了後路？」

李滄行堅定地說：「光幾個小縣城是餵不飽毛海峰的，只有像興化府這樣幾十年沒遭過兵災的地方，才能搶一次管他的幾萬手下吃上幾年。而且現在他找上了吳平，我更能肯定，他一定會走這條路了，吳平出身廣東海賊，對於廣東的情況非常瞭解，萬一那毛海峰給斷了後路，也可以從福建取道廣東的潮汕一帶，從那裡溜走。內地的衛所兵非常虛弱，福建和廣東向來沒有精銳的部隊，只怕也沒有人能擋住這幾萬倭寇。」

柳生雄霸勾了勾嘴角，刀疤經過的那隻眼睛眨了眨：「那麼，我們作何應對，現在就要去聯絡台州的戚繼光將軍，讓他秘密入閩嗎？」

李滄行哈哈一笑：「不用，戚家軍早已秘密集結在泉州一帶了，只要倭寇大規模上岸的消息一傳出，那一定會跟蹤追擊，在興化府一帶與倭寇決戰的。」

眾人各個臉色一變，相互顧盼，顯然這個消息讓他們吃驚不小，裴文淵沉聲問道：「滄行，戚家軍不是因為分配橫嶼戰利品的時候和我們鬧得不愉快，已經回浙江了嗎，現在一半的人在台州駐守，另一半的人隨戚繼光回義烏召兵了，什麼時候來的福建？」

李滄行微微一笑：「這是我和戚將軍早在橫嶼島上就商量好的事，**那個分配戰利品不過是我和戚將軍故意演出的一場戲罷了，就是要迷惑倭寇**，讓他們以為我和戚將軍起了矛盾，不再齊心。戚家軍回到台州後，就和當地胡宗憲早已準備好的浙江守軍秘密換防，讓那些守軍穿上了戚家軍的衣服，打起戚家軍的旗號回義烏招兵，戚將軍一個親信則易容成戚將軍的模樣帶隊回義烏，反正是招兵而不是作戰，自然不會給人看出破綻。

「至於戚將軍本人，則帶著四千多最精銳的戰士，化裝成商販，秘密地多批次從寧波港南下，坐的是俞大猷的戰船所改扮的商船，而這些人也化妝成商賈的夥計與護衛，倭寇新敗，顧不得像以前那樣攔截海上，所以這些船隻的通行都非常順利，即使有幾條給倭寇找上的船，也都像普通商船那樣交些買路錢就走掉了，所以一個多月的時間下來，戚家軍的主力已經轉移到了泉州一帶，台州那裡有副將陳大成、吳惟忠率領的兩千軍士，這兩天也會秘密開拔南下。」

眾人聽到這裡，都一副恍然大悟的神情，柳生雄霸早知道天狼的謀劃，倒不太意外，開口道：「那我們不投入戰鬥，而是去南少林參加什麼伏魔盟的大會，會不會誤了正事呢？」

李滄行搖搖頭：「不會的，這場大會對我們很重要，也是這次滅倭的核心一戰，**首先我們必須要和伏魔盟四派打好交道**，消滅倭寇之後，**我們是否能在福建立足，全看這次的見面**。實不相瞞，這些天來，我讓柳生戴了我的面具行事，我則是去了一趟巫山，救下屈彩鳳，並且和華山、峨嵋二派都建立了聯繫，現在展慕白和林瑤仙已經知道了我的真實身分，天狼這個代號用不了多久了，我準備這次的南少林大會上，把我的身分向世人正式公開，以後黑龍會也正式出現於江湖。」

除了柳生雄霸外，眾人都臉色大變，裴文淵長嘆一聲：「難怪這些天總覺得你有些不對勁，柳生又不知去向，原來你是扔下我們去了巫山啊。」

李滄行臉上現出一絲歉意，拱手道：「此事瞞著各位兄弟，還請見諒，主要是我想救屈彩鳳的時候，不希望眾位兄弟出頭，要是黑龍會與伏魔盟各派結下梁子，會打亂整個計畫。大家都是義薄雲天之人，必不會看著我一個人到巫山冒險，所以肯定會一路相隨，思前想後，只有使出這個辦法，暫時欺瞞各位兄弟，滄行在此向各位賠罪了。」

錢廣來哈哈一笑：「怪不得在武當的時候，那展慕白和林瑤仙看我的眼神都有些怪怪的，原來是已經在巫山跟你打過交道了呀，你怎麼還把真面目向他們展示了？有這個必要嗎？在大漠的時候，你可是說想繼續隱瞞身分的。」

李滄行道：「非如此不可，不然我無法說服展慕白和林瑤仙相信我，屈姑娘這回畢竟是加入了魔教，如果我不以誠相待的話，這些伏魔盟的人還以為我們黑龍會和魔教有所勾結呢。至於天狼的身分，我之所以這些年來一直戴著這副面具，以天狼的身分行走於世，說白了並不是因為陸炳的命令，而是**我無法想像如何變回李滄行的面目，去面對那個讓我愛得神魂顛倒，又傷我傷得刻骨銘心的小師妹。**」

眾人聽到這裡，都默然不語。

只有鐵震天對李滄行的往事不甚了了，抓著自己的後腦勺，困惑道：「小師妹？那個叫鳳舞的女娃兒是你的小師妹？」

李滄行搖搖頭：「老鐵，不是的，我認識你的時候，已經是錦衣衛天狼了，但我在加入錦衣衛之前，是武當弟子李滄行，你應該聽說過。」

鐵震天恍然大悟：「噢，我說李滄行這個名字我聽得怎麼這麼耳熟呢，原來你就是十幾年前那個大大有名的武當弟子，徒手格斃向天行的李滄行呀，後來聽說你犯了戒律被逐出武當，很多門派都在找你呢，在江湖上待了幾個門派後就消失不見，原來是進了錦衣衛呀。」

錢廣來笑道：「滄行當年先是去了文淵的黃山三清觀，又到西域救了歐陽，然後去峨嵋查出了陸炳的臥底，最後才來丐幫認識我老錢，然後在江南碰到了柳生，這一圈可以說是傳奇經歷呢，編成說書段子，那可是三天三夜也講不完啊。」

李滄行苦笑道：「胖子，別拿我開心了，什麼傳奇，分明就是喪家之犬，無根之人，到處顛沛流離罷了。老鐵，實不相瞞，當年我離開武當，是因為武當山上有個深藏的內奸，知道我一直深愛我小師妹沐蘭湘，所以才在小師妹的房中放下迷香陷害我，還在我的房間中放下迷香企圖栽贓陷害，若非當時機緣巧合，我和小師妹在最後的關頭尚有一絲良知，沒有遂了奸人的毒計，否則我早被紫光師伯斃於掌下了。」

鐵震天倒吸一口冷氣：「武當還有內奸？那後來查到此人沒有？」

李滄行想到當年的事，悲憤交加，緊緊地握著拳頭，眼裡幾乎要噴出火來：

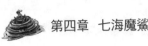

「沒有，我怕留在武當會繼續被陷害，便接受了紫光師伯的命令，將計就計，假裝犯了淫戒被趕出武當，轉而投入各派，尋找陸炳派的臥底，也就是剛才胖子說的那段經歷了。」

眾人多數並不知道李滄行的這一連串經歷，全都屏氣凝神，聽李滄行這樣娓娓道來，不忍心插話打斷，只聽李滄行緩緩地說道：

「一開始，我以為武當的內鬼也是陸炳派的，但當我走了四五個幫派之後，卻發現武當的內鬼並非陸炳的手下，也遠比其他各派的奸細藏得深，只要我不在武當，他就不發動，紫光師伯幾年來一直暗中觀察，也找不到一點蛛絲馬跡。」

裴文淵對李滄行的過往經歷瞭解得最多，聽到這裡，忍不住說道：「那後來你抓到此人了嗎？會不會那天晚上下迷香害你的人，並不在武當，而是一個功力絕高的人夜上武當所為，然後又趁夜離開了呢？」

李滄行搖搖頭：「不，那個人很熟悉武當的一切，我的房間，小師妹的房間，弟子的輪崗值守，全都一清二楚，而且我離開房間的時候，床上還沒有異物，可去了小師妹那裡後，枕頭下卻多出了迷香，我去找小師妹是臨時起意的，這人在她房裡下了藥，又趁著我和小師妹在一起的時候回我房間栽贓，若非對武當極為熟悉之人，根本不可能做到這點。

「而且我在外漂泊多年的時候，這個人沒有再在武當下手，可是當我聽說小師妹要嫁給徐林宗，失控之下想要重上武當問個究竟的時候，這個內賊卻又再度出手，毒死了紫光師伯，也毒死了唯一知道我在各派臥底的證人，這太可怕了，我之所以後來答應陸炳，加入錦衣衛，也是走投無路，只能靠陸炳的力量來調查這個內鬼了。」

錢廣來長嘆一聲：「滄行，這些年可真是苦了你了，聽你所說，這個內鬼倒不像是衝著武當來的，而是處處針對你，到底是什麼人，要這樣處心積慮地算計你這樣一個沒有任何背景的武當弟子呢？以陸炳的手段，這些年來也沒有查出這個內鬼的下落嗎？」

李滄行眼中閃著一絲落寞：「陸炳也暗中查了很久，但一無所獲，最後冒險親自打開紫光師伯的棺木驗屍，卻發現屍體中有一隻非常厲害的蠱蟲，幾乎被那邪物傷到，這也證實了紫光師伯是被人毒死，而非屈彩鳳刺殺的。」

裴文淵沉吟道：「那徐林宗夫婦知道紫光道長並非屈彩鳳所殺嗎？」

李滄行點點頭：「那晚我上武當時，小師妹就跟我說過，師伯死時手指青黑，身體浮腫，應該是被毒殺的，但當時武當風雨飄搖，如果大張旗鼓地調查，只會人心惶惶，甚至武當派會有覆滅之險，文淵，你經歷過雲涯子教主被毒殺後三清觀之變，應該對此深有體會。」

裴文淵頗有同感地說：「確實，在沒有證據的情況下這樣調查，只會逼內鬼提前發動，敵暗我明，最後反而會讓自己被扣上下毒弒師的罪名。」

李滄行又道：「徐林宗知道屈彩鳳並非凶手，但為了順利迎娶我師妹，穩定人心，同時也堵住天下非議他和屈彩鳳關係的嘴，坐穩武當掌門之位，所以設下婚禮陷阱，劍傷屈彩鳳，以明心志，同時也讓屈姑娘死了心，不再糾纏他。」

裴文淵嘆道：「當年我氣惱沐蘭湘絕情負義，舊情郎回來後就跟你斷情絕愛，甚至以為她是個勢利之人，貪圖武當掌門夫人的名聲才狠心跟你分手，所以在婚禮現場大罵了沐蘭湘，想不到竟然有這樣一段。」

不憂和尚也道：「那天我也在場，心中還奇怪為何一向沉穩的裴兄如此失態，原來是在為滄行打抱不平啊，不過話說回來，我知道滄行對師妹的感情，也為此憤憤不平很久，若不是師叔攔著，沒準我也會去罵沐姑娘幾句啦。」

鐵震天聽到這裡，感慨萬千道：「這麼說來，你的那個沐師妹也是為了武當才嫁給徐林宗的，我老鐵中年喪妻，亡妻也是我的同門師妹，對這種感情最是清楚不過，即使隔了這麼多年，仍然能想起她活著的時候的音容笑貌，所以一直沒有再娶，滄行，若你真的愛那沐師妹，為何不回頭找她呢？」

李滄行閉上了眼，痛苦地說：「她已經是徐夫人了，木已成舟，我曾經在她結婚前想要找她，要她跟我走，可她卻跟我斷情絕愛，說為了武當，我們只能做出犧牲，這麼多年了，她跟徐師弟早已是江湖人所共知的神仙眷侶，我又怎麼能橫加干涉呢？」

鐵震天聞言道：「所以你後來就找了那個叫鳳舞的錦衣衛女娃娃，對嗎？」

李滄行道：「也不是這樣，我一進錦衣衛，陸炳就派這鳳舞接近我，我也是後來才知道她是陸炳的親生女兒。」

所有人都驚得張大了嘴，再也合不攏，就連一向穩如泰山的柳生雄霸也為之色變：「納尼？陸炳的女兒？」

李滄行點點頭：「是的，陸炳和最心愛的同門師妹私訂終生後，生下鳳舞，鳳舞的娘早死，陸炳把她養大，但是以最嚴格的殺手標準來訓練她，想把她培養成自己最得力的殺人工具。這姑娘從小見多了太多黑暗與殘酷的事情，遇到我之後，莫名其妙地愛上我，老鐵，我跟鳳舞見到你的那次，就是她剛認識我不久的事。」

鐵震天哈哈一笑：「我那時就看出來，那女娃子對你情深意重，為了你寧願捨命，可你好像心思並不在她身上啊，當時我還奇怪，今天聽你說了你跟你那個小師妹的事，我算是明白了。」

李滄行道：「後來我在東南平倭，但鳳舞受她父親之命，對我有所欺瞞，因為陸炳重新倒向了嚴世蕃，我遷怒於鳳舞，甚至不給她解釋的機會，就一個人殺出錦衣衛，到了塞外三年，直到這次我重出江湖，和陸炳暫時解除敵對關係，又有求於陸炳，陸炳就趁機讓鳳舞回來助我，我才知道是我誤會了她，唉。」

錢廣來哈哈一笑：「滄行，聽你的意思，是準備放下對沐蘭湘的感情，跟這個鳳舞在一起了？」

李滄行正色道：「不錯，我準備在南少林的大會上，向天下宣布兩件事，一是我李滄行重出江湖，再不會用天狼這個代號行事，以後**黑龍會敵人只有一個，就是魔教！**希望伏魔盟各派能與我同心除魔，做朋友，而不是企圖與我為敵。

「第二件事，就是正式迎娶鳳舞為妻，以後，鳳舞就是黑龍會的人，與錦衣衛再無關係，我李滄行也不會再娶其他女子為妻妾。」

裴文淵眉毛一揚：「第一條我們沒什麼意見，不管是天狼還是李滄行，只要能對付魔教，都不會有太大的關係，我想伏魔盟的各派也不會貿然與我們為敵。只是這第二條，你在這時候迎娶錦衣衛總指揮使陸炳的女兒，你不怕傷了屈彩鳳的心嗎？沐蘭湘暫且不論，屈彩鳳對你亦是情深意重，如果不是你主動說出這些往事，我還以為你身邊的女人是屈彩鳳呢！這回你不惜扔下我們隻身去救她，難道對她沒有一絲情意？二來，我想伏魔盟各派也會猜忌你跟錦衣衛，跟魔教的關係，到時候反而可能視你為敵吧。」

李滄行搖了搖頭，很肯定地說道：「我跟屈姑娘，就跟你們各位一樣，是可以肝膽相照，赴湯蹈火的生死兄弟，如果知道她有難，我就是豁出命來，也會救她，但那不是愛，這點我很清楚，小師妹之後，唯一我真正動過心的女子，只有鳳舞，我之所以這樣做，也是要**慧劍斬斷所有情絲**，就像沐蘭湘當年對我做的一樣，也許一時會傷到人，但長痛不如短痛，總要作個了斷的。」

「至於其他伏魔盟各派的想法，我無法左右，只能做到內心坦蕩，無愧於心，只有一點，這福建浙江之地，是我們兄弟們浴血苦戰，一寸寸打下來的，以後也會在這裡開宗立派，爭霸江湖，魔教和洞庭幫奪不走我們的地盤，伏魔盟也不行，如果他們願意以我們為友，那我李滄行自當開懷相擁，反之，若是有些人眼紅這裡，想要趕我們走，那就在我李滄行手下見真章吧。」

眾人聽得連連點頭，尤其是李滄行說到最後兩句的時候，氣勢凜然，身後的將袍披風無風自飄，配合著他堅毅的表情，強硬的短髯，還有那碾壓一切的眼神，更是讓眾人不約而同地喝了聲彩。

錢廣來哈哈一笑：「滄行，這才是你的英雄氣概，男兒本色啊，說實話吧，我老錢從不擔心你對付魔教和洞庭幫的時候有半點含糊，就是知道你這個人太過於厚道，又念舊情，碰到伏魔盟的昔日朋友，下不了這個手啊，要知道，你念舊情，人家可未必會念，就好比那展慕白，你在沙漠裡救了他，可我看他並不喜歡你，這次如果伏魔盟有人想要挑撥生事，八成也是這小子。」

李滄行微微一愣，訝道：「胖子，你在武當看到了什麼？」

錢廣來正色道：「在武當的時候，徐林宗夫妻和林瑤仙對我都很客氣，聽到你想要在東南自立的時候，也沒有什麼排斥，看得出他們對你頗有好感，只有展慕白，陰陽怪氣地，還質疑我的立場，最後他們議事的時候，把我趕了出去，說是不想讓外人聽到，哼，這不就是因為我錢廣來入了黑龍會，把我看成潛在的敵人了嗎，如果我只是丐幫的身分，那展慕白斷不至於如此對我的。」

裴文淵也說道：「滄行，胖子所說的不可不聽，據我們的探報，展慕白是自己帶著華山弟子先行一步，一路到了南少林的，路上幾乎不作停留，像是在和誰趕時間；而武當和峨嵋二派，雖然也出動了幾百名精英弟子，但在後面是差了好幾天的路程，兩派也是隔了半天的路程，並沒有走在一起，由此看來，可能他們在武當商量對我黑龍會的方案時，並沒有統一的意見，展慕白可能是先去南少林，試圖拉攏少林派跟自己站在一邊了。」

李滄行點點頭道：「這點我心裡有數，剛才我所說的要恩威並施，以誠對友，但誰若是想以我為敵，則要堅決回擊，就是指展慕白，若是在南少林大會上他不懷好意，率先發難，我也只好斷然回擊了。」

柳生雄霸緩緩道：「滄行，那這次去南少林，要帶多少人？**我們的目的是什麼？是和伏魔盟的這四派搞外交呢，還是要聯合他們一起攻擊倭寇？**」

李滄行沉吟了一下，說道：「最主要的目的還是攻擊倭寇，五百萬兩銀子還是得帶上，我們這回把所有的部下都帶去，向他們顯示我們的實力，即使有人想生事，也得先掂量一下。我估計最後如果弄得不歡而散的話，也不會當場動手，無論伏魔盟各派是不是能跟我們一起追殺倭寇，我們都要分頭追殺，這一點計畫不會有變。」

柳生雄霸聽了道：「為防萬一，要不要向錦衣衛和屈彩鳳尋求援助？」

李滄行搖搖頭：「錦衣衛那裡，我已經有了安排，鳳舞這回沒有跟我一起回來，就是到她爹那裡搬救兵去了，陸炳是聰明人，不會在這時候袖手旁觀，至於彩鳳，還是不要找她比較好，我不想節外生枝，而且她現在還有重要的事情要做。」

裴文淵笑道：「滄行，想必你已經有充分的籌畫，成竹在胸了，我們都聽你的，你就說接下來怎麼辦吧。」

錢廣來哈哈一笑：「這些天來，文淵他們做得不錯，現在我們的人越來越多了，每天還有幾十名武功不錯的人加入，錢糧什麼的你放心，下令吧。」

不憂和尚道：「好久沒打架了，滄行，這回可要大殺倭寇啊。」

鐵震天抽了兩口旱煙，嘴裡吐出一口煙霧：「滄行，前一陣打得很好，雖然苦了點，累了點，但兄弟們都殺得很過癮，這次也別讓大家失望啊。」

歐陽可也道：「滄行，下命令吧，大家都跟你一條心，無論這回面對的是什麼情況，都會跟你一起去面對的。」

柳生雄霸冷冷地道：「滄行，摘下你的面具，從此光明正大地面對所有人，**只有做回自己，你的心才會得到真正的安寧。**」

李滄行點點頭，眼中光芒一閃：「好，傳我的命令，即刻拔營起兵，收起明軍的旗號，換回江湖人物的裝飾，目標，莆田南少林。」

柳生雄霸眉頭微微一皺：「滄行，為什麼這回不打出軍隊的旗號了呢？」

李滄行笑道：「江湖事，江湖畢，這回我們是參加伏魔盟的大會，真要動起手來，也別讓他們落下個聚眾謀反，對抗官軍的罪名呀，大家說呢？」

眾人都哄堂大笑。

錢廣來邊笑邊說道：「都什麼時候了，你還在為伏魔盟的人著想啊。」

李滄行嚴肅地道：「我有預感，會有一隻看不見的黑手希望我們這回在南少林和他們大打出手呢，大家一定要謹慎小心。」

說到這裡，他喃喃地自語道：「**一切會順利嗎？**」

深夜，興化府外。

荔城縣北四十里處的一片山谷之中，幾百頂臨時搭建的帳篷裡，盡是黑龍會的弟子們，十幾人一堆地睡在一起，呼嚕聲此起彼落。

他們是兩天前趕到這裡的，一直在暗中隱蔽身形，明天就是伏魔盟大會的日子了，所有的人都在養精蓄銳，應對那未知的將來。

密林中一處孤立，不起眼的營帳裡，李滄行正睡在帳中。

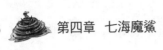

作為一個頂尖的武者，本應氣息平順，悄無聲息，可這會兒的李滄行，卻是氣如牛喘，渾身冒汗，手腳劇烈地舞動著，嘴裡也在念念有詞。

在夢裡，往事一幕幕地浮上心頭，全都是有關小師妹的，兩小無猜的往事，小師妹把月餅放到自己手中後的回眸一笑；黑水河邊，小師妹在自己懷中痛哭流涕時，自己那猶豫矛盾，心如刀絞的感覺；力斃向天行後，全世界都視自己為野獸怪物，只有小師妹緊緊地抱著自己，那次的感覺讓他希望時光就此停住。

迷香之夜，小師妹心亂如麻，第一次抽了自己一個耳光，要自己走開，永遠也不想見自己；黃山上，小師妹順著氣味找到自己，設計逼自己現身，傷到自己後那手足無措的樣子；西域奔馬山莊外，自己與小師妹終於定情，相擁月下的那個美好夜晚……

渝州城外，自己被妒忌之火燒得失去理智，狠心絕情扔下哭暈在地的小師妹而不顧；武當山上，小師妹大婚前夜，在思過崖上跟自己斷情絕愛時那副傷心欲絕，又無話回頭的模樣，一樁樁的往事像皮影戲般地浮上李滄行的心頭，讓他無法呼吸，把衣服抓開，在胸膛上抓出一道道的白色印子。

突然，所有的畫面都消失不見，定格在李滄行眼中的，卻是一處靜雅的小屋，這個場景是他從未見過的，銅爐裡燃著一陣幽幽的異香，是他從沒有聞過的味道，屋中傢俱盡是竹製，古色古香。

中間是一張八仙桌，邊上擺著三張竹凳，裡面的一張小榻上，擺著一架看起來不知有多少年頭的古琴，詭異的是，琴後空無一人，琴弦卻在震動著，發出一陣又一陣讓人昏昏欲睡的聲音，李滄行只覺得自己的靈魂都要出竅，隨著琴聲雲遊出去。

李滄行抱住自己的腦袋，這會兒他的頭疼得快要裂開，眼角餘光一掃，發現小屋中還擺著一張床，床上躺著一具裹滿了繃帶，貼著各式各樣黃色符咒的軀體，看不清面貌，蓋著錦被，正對著自己，兩隻眼睛緊緊地閉著，狀若死人。

另一個長髮披肩，一絲不掛的女子，卻在忘情地吻著這副軀體，雪白的肩頭露在被外，而羊脂白玉般的蓮藕狀玉臂，卻緊緊環著那軀體的脖頸，隨著那曲聲高低的變化，床在輕輕地搖動著，女子烏黑的秀髮蓋住了那軀體的臉。

李滄行突然感覺到一種無比熟悉的感覺，似乎和那具軀殼和那名女子產生了共鳴，他張著嘴，伸出手，想要喊出點什麼，驀地，**那女子突然回過了頭，瓜子臉，大眼睛，瑤鼻瓊口，可不正是沐蘭湘！**

「不！」

李滄行大吼一聲，坐起了身，只覺得渾身上下早已經被汗濕透，而胸前隱隱作痛，卻是被自己抓出的印子，頭疼欲炸，胸中一股衝動之氣，欲破胸而出。

李滄行一躍而起，盤膝趺坐於地，嘴裡清心訣功行全身，丹田處陰冷的陰極真氣應運而生，緩緩地走過他的全身，體內燥熱的氣息隨著氣流的經過，從他的毛孔中逸出，全身上下都冒出絲絲的白氣，整個人如同置身於一個巨大的蒸籠之中，久久，這陣白色的霧氣才漸漸散去，李滄行緩緩地睜開了眼，只覺得頭腦慢慢清醒過來，胸中的脹悶之感卻是一如剛才，沒有消失。

李滄行最近一段時間經常會做這種夢，跟小師妹的種種愛恨情仇，一次次地在夢中出現，讓他抓狂難忍，每次他想要狠下心徹底忘掉沐蘭湘的時候，這樣的夢反而會做得更頻繁，**似乎上天在用這種方式提醒他，沐蘭湘才是自己的原配，不可以背叛她，去娶別的女人**。

前一陣子李滄行終於下定決心娶鳳舞後，這樣的夢做得更多了，他甚至擔心如果真的娶了鳳舞，晚上再這樣夢見小師妹的話，該如何面對自己的枕邊人。

他恨自己的無能為力，不能斬斷舊情，經常以頭撞牆，卻是毫無改善，今天甚至第一次夢到後面那個詭異的場景，小師妹似乎是在與人交合，而那個全身裹成粽子一樣的男人，是徐師弟嗎？

李滄行不敢再往下想了，心中又是一陣難以抑制的妒火在熊熊燃燒，儘管他明知沐蘭湘早為人婦，和人在一起才是正常，可自己偏偏一想到這樣的情形就要發狂到難以自制，他一下子跳了起來，抄起放在身邊的斬龍刀，也不穿衣服，就這樣赤腳奔了出去。

雖然已是初春三月，但這山谷中的深夜裡依然夜涼如水。

天狼奔出之後，只覺得心亂如麻，胸中一股膨脹之氣隨時像要炸裂他的身體，他狂躁著連連出刀，使出天狼刀法，渾身上下被紅氣所籠罩著，刀風劈過，帶起烈烈炎風，就連被砍中的樹木草叢，也都燃起了絲絲的火焰，然後被刀風一吹，又再度熄滅。

一隊巡夜的弟子順著火光走了過來，看到李滄行正勢若瘋狂，連連揮刀，樹林中到處是被他砍倒的樹木和燃燒著的山火，火光的照耀下，李滄行那張英武堅強的臉上，卻是肌肉在劇烈地抖動著，咬牙切齒，劍眉倒豎，那一招一式彷彿都在砍著一個和自己作對的魔鬼。

兩個弟子想要上前攔住李滄行，卻聽到李滄行一聲怒吼：「別過來，免得讓我傷到你們！」他們齊齊地收住了腳步，拱手道：「會長，您請珍重啊！」

李滄行的意識開始漸漸地變得模糊，他知道自己再這樣下去可能會誤傷到自己的手下，狂吼一聲：「別跟著我！」斬龍刀一揮，在地上畫出一道長約三丈，深達半尺的壕溝。

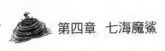

他的身形則迅速地沿著山道，向著山峰的頂處移動，幾十個縱躍間，那白色的身形便消失在嶙峋的山岩之間。

一口氣奔上岩頂之後，李滄行只覺得胸中鬱悶難平之氣更盛，一抬頭，看到那頭頂的一輪明月，他的眼睛變得一片血紅，一拉胸前的衣襟，露出毛茸茸的胸膛，鬚髮皆張，仰天長嘯起來，狀若狼嚎。

吼完之後，李滄行只覺得燥熱難受的感覺依然無法消退，趁著自己靈智尚在，他再次跌坐於地，把斬龍刀向著身邊重重一插，閉起雙眼，以清心訣強行地壓制起自己胸中的憤怒。

他的嘴唇在急速地開合著，一句句的咒語從他的唇齒之間飛出，迅速地鑽進他的心胸之中，讓他滿腔的熊熊妒火，如同被一陣清雨所澆灌，漸漸地平息下來。

可是那個一絲不掛吻著床上別的男子，猛一回頭間淚眼朦朧的沐蘭湘，帶給李滄行的震撼實在是無比地強烈，**每次心頭的火焰稍稍平復一點的時候，那驚鴻一瞥又讓他無法忍受，那張清秀美麗的臉上，寫滿了驚愕，憐憫，同情，還有一絲的溫柔。**

李滄行長身而起，一把抓住了斬龍刀，本能地想要亂劈亂砍，突然他意識到，威猛霸道的天狼刀法，會擾亂他內心的平靜，讓他變得狂暴，嗜血，無法自控，自從在夢中習得天狼刀法以來，他已經兩次出現這種失控的情況，而這一次，不會再有屈彩鳳肯獻出女兒家的清白之軀，再在那個冰天雪地裡救自己了。

李滄行手中的斬龍刀縮到了三尺左右，每次一運行天狼戰氣，他的內心就變得狂燥難平，隨之而來的天狼刀法，又讓他渾身上下充滿了真氣，迫不及待地想要發洩，他意識到不能由著自己的性子使出天狼刀法，深深地吸起一口氣，刀作劍招，體內的天狼戰氣轉成了屠龍真氣，緩緩地畫出三個圓圈，右膝高高地抬起，左手舉過頭頂，二指駢立，作金雞獨立狀，正是武當派不傳之秘，兩儀劍法的起手式：「兩儀迎客」。

李滄行閉起眼睛，他彷彿看到年少的自己，在武當和小師妹一起合練兩儀劍法時的場景，青山綠水，松林霧靄，他腳下的步子順著八卦的方位急行或者緩步，旋轉，跳躍，時而舉劍向天，時而橫劍斷流。

一個個或急或慢的劍圈在他的周身附近不停地出現，在他的對面，小師妹的倩影一次次地浮現，時而被自己托舉，時而被自己攬入懷中，再迅速地翻滾出去，她的嬌叱聲一聲聲聽起來是那麼地甜美，與自己的配合又是那麼地和諧，不用說出招式，只一個眼神，一個動作，便心意相通，雙劍合璧。

李滄行手中的斬龍刀越舞越快，圍繞在他身邊的光圈也出現得越來越急，這曲舞蹈進入了高潮階段，李滄行的呼吸變得急促，鼻子裡彷彿鑽進的是小師妹那混合著淡淡蘭花香氣和處子芬芳的汗味，是自己魂牽夢縈之人最熟悉的氣息，讓自己無法拒絕，不能擺脫。

兩儀劍法使到了最後一招：「兩儀修羅殺」，李滄行舉劍向天，然後瞬間斜向下切開，彷彿與小師妹把臂相交，四目相對，那雙美麗的大眼睛裡，盡是說不完的柔情蜜意，這一刻，二人彷彿融為一體。

手中的長劍開始急速地繞著劍軸，於空中自行旋轉，強勁的劍氣籠罩著李滄行的軀體，世間的任何一切障礙，都不再成為二人之間的牽絆，無所畏懼，亦別無所求，惟願這一刻，天長地久。

突然，一切變得空寂，李滄行回過神來，眼前小師妹的影子瞬間消失不見，只有無邊的夜色和空曠，而斬龍刀飛速旋轉的聲音卻混合著山崗上的呼嘯山風，在他的耳膜間震蕩，他的胸口鼓脹得異常難受，但周身籠罩著大大小小的光環，刀在手上，不得不發！

李滄行暴吼一聲，手中的潛勁一發，斬龍刀如離弦的利箭一樣直飛出去，這招「兩儀修羅殺」本是雙人才能合使，一陰一陽，相互交匯之後威力巨大，無堅不摧，但李滄行這一番夢幻之舞，卻彷彿沐蘭湘就在眼前，居然一個人就使出了這一招，而那爆炸性的威力，卻不輸兩人合使這一劍法多少。

斬龍刀一路飛去，所經之處礫石飛起，風沙滿天，此起彼伏的內力激暴之聲不絕於耳，可是李滄行出手之後，人卻突然覺得特別的空虛和乏力，站都站不住，幾乎要跌倒在地，那把無堅不摧的斬龍刀在空中一陣旋轉之後，失去了李滄行的內力操控，突然轉了一個彎，刀柄向前，反過來朝著李滄行的身子飛來。

李滄行這下大駭，勉強想要移動身子，可是兩腿間卻是一陣虛軟，竟然是發不得半點力，平時可以輕鬆一躍數丈或者向邊上跳出十餘步的輕功身法，這會兒卻是半點也施展不開。

一道身影斜刺裡從旁殺出，墨綠色的刀光一閃，與泛著金光的斬龍刀空中相遇，斬龍刀生生地在空中打了個滾，剛才洶洶而來的氣勢瞬間消失不見，緩緩地飛出幾步之外，被李滄行抄在手中。

李滄行扭過頭，只見柳生雄霸面沉如水，正緩緩地把村正妖刀插入鞘中，他驚魂未定地說道：「柳生，謝謝，若非你出手相救，只怕我已經……」

柳生雄霸打斷了李滄行的話：「你心神不寧的，怎麼回事，看你剛才的舞劍還好好的，那套就是你以前說過的兩儀劍法吧，怎麼我看你一個人像是在使雙人劍法呢？」

李滄行搖了搖頭：「不知道，剛才我又夢到小師妹了，夢見她和別的男人在一起，我受不了就跑了出來，怕傷到人就來到這山頂，說來也怪，我一使出兩儀劍法，就感覺像是在和她合舞共練，心一下子就平靜了，只是，我這樣折騰了一夜，身體已支持不住，最後這一招『兩儀修羅殺』，我無法控制住兵器，若非你及時出手相救，只怕我已經死了。」

他一邊說著，一邊把斬龍刀縮到最短的匕首長度，插入刀鞘之中，放進自己的懷裡。

柳生雄霸走到李滄行面前，臉上居然露出了一絲笑容，他拉著李滄行的手，一指崖邊的兩塊石頭：「來，我們坐下來聊聊吧。」

李滄行也感覺腳步虛浮，頭暈目眩，一身的汗水已經把衣服濕得如同水裡剛剛洗過一樣，而寒風從每個毛孔裡鑽進來，讓他一陣寒顫。

柳生雄霸看到李滄行的臉色有點發白，解下自己的外衣，給李滄行披上，這才讓李滄行感覺好一些。

二人相對而坐，柳生雄霸嘆了口氣：「滄行，還記得以前在那劉裕的古墓裡，我跟你說過什麼嗎？」

李滄行微微一笑，一邊運氣調息，一邊說道：「你跟我在那裡待了一年多，說的話只怕有幾十萬句，我哪知道是哪句？」

柳生雄霸一動不動地盯著李滄行：「我是指最後我們臨分別時候跟你說的，

我讓你不要把心思放在女人身上，要好好習武，不然下次見面打不過我了。」

李滄行點點頭：「是有這麼一句，可是你自己也沒做到啊，到了東洋之後，你便娶妻生子，如果不是上泉信之這個狗賊，只怕你這輩子都會和妻兒幸福地在一起，再不來中原呢。」

柳生雄霸眼中泛出一絲悲傷，這個鋼鐵一樣堅強，冰山一樣冷酷的男子長嘆一聲：「滄行，我要謝謝你，**家人的溫暖，妻子的關懷，確實是這個世上最美好的東西，比什麼武學至尊，刀中聖者重要多了**，所以我以前覺得你很可笑，為了一個女人神魂顛倒，可現在我不這樣看了，我能理解你的心情，你的選擇，因為我也會做同樣的事情，為了自己的愛人付出一切。」

李滄行嘆道：「柳生，人死不能復生，不過我答應你，一定會幫你復仇的，上泉信之已經是我們手中的獵物，隨時可殺，但嚴世蕃這個禍首，我們必須要除。」

柳生雄霸正色道：「滄行，我說的不是這個，我現在一心只想著報仇，殺了嚴世蕃和上泉信之後，我心願一了，就當浪跡天涯，四海為家，繼續我武者修行的道路，可是你不是我，你的小師妹還在，那天你說要迎娶鳳舞的時候，我沒說話，因為我知道，**你是不可能真正忘掉沐蘭湘的**。」

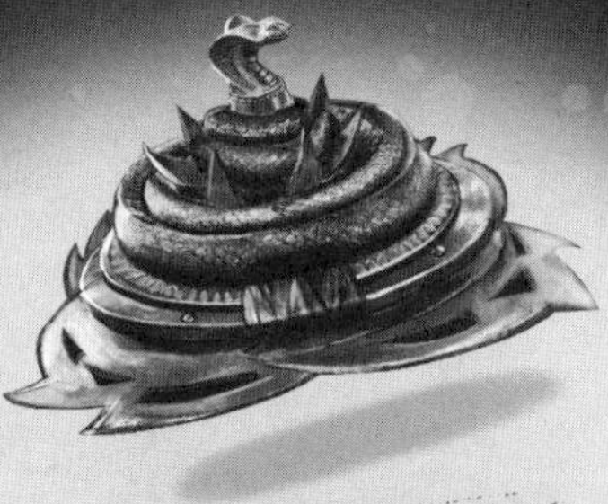

第五章

南少林寺

位於荔城縣西北三十多里處，西天尾鎮，
九蓮山中的一處寺廟，正是那南少林寺。
九蓮山南少林寺地形酷似河南的山間盆地，
居九華山脈中段，地勢十分險要，
是理想的兵家用武之地。

李滄行閉上眼睛，痛苦地道：「柳生，為什麼你這麼瞭解我？我是不是很沒用，永遠做不到斬斷情絲，只會害人害己。」

柳生雄霸一動不動地盯著李滄行：「因為以前我們在那無名谷底的時候，你晚上睡覺時都在叫著你的小師妹，**我從沒有看過哪個男人愛一個女人到如此深的程度**，老實說，我回東洋以後之所以娶了我後來的妻子，也是想親自體驗一下，這愛情是不是真的能讓人如此癡狂。」

李滄行動了動嘴，正想開口，卻見柳生雄霸一擺手：「滄行，你聽我說完。老實說，我雖然很愛我的雪子，但我知道我做不到你這種程度，我會每天想著她，即使練武的時候也總是時不時地會浮現她的身影，可是我仍然不像你這樣，晚上夢裡還在喊她的名字，甚至可以練武時都想像著與她共舞一套劍法，對著空氣也能想像出她在和我雙劍合璧，非愛至骨髓不能如此！」

李滄行喃喃地說道：「愛至……骨髓麼？」

柳生雄霸嘆了口氣：「所以我知道你根本就是在自欺欺人，你不可能忘掉沐蘭湘的，如果你真的能忘掉她，能放下這段感情，就不會在沙漠的時候，不許算命的和胖子他們提沐蘭湘了，更不至於借著迎娶鳳舞來強迫自己忘掉你的小師妹。」

李滄行咬了咬牙：「我愛鳳舞，我對她是真心的，我跟她在一起的時候，不會想起小師妹，我，我不是想借婚姻來強迫自己忘掉以前的感情。」

柳生雄霸冷冷地看著李滄行，目光中充滿了憐憫與同情。

「滄行，**人不能騙自己，如果你愛的是鳳舞，為何你晚上夢到的不是鳳舞，而是沐蘭湘？為何你剛才不是和那鳳舞共練什麼劍法，而是跟沐蘭湘合舞？**甚至你說過，你這輩子並沒有被傳授過兩儀劍法，但是跟她在一起的時候，便能莫名其妙地使出來，對不對？」

李滄行頹然地說道：「我也不知道，就如這天狼刀法一樣，我也不知道怎麼就突然學會了，感覺像是做夢一樣，前世我跟小師妹在一起練兩儀劍法，練著練著就會了，前世我為了保護小師妹而學天狼刀法，也是學著學著就會了，**一個是讓我至死都忘不了的快樂，另一個，則是讓我幾生幾世也無法磨滅的痛苦回憶。**」

柳生雄霸幽幽地道：「滄行，你相信靈魂嗎，相信轉世嗎？」

李滄行想到自己的經歷，點點頭：「以前我是打死也不信的，但自從有了這些莫名其妙的回憶之後，尤其是知道了世上還有什麼刀靈劍魄以後，我就開始相信這世上有靈魂的存在了。」

柳生雄霸的眼光變得深邃起來，緩緩地說道：

「按我們東洋的傳說，如果有真心相愛的兩個人，或者有什麼至死也無法釋懷的執念，就會讓人的靈魂無法轉世，前世的記憶會留存在後世，**讓你最快樂的，和讓你最痛苦的，都會保留在你腦海裡最深的記憶裡**；平時你無法知道，只有受到強烈的刺激，或者心靈有著非常強烈的感應時，才會在夢裡想到這些事情，滄行，你還不明白嗎，**你所留下的記憶，都是你上輩子最刻骨銘心的事**。」

李滄行喃喃地重複著柳生雄霸的話：「最刻骨銘心的事？」

柳生雄霸點了點頭：「和你的小師妹一起練劍，看日起日落，就是你最快樂的事，下輩子也不會忘；而練歹毒殘忍的天狼刀法，那種肉體承受的巨大痛苦，超過了人能忍受的極限，也是你最不願意回憶的事。

「**滄行，你對你師妹的愛和執念，讓你的靈魂能回憶起上一世的事**，現在你明白了嗎？**你永遠也不可能忘掉沐蘭湘的。無論你是不讓人提或者是娶別的女人，都做不到這點，明白了嗎？**」

柳生雄霸說到這裡，眼中突然神芒一閃，更正道：

「不，滄行，我說錯了，我收回我剛才說的話，**你心裡的女人，不是沐蘭湘，而是你記憶中的那個女人，也許是你前世的愛人**，我不知道她為什麼同樣是你的小師妹，又和沐蘭湘長得一模一樣，但我覺得她並不是你的小師妹，只不過你的今生要在她的身上再續前世的未了之緣，滄行，**我想這才是上天為何給你這一世的命運，你無法逃避，也不可能擺脫！」**

李滄行震撼到說不出話，渾身冒冷汗，柳生雄霸的話，每一個字都像是鋒利的匕首一樣，刺著他的心，讓他心如刀絞，卻又無法反駁。

柳生雄霸嘆道：「聽說這幾年你和那個屈彩鳳在一起的時間更多，**你說你不喜歡屈彩鳳，對她沒有任何感覺，可為什麼會和她在一起？你明知這樣的曖昧行為會害了屈姑娘，仍然無法自拔，這究竟是為什麼？是真的像你說的那樣，因為生死兄弟，才要去救她？」**

李滄行哆嗦著嘴，無力地辯解著：「是的，當然是這樣，我不能扔下彩鳳一個人，讓她有生命危險，我不能……」

柳生雄霸冷笑道：「滄行，你在台州的時候找屈姑娘來幫忙，也是為了救她嗎？醒醒吧，**你之所以明知自己不愛屈彩鳳，卻仍然有事沒事地想要跟她在一起，是因為她也會兩儀劍法，你跟她合使兩儀劍法的時候，起碼能短暫地找到跟你前世的小師妹在一起練劍的快樂，對不對?!」**

李滄行如五雷轟頂一般，臉色煞白，渾身發抖，卻是無話可說。

柳生雄霸繼續說道：「至於鳳舞，昨天她帶著錦衣衛的人來這裡和我們見面，當我見到她的時候，只需要一眼，我就知道你為什麼會娶她了，算命的和胖子都說過，她的舉手投足間像極了沐蘭湘，甚至連身上的香氣都跟沐蘭湘一模一樣，**你最後選擇了鳳舞而不是屈彩鳳，不是因為對屈彩鳳沒有感覺，而是因為鳳舞更像你的小師妹！**」

李滄行呆呆地坐在原地，耳邊盡是柳生雄霸這些話的回音，冷汗涔涔而下，從他的額頭生成，順著鬢角匯成了一條線，如斷線珠子一般地滴了下來。

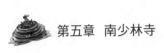

柳生雄霸站起身，拍了拍李滄行的肩頭，嘆聲道：「滄行，我不想干擾你的決定，也不想影響你的判斷，但作為生死朋友，我得提醒你一句，人生在世，不如意者十之八九，無論如何，**不要給自己留遺憾，忠於你的內心，忠於你的靈魂，方不負人生一世。**」

柳生雄霸說到這裡，轉身欲走，李滄行只覺得嘴裡鼻中全是苦澀的味道，他張了張嘴，艱難地說道：「柳生，你說我應該怎麼做？難道要我逼已經成了徐師弟妻子的小師妹回到我身邊嗎？」

柳生雄霸沒有回頭，把村正妖刀扛在肩上，沉聲道：「我只知道一件事，我愛的雪子已經死了，我再想說一萬句我愛你，再後悔一萬次為什麼要離開她也沒有用了。而你的沐蘭湘還活著，**只要活著，一切都有可能**，如果上天給我一個能重新和雪子在一起的機會，什麼天下蒼生，人間道義，我都可以不要，只要她願意，我可以與全世界為敵，即使死在一起，也可以含笑而終，不留遺憾了。」

李滄行的喉頭「骨碌」了一聲，想要說什麼，卻悶在心中，只剩一聲嘆息。

柳生雄霸大踏步地向前走去，他的聲音遠遠地隨山風傳了過來：

「對了，我剛才過來本來是想通知你的，探馬來報，毛海峰所率的大隊人馬已經在兩天前上了岸，正在向興化府一路奔來，明天中午的時候就能殺到這裡。伏魔盟的四派也都在各自掌門的帶領下齊聚南少林，明天一早就會開大會。路就在你腳下，怎麼選，你自己想清楚吧。」

李滄行抱住了自己的腦袋，遍布血絲的眼裡，淚光閃閃，透過手指的隙縫，他彷彿看到了遠處的一抹晨曦，一個聲音在他的心底迴蕩：

我究竟該怎麼辦？

嘉靖三十八年，三月十三，莆田，南少林。

位於荔城縣西北三十多里處，西天尾鎮，九蓮山中一處極為氣派的寺廟，正是那南少林寺。

九蓮山南少林寺海拔五百多米，地形酷似河南的山間盆地，居九華山脈中段，地勢十分險要，是理想的兵家用武之地。

山間盆地裡是一處小平原，青草萋萋，幾十頃被開墾出來的農田裡，農夫們耕作其間，山前的進口處，有數個隘口，地勢險要，南少林寺大本營離各個隘口不過數里之遙，且坡度平緩，如有軍情，到隘口憑險據守不過片刻功夫。

從地理形勢上看，林山實在是個易守難攻的藏龍臥虎之地。寺區周圍有朱山、樟江、寨頭等十多個山寨。都是以前巫山派的屬下，自從屈彩鳳與伏魔盟開戰後，這些山寨裡的大小綠林們全都棄寨而逃，只留下了十餘座空蕩蕩的寨子。

山頭尾和梧桐山還有高三、四十米頗為壯觀的山澗瀑布，南少林寺正處在九蓮山盆地的中心，寺院的基地有兩三萬多平方米，十方叢林的氣度可想而知。

幾里長的漢白玉長階，從山下一直鋪到南少林寺所座落的山頂，這南少林寺在南朝的時候就已經存在，當時別號林泉別院。

大唐開國之時，北方的河南嵩山少林寺，靠著十三棍僧救唐王李世民，並擒獲唐朝勁敵，大鄭皇帝王世充手下頭號猛將王仁則的功績，因此被李世民封為聖寺，不僅允許保留幾百頃免稅耕地，還允許其在全國範圍內找十餘間分寺，以繼香火，只有少林寺的武僧才可以被稱之為僧兵，少林寺也由此一躍而成天下武林第一大派，從唐朝到現在，莫不如此。

今天的南少林，卻是難得的威風八面，寺門大開，全寺的僧眾全都披上了正裝，長老們個個大紅木棉袈裟，而普通的武僧們則從寺門口開始，穿著黃色的練功服，或持戒刀，或持木棍，單手合十，一直站到山腳之下。

南少林的掌門乃是少林派的見字輩高僧，見癡大師與北少林的見聞、見性等人同是一輩，少年時打過木人巷後，遵法旨來這南少林修行，並於其後接任方丈至今，見癡大師已經七十有三，身材矮小枯瘦，兩道白色的壽眉隨風飄揚著，配上他的一身大紅袈裟，更是顯出氣度的不凡。

在見癡大師身邊，左右兩邊分立著這兩天來到南少林的伏魔盟各派首腦人物們，北少林的方丈智嗔大師，與一襲白衣、略施脂粉的展慕白並肩而立。

智嗔的臉仍然如十餘年前那樣沉靜平和，只是更黑了一些，而且也留起了幾道黑色的長鬚，穿著一身灰色的木棉袈裟，內著土黃色僧衣，一串龍眼大的佛珠掛在他的脖頸之上，不大的眼睛這會兒微微地眯著，如老僧入定一般，可是讓人奇怪的是，儘管這會兒山風激揚，吹得所有人的衣袂飄舞，智嗔大師的衣角卻緊緊地貼在身上，沒有一絲晃動。

展慕白身後的楊瓊花，今天換了一身紫色的羅衫勁裝，黃巾包頭，端的是颯爽英姿，美豔過人，她讚嘆道：「想不到智嗔師兄的這套龍相般若功已經練到了不隨風起，不隨風落，靈臺靜明的程度了，小妹實在佩服。」

展慕白哈哈一笑：「師妹，智嗔師兄可是少林開寺以來的第一奇才，七十二般絕藝已經學得十七種，更是集易筋經和金剛伏魔神功於一身，我等同輩之中，乃是無可爭議的第一人，這套龍相般若功，對他來說實在可算不得什麼呢。」

智嗔的臉上毫無表情，剛才連他頷下的三縷黑鬚也都靜止不動，只在這會兒他開口說話時，才稍稍地動了起來。

「展師弟過譽了，你的紫雲神功和天蠶劍法才是獨步武林，智嗔不才，也有許多需要向您請教學習的地方，我們今天難得見面，如果有機會的話，不妨找時間切磋一下。」

展慕白臉上閃過一絲不易察覺的神色：「好說，好說，咱們前幾天不是商量好了嘛，會有師兄弟們切磋武藝的機會的。」

在見癡大師的另一邊，站著徐林宗、沐蘭湘和林瑤仙三人。

沐蘭湘不滿地看了眼一旁的展慕白，拉著林瑤仙的手，勾了勾嘴角，對林瑤仙密語道：「林姐姐，你說這展師弟也真是的，離開武當之後就跟逃命一樣，向這裡一路狂奔，聽說足足比我們早了十天到這裡，你說他是為什麼呀。」

林瑤仙摸著沐蘭湘那隻柔若無骨的玉手：「妹妹還想不到嗎？展師弟是想先來這裡和少林派達成共識，如果少林也支持他的想法，視天狼為敵，只要這個伏魔盟主出自他們兩派之中，以後我們四派都要與天狼敵對了。」

沐蘭湘質疑道：「智嗔師兄可不傻，我們都能想到的事情，他怎麼會想不到？我想他不會完全聽展師弟的話的。」

林瑤仙不以為然地說：「我倒是不同意妹妹的看法，你可要知道，這南少林作為少林派的分舵，在福建這些年跟魔教和倭寇交戰，多有死傷，現在天狼的黑龍會突然崛起，雖然趕走了魔教，但是南少林並沒有從中撈到什麼好處，**江湖爭霸，為了俠義之道是不假，但也是需要有現實利益和好處的**，倭寇若是能平定，黑龍會就能壟斷海外貿易的巨額財富，南少林又怎麼可能沒有想法呢？」

沐蘭湘動了動嘴，想要說些什麼，卻聽到林瑤仙繼續道：「你看這回，我們三派都只帶了四五百名弟子過來，但少林派除了這南少林的數千僧兵外，北少林那裡也來了兩千多人，勢力龐大，我想智嗔師兄這回擺出這樣的陣勢，應該不是只想爭個伏魔盟主這麼簡單。」

沐蘭湘微微一愣，目光落在這一路排成長龍，夾道而立的少林僧兵上，左邊一列全是黃色衣衫的南少林弟子，挎著戒刀，右邊一列則是身穿灰色僧袍的北少林弟子，個個持著法棍，看起來威風凜凜，古銅色的皮膚閃著光澤，人數從寺門口一直蜿蜒到山腳下，光這裡就至少有兩三千人。

沐蘭湘點點頭密道：「林姐姐說得不錯，少林派顯然是有備而來，只是小妹有一點不明白，展師弟提前十天來南少林，卻沒有和智嗔大師打上照面，而智嗔大師則是帶了兩千多弟子來，**難不成少林派也有自己的打算？**」

林瑤仙感慨道：「**有人的地方就有江湖**，即使是我們名門正派，向來也要爭個高下，沐師妹，你還記得二十年前落月峽之戰前，我們也是這樣在武當集結，比武奪帥的嗎？」

沐蘭湘眼中閃過一絲無奈：「怎麼會不記得呢，就好像昨天發生的事情一樣，見聞大師和寶相寺的一相大師一場大戰，兩敗俱傷，使聯軍出征蒙上了一層陰影，自那以後，我們伏魔盟近二十年的時間都沒有這樣大規模地聚會了。難道今天又要重演昔日的悲劇嗎？」

林瑤仙秀目流轉，看著沐蘭湘，說道：「妹妹，你能跟我說句實話嗎，尊夫這次究竟怎麼想的，是不是想**借著這次會盟，奪得伏魔盟的主導權？**」

沐蘭湘微微一愣，道：「林姐姐，怎麼突然說起這個呀，外子有什麼事情做得讓你不滿意嗎？」

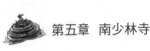

林瑤仙微微一笑，如夏花般燦爛，讓身為女子的沐蘭湘看得也有些癡了：「好妹妹，不要亂想，我們峨嵋派都是女子，本不欲出頭爭個短長，再說了，我很清楚，我的功夫和妹妹相當，但比起徐師兄來卻是稍遜了半籌，即使有心去爭，只怕也是爭不過的。」

沐蘭湘臉上閃過一抹紅暈，不管怎麼說，能讓心高氣傲的冰山美人林瑤仙親口說出不如自己丈夫這樣的話，總歸是順耳得很，她謙虛地說道：「姐姐你可是過譽了呀，外子練的功夫和我們不一樣呢，再說了，他跟我拆招還經常輸給我呢，要我說呀，姐姐若是跟她真打起來，八成能贏。」

林瑤仙在沐蘭湘的鼻子刮了一下，調侃道：「你這丫頭，胳膊肘向外拐呀，嘻嘻，徐師兄是心疼你才故意輸給你的呢，要是真的跟外人動起手來，又怎麼會手下留情呢。」

沐蘭湘扭頭看了徐林宗一眼，只見他凝神思考，也不知道在想些什麼，竟然對自己這裡也沒有看一眼，她意識到徐林宗肯定是在想一會兒天狼出現後的事情，笑容又僵在臉上，默然無語。

林瑤仙見狀，連忙把話題岔開：「沐師妹，我的意思是，如果一會兒真的要通過比武的方式來決出這一次的盟主，或者用推舉的方式的話，我峨嵋會全力支持徐師兄當這個盟主的。」

沐蘭湘有些意外：「林姐姐何出此言，當這個伏魔盟的盟主是件很光榮的事情，你們峨嵋也是有資格的，何必要讓人？」

林瑤仙搖了搖頭：「我們畢竟是女子，又地處西南邊陲，通信和聯絡並不方便，且不說我的武功和輩分並沒有達到這個盟主的資格，就算僥倖得到，也會惹得眾人不服，這個盟主的設立是為了更好地整合各派，統一對付魔教的，要是適得其反，那還不如不搞呢。」

沐蘭湘聽了說：「那真是委屈姐姐了，可你為什麼要支持我們武當呢？」

林瑤仙嘴邊梨窩一現：「華山自不必說了，明眼人都知道，他們現在沒有這個實力，展師弟也沒有這個威望來領導群雄，我們挑個四五百弟子可以從幾千人中間精選出來，而他的手下不到四百，若是他當這盟主，只怕連我都不會服氣呢。」

沐蘭湘笑道：「可是展師弟的武功可是出類拔萃呢，如果不考慮門派的規模，只說武功的話，他應該是有機會的。」

林瑤仙正色道：「好妹妹，我總覺得展師弟性格偏激，手段狠辣，行事並非我正派所為，而且私心過重，比如這次伏魔盟盟主的選擇，本來如果光明正大，出於公心的話，我也不會說什麼，可他明顯是想借這個辦法來讓實力最弱的華山能跟其他幾派平起平坐，給自己爭取當盟主的機會，為此還不惜把救命恩人天狼描得一團黑，這等做法，非俠士所為，所以我不希望他當上這個盟主。」

沐蘭湘一聽到「天狼二字，心就開始「砰砰」地直跳，人也變得六神無主起來，林瑤仙看到她的樣子，輕輕地用另一隻手握住沐蘭湘掌心微微冒汗的柔荑：好了，一會兒就真相大白了，別緊張。」

沐蘭湘茫然地點點頭，嘴裡卻三心二意地說道：「林姐姐，那你為什麼不去支持少林派的智嗔師兄呢？」

林瑤仙皺眉道：「按理說，少林派千年來領導正道武林，有如泰山北斗一般，應該支持的，但自從落月峽之戰後，身為正道首領的少林派，所作所為卻有些讓人失望，南北少林都只是緊守自己的門戶，廣招弟子以彌補落月峽之戰中的損失，對於魔教勢頭凶猛的北進，卻是聽之任之，幾乎全是靠了峨嵋，武當和華山三派在支持，少林派根本是在坐山觀虎鬥，妹妹，難道武當上下對此從來沒有意見嗎？」

沐蘭湘聞言感慨道：「好姐姐，你有所不知，少林派當時的後臺，閣老夏言夏大人在朝中失勢，落得身首異處的下場，少林派朝中無人，還被嚴嵩藉口寺院侵佔民田，奪去了不少免稅的永業田，所以少林一直不敢妄動，另一方面，落月峽之戰中，少林的損失是最大的，也急需恢復元氣，所以一直隱忍多年，這也是我的公公徐閣老對外子說的，我想這回智嗔大師拉出如此規模的隊伍，恐怕也是意在向天下證明少林的實力，讓魔教和我們伏魔盟其他幾派都不至於小瞧了少林。」

林瑤仙道：「那看來是我誤會少林了，不過即使如此，我仍然支持武當，畢竟徐師兄的父親是徐閣老，朝中的支持力度更大一點，再說當今的皇帝重道輕佛，想要戰勝魔教，還是全力支持武當更好一些。」

沐蘭湘點點頭，開始四處張望起來：「林姐姐，你說，天狼還有他的黑龍會怎麼還沒有來呢？今天我們這麼多人擺出這陣勢就是為了迎接他，他該不會放大家一個大鴿子吧。」

林瑤仙看沐蘭湘這半是緊張，半是期待的神色，心中想道：**傻妹妹，你就是知道了天狼就是李滄行又能如何呢？你已是徐夫人，再不可能和他在一起了，到時候傷的還是自己啊。**

她忍不住想開口勸沐蘭湘兩句，提前給她打打預防針，可是突然間，林瑤仙看到沐蘭湘抬起搭在額頭遠望的右手，落下的袖子裡，露出了半截雪白粉嫩的玉臂，肘關節的內彎處，一點豔紅奪目的朱砂格外地顯眼，比南少林大師們披著的大紅袈裟竟還要紅上三分。

林瑤仙一下子震驚得不知所措，她做夢也沒有想到，沐蘭湘居然還是處子之身，用左手抹了抹自己的眼睛，再定睛細看，那鮮紅的朱砂還在，嬌豔欲滴，就跟自己左手肘內彎上的那點守宮砂一模一樣，林瑤仙不禁微微地發起抖來。

沐蘭湘注意到林瑤仙的變化，奇怪道：「林姐姐，有什麼不對的嗎？」

林瑤仙定了定神，用儘量平靜的語調密道：「妹妹，你，你手上的守宮砂……」

沐蘭湘臉上飛過一朵紅雲，剛才她一時不慎，袖子處的護腕鬆了，露出小臂而不自知，她連忙扣好了自己的護腕，拉著林瑤仙的手，低頭輕輕地密道：「林姐姐，這件事，還請為小妹保守秘密，不要跟任何人說。」

林瑤仙點點頭，追問道：「這怎麼可能呢，你都嫁給徐師兄這麼多年了，怎麼還……」

她趕忙收住嘴，意識到這樣問人家夫妻間的隱私不太好。

沐蘭湘嘆了口氣，眼神變得憂鬱起來：「實不相瞞，我當年和徐師兄乃是假結婚，那時候我四處尋不到大師兄，又沒有法子能激他出來，徐師兄也想借機讓屈彩鳳死了心，不再糾纏他，這是我們的私心；於公來說，武當當時內鬼未除，徐師兄又是突然回幫，人心浮動，若不是我下嫁於他，只怕武當會有傾覆之危，所以我們才設計了這個假婚禮。」

林瑤仙不解道：「可是，婚禮上李師兄並沒有出現，屈彩鳳倒是被徐師兄刺了一劍後負氣而走，**你們……後來沒有假戲真作？**」

沐蘭湘眼中盈起了淚花：「沒有，徐師兄的心裡只有屈彩鳳，我的心裡也只有大師兄，我們兩人早就情同兄妹，不可能在一起的。那天我事後才知道，大師兄其實來過，我在武當的後山發現了他丟掉我們的定情信物，他一定是以為我移情別戀，背叛了他，才……不要我的。」

林瑤仙幽幽地道：「妹妹，這麼多年可真是苦了你了，李師兄若是知道你的這份情意，一定會後悔這些年對你的誤會的。」

說到這裡，她的雙眼也模糊起來。

本來林瑤仙自以為是世間少有的癡情女子，沒有想到沐蘭湘竟然深情至此，自己與她相比，終究還是差了半籌，**一想到待會兒李滄行出現時，這段戲劇性的姻緣還不知如何收尾，她突然有些不敢向下想了。**

林瑤仙意由心生，不禁多看了沐蘭湘幾眼，發現今天沐蘭湘似乎刻意地打扮

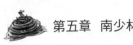

了一番，雖然是婦人穿著，但頭上插著的那支玉簪和耳上掛著的翡翠耳墜，看起來年代久遠，穿的也並不是武當妙法長老的那種天藍色道袍，而是高階弟子的藏青色勁裝，吹彈可破的臉蛋雖然未施粉黛，卻透著一股蘭花清香，顯然用花瓣洗過臉。

林瑤仙意識到，**這一定是沐蘭湘上次在峨嵋與李滄行分別時穿戴的行頭，她今天穿了出來，顯然是在為重逢作準備**。

沐蘭湘發覺林瑤仙一動不動地看著自己，臉上微微一紅，撫著自己的臉，道：「林姐姐，我今天的打扮是不是有點過分了，若是他真的來了，看到我這樣，會不會反而不高興？」

林瑤仙安慰道：「你別胡思亂想了，一會兒不就知道了嘛。」

二人正私語間，突然看到山腳下另一邊山角那裡過來一大堆人馬，浩浩蕩蕩，穿的是統一的土黃色勁裝，數百人為一隊，分成六隊，正中打著一面大旗，上面繪著一條飛舞的黑龍，張牙舞爪，氣勢逼人。

所有人的目光都投向了這支龐大的隊伍，走在前面的黃衣高手，個個身形矯健，幾乎每步的距離都一樣，一看就是內外兼修的高手，即使是以陣法稱雄於江湖的少林武僧們，看了也點頭不已，暗自稱奇。

智嗔的眼睛微微張開，長鬚飄了起來，看著源源不斷出現的黃衣大軍，嘆了口氣：「這天狼是有備而來，想不到他在福建也就半年時間，居然能集結起這麼多的江湖高手，有如此龐大的規模和氣勢，實在是讓人刮目相看啊。」

展慕白這一下看得也有些呆住了，心中半是羡慕，半是嫉妒，臉上一陣青一陣白，久久才恨恨地說道：「依我看，這些只怕並不全是江湖人士，其中有許多肯定是士兵，對，一定是這樣，一定是天狼借了軍隊來給自己撐腰。」

楊瓊花搖搖頭：「師兄，我覺得不太像啊，你看那些人，個個一看都是有功夫在身的，絕非普通的士兵，而且他們拿劍拿刀的手沉穩有力，與那些拿慣了長槍盾牌的軍人不同，分明是武林人士，怎麼會是軍人呢？」

展慕白不滿地瞪了楊瓊花一眼，嚇得楊瓊花趕緊閉上了嘴，不敢再說話。

展慕白咬牙切齒地道：「聽說天狼在戚家軍裡當了很久的教官，也許先教那些士兵拳腳功夫，然後再教他們一些內功的基本打坐吐納之法，通個一兩條經脈，也能裝著會武功的樣子，這又不是難事，我當年上華山的時候，幾乎不會武功呢，不也學了半年多就有模有樣了嗎？對，一定是這樣的，天狼肯定是借了士兵過來嚇人，智嗔師兄，咱們可不要被他給騙了。」

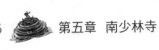

智嗔緩緩地道：「阿彌陀佛，善哉善哉，展師弟只怕又說錯了，按你上次跟我說的，這天狼打下橫嶼島後就大搶戰利品，還把戚家軍氣得回浙江了，那戚將軍又怎麼可能借兵給他呢？」

展慕白呆了呆，強辯道：「那，也可能是其他的部隊，比如福建的駐軍，比如胡宗憲胡總督派給他的援軍。」

智嗔嘆了口氣：「展師弟，不必再強行說服自己了，你自己信嗎？臨時調來的軍隊，沒有訓練過武功，哪可能有這些功夫在身？看來天狼的實力超過了我們的想像，這回我們還得小心應對才是。」

楊瓊花也插話道：「是啊，師兄，我一直說天狼並不是壞人，沒有跟我們為敵的意思，要不然也不會在塞外救你了，你還說他是以前我們都認識的人，也是跟魔教有著血海深仇，那我們為什麼不能做朋友呢？」

展慕白心煩意亂，喝罵道：「你不說話沒人當你啞巴，這人野心勃勃，能力又強，滅了魔教後，下一步就會對付我們了，絕不能讓他這樣輕鬆坐大！」

正說話間，這支龐大的隊伍已經到了山腳下，離少林寺僧眾大約五十步的距離停下，錢廣來從人群中走了出來，一臉的肥肉在陽光的照耀下泛著油光。

他大聲叫道：「南少林方丈見癡大師，伏魔盟的各派掌門，眾位俠士，黑龍會首領天狼，今天特地率領全會弟兄向各位致敬。」

錢廣來這一下用上了內力，加上他本就身寬體胖，中氣十足，聲音如洪鐘一般傳到山上，讓站在寺門前的每個人都聽得清清楚楚。

這份內力，讓各大高手都不禁為之側目，即使是一向無視錢胖子的展慕白，也不得不嘆服此人的功力實在是非同小可。

見癡大師高宣了一聲佛號，朗聲道：「阿彌陀佛，貧僧見癡這廂有禮，不知天狼施主如此陣勢駕臨鄙寺，有何指教？」

錢廣來哈哈一笑：「天狼會長聽說伏魔盟四派今天在南少林聚會，本來我們是抗倭路過此地，就順便過來，一來瞻仰一下中原武林正道的風采，二來跟以前的老朋友敘敘舊，這第三嘛，也有意借這群雄相聚之機，請大家一同抗倭，不知各位俠士意下如何呢？」

伏魔盟的各派弟子們不知道黑龍會的打算，乍聽之下，頻頻交頭接耳。

有不少人熱血沸騰，摩拳擦掌的想要殺倭報國，但更多的人眼中盡是疑慮，上下打量起黑龍會的陣容。

「師兄，這個黑龍會是什麼來路，怎麼從來沒聽說過呀，敢情今天我們在這裡就是要等這些人嗎？」

「不知道，反正師父讓咱在這裡守著，總是有道理的，不過看這黑龍會的架勢，各派早就知道他們要來了，所以布下陣勢候著呢。」

「哦，是這樣啊，那他們是官軍嗎，為什麼沒有官軍那樣的旗號和裝備？」

「嗨，二位，你們這就不知道了吧，我是華山派的，來這裡的時間比你們長了點，聽說這黑龍會是大半年前組建的，招的全是江湖人士，以前在江湖上名氣很大的錦衣衛天狼，就是他們的會長，最近在浙江和福建和倭寇打了不少仗，比官軍還好使呢。」

「啊呀，這位華山師兄，你懂得多，就給大夥兒說說，為啥這幫人不打官軍旗號呢？」

「嘻嘻，這點小妹知道，不用華山師兄說，二位武當的師兄，你們看啊，今天我們在這裡是開伏魔盟的大會，是江湖的事情，如果這天狼用官軍的身分來，那就是**以官壓民**，咱們能服氣麼？最多面子上讓他過得去，說些套話罷了，他要想真的讓我們做什麼事，只有以江湖的身分商量才行。」

「哦，聽師姐這麼一說，我們算是明白啦。不過我看各派的師長們早早地就擺出排場，應該就是專門來迎接這天狼的吧，為什麼他說得好像是路過這裡，偶然為之呢？」

「這個就不知道了，看咱們師父怎麼應對啊，天狼以前出身錦衣衛，跟我們伏魔盟各派談不上是朋友，反正我是不喜歡錦衣衛這些朝廷鷹犬。」

見癡大師等到弟子們的議論聲漸漸地平息下來後，朗聲道：「既然如此，還請天狼施主出來一敘，不知是否願意賞臉呢？」

一陣清朗的笑聲響起，李滄行沒有戴面具，從人群裡大步而出，兩邊的黑龍會弟子們紛紛讓開，閃出一條通道。

今天的李滄行，長髮及肩，狂野地披散下來，劍眉虎目，燕頷豹額，鼻梁高挺，短髯刺立，全身上下散發出一股不可阻擋的男兒英雄氣。

身材嬌小的鳳舞站在李滄行的身邊，一身黑衣把讓人噴血的惹火身材裹得緊緊的，大紅披風，沖天馬尾，蝴蝶面具，紅唇如同兩抹燃燒著的烈焰，手裡握著別離劍，與天狼並肩而立，在她的身後，二十名面戴龍形面具的錦衣衛龍組殺手緊緊跟隨。

沐蘭湘一看到李滄行，張大了嘴，嘴唇劇烈地哆嗦著，幾乎要暈過去，林瑤仙連忙扶住了她，二女四目相對，眼中盡是滾滾熱淚。

沐蘭湘拉著徐林宗的手，低聲道：「徐師兄，你看，那天狼分明就是，就是……」

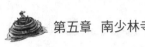

徐林宗面沉如水，比起感性外露的沐蘭湘，他畢竟成熟沉穩了許多，道：「師妹，我看到了，按我們原先計畫的辦。」

沐蘭湘激動地點了點頭，她的左手緊緊地貼在自己的胸口，高聳的胸部劇烈地起伏著，閉上了眼睛，任由兩行清淚從眼角流下。

李滄行卻是目不斜視，正對著見癡大師，高聲說道：「郎某遠來是客，並攜錦衣衛鳳舞，欲觀摩伏魔盟大會，為了表示我們的誠意，郎某所率部下，一律停留在山下，郎某與鳳舞二人上山即可。」

見癡大師聽了，向兩邊的四派掌門問道：「各位掌門，意下如何？」

展慕白冷冷地「哼」了聲，雙手抱臂而立，不發一言。

徐林宗微微一笑：「天狼所來不失禮節，我看還是讓他這樣上來吧。」

林瑤仙點點頭：「我同意徐師兄的意見。」

智嗔面無表情地說道：「那貧僧也就附議了。」

見癡大師便道：「伏魔盟各派恭請黑龍會會長天狼施主，和錦衣衛鳳舞女俠上山。」

天狼微微一笑，看了一眼身邊的鳳舞。

今天的鳳舞卻像是有重重的心事，從一開始就是魂不守舍，勉強擠出了一絲笑容，走在天狼的身後，似乎有點像是希望天狼能幫她擋在前面，全然沒有平時的那種大器與灑脫。

五十名壯漢抬著二十五口大箱子，準備跟在天狼的身後一併上山，山腳下一個中年知客僧濃眉一皺，上前攔住了李滄行，說道：「郎施主請慢，您剛才說過只有你二人上山，為何後面這些施主也跟著呢？」

李滄行解釋：「那是我會的一點見面禮，也算是給伏魔盟各派的一點心意，若是這位大師覺得不太妥當，那有請貴寺僧人幫忙抬上去，如何？」

中年知客僧聞言道：「理當如此。」回頭招呼起來，「空明，空方，你二人各帶二十五名師兄弟，抬這些箱子上山，不得有誤。」

兩名三十歲左右的青年僧人合十回禮，帶了一幫僧人，接替了那些抬箱子的黃衣黑龍會眾。

李滄行便和鳳舞繼續拾級而上，沿途的僧人們本來一個個都站如青松，運起護身氣勁，想要對他威懾一番，卻被他如輕風般地掠過。

一股強大無形的氣勢，把這些武藝高強的僧人們也震得有些腳步虛浮，甚至有些功力稍弱的人還會稍退半步，人人都吃驚於這天狼強大的氣場。

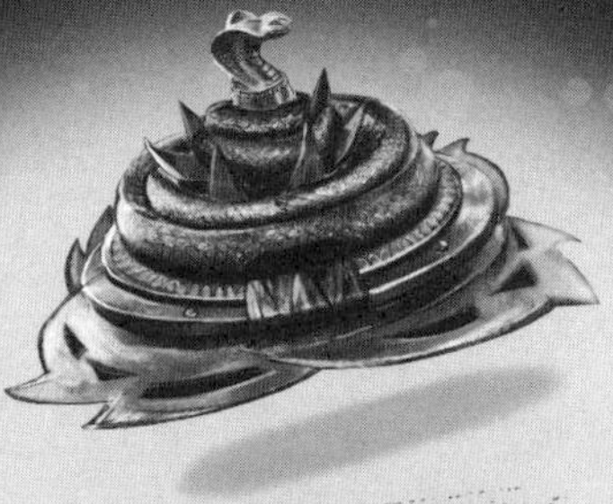

第六章

邪門功夫

「哼，我就是看不上這種人，一邊說人家邪魔外道，
一邊自己卻使這種邪門功夫，只是，大師兄他剛受了傷，
你看他連左臂都抬不起來，這可如何是好呢？」
沐蘭湘越說越急，「林姐姐，我們要不要出手幫大師兄啊。」

李滄行走過數千名少林僧人夾山道而成的人陣，越是接近山頂，他的心越是跳得厲害，雖然在外人看來，他步伐沉穩，呼吸平和，可他自己最清楚，自己的注意力早就繫在了那個高挑清秀的倩影上，儘管自己刻意不讓目光轉向沐蘭湘，可是內心的聲音卻把他勉強構築的防線一下子轟得千瘡百孔，蕩然無存。

走到寺門前，李滄行停下了腳步，微微一笑，拱手行禮道：「黑龍會會首天狼，見過各位前輩與朋友。」

眾人紛紛還禮，只有展慕白冷冷地說道：「想不到大名鼎鼎的前武當派大師兄李滄行，竟然進了錦衣衛，成了什麼天狼，真是世事無常啊，李師兄，這麼多年，你也不跟大家打聲招呼，可知師兄弟師姐妹們有多想你？也太不夠意思了吧。」

李滄行微微一笑：「郎某機緣巧合加入了錦衣衛，後又因為某種原因脫離錦衣衛自立，現在這個黑龍會，就是郎某親手組建的門派，也想在這東南一帶報國從軍，消滅倭寇，以後在這裡混口飯吃，希望各位能行個方便。」

見癡大師笑道：「不知郎施主應該如何稱呼呢，你本姓李，為何又自稱姓郎呢，今天當著你的舊日師兄弟們，希望施主能先給大家一個明確的說法。」

李滄行點點頭道：「我本姓李，名滄行，自幼無父無母，是武當派的澄光道長將還在襁褓之中的我抱上了武當山，從此在武當二十多年學藝，後來因為某些原因，在下離開武當，周遊天下，機緣巧合中，加入了錦衣衛，從此代號天狼，這些事情，想必大家都知道了。」

人群中開始議論紛紛，不少年長一點，四十歲左右的人，即使沒有見過李滄行，也聽過許多他的事，一聽到李滄行自報家門，立刻交頭接耳，討論起來。

但眾人聽到的李滄行，多數都是貼上了淫賊惡徒的標籤，偷學邪功，企圖迷姦師妹未遂，被趕出門派，如喪家犬一般周走於各派，最後不得已才進了錦衣衛，加上天狼曾經從華山、少林兩派手中奪下內閣前首輔夏言，使其被殺，這一點讓許多正道俠士都認為此人是不折不扣的朝廷鷹犬，所以投向李滄行的目光更多的是鄙夷不屑。

「想不到這天狼居然是那武當以前的棄徒李滄行。」

「嗯，此人失蹤多年，卻不料在此時突然現身，不知意欲何為。」

「我看他是聽說這次我們伏魔盟各派聚會，想要選出一個盟主來，所以想回來混水摸魚，當上這個盟主，以後好號令天下武林。」

「呸，就他也配！一個臭名昭著的淫賊，怎麼配做我們正道武林的首領。」

「辛師兄，當年這李滄行被趕出武當，是不是真的因為犯了什麼淫戒啊？」

辛培華冷回道：「無可奉告，當年先掌門在時，曾嚴令武當弟子，不得向外透露任何有關此事的細節，我也不知道怎麼會在江湖上傳出這些事的。」

「嗨，辛師兄，你這就不夠意思了，當年落月峽之戰，你我可是一個隊的，這李滄行輕薄沐師姐，也就是徐夫人的事，盡人皆知，這總沒法堵住別人的嘴了吧。」

辛培華無法反駁，只好說：「事隔這麼多年了，還提這做甚。各位還是積點口德吧。」

「好了好了，不提這個，李滄行在落月峽一戰中擊斃了老魔向天行，名震天下，當時徐師兄下落不明，他幾乎是武當的唯一希望了，武當派好好的怎麼會把他逐出門派，趕下山呢，若不是犯了什麼大戒，豈會如此？」

辛培華厲聲喝道：「各位，咱們都是正道俠士，都有師門規矩，應該知道背後莫議他派短長的事吧，這樣只會傷了我們之間的和氣。」

那名一直喋喋不休，個子高瘦的華山長老丁雪松收住了嘴，悻悻地說道：「好了好了，有關你們武當的事就不提了，劉師妹，這李滄行後來可是去過你們峨嵋？」

一名三十五六歲，皮膚白淨的圓臉女子，正是峨嵋女俠劉麗華！

她緩緩回道：「確實，李師兄來過我們峨嵋幾個月，後來又走了，他在峨嵋的時候，很少和我們師姐妹走動，一直是在後山居住，具體的情況我也不清楚。」

丁雪松哈哈一笑：「劉師妹，我聽說這李滄行走的時候，你們峨嵋的大師姐許冰舒也自盡了，可有此事？」

劉麗華眼中寒芒一閃：「丁師兄，你想說什麼？許師姐一向潔身自好，入殮的時候，是我親自為她收拾的，仍是清白之身，你那些不乾淨的想法，最好早早地收起來，要不然非但辛師兄不容你，我也不客氣了。」

丁雪松吐了吐舌頭，轉而跟幾個同門說道：「好了，武當和峨嵋都提不得，那你們說這個天狼為什麼會進錦衣衛呢？」

「這還有什麼好問的，錦衣衛有榮華富貴，還有美女嬌娃，別說李師兄了，就是我們四派其他藝成下山的師兄弟加入錦衣衛的人還少麼？」辛培華看著身材惹火、皮膚雪嫩粉白的鳳舞，沒好氣地說道。

和辛培華同個心思的還有沐蘭湘，自從李滄行上山這段路上，她的目光更多地落在鳳舞的身上，眼裡就像是要噴出火來似的，雙手不知何時已經捏成了粉拳。

林瑤仙嘆了口氣，握著沐蘭湘的手，道：「妹妹，別這樣。」

沐蘭湘快要哭出來地說：「怪不得這麼多年他不來找我，原來，他已經有別的女人啦。林姐姐，我，我不想活了。」

林瑤仙開導道：「不，妹妹，依我看來，李師兄絕非薄情之人，也不會接受其他姑娘，這鳳舞我也聽說過，似乎是錦衣衛的頭號殺手，陸炳的王牌，你看他們兩人走路的樣子，李師兄在前，鳳舞倒像是躲在他的身後，並非情侶的模樣，也許這回只是錦衣衛要和黑龍會聯手行動，所以派這個鳳舞趁機跟我們改善關係呢。」

沐蘭湘聽到這話，心中一塊石頭才放下一些，小嘴不自覺地嘟了起來，緊緊地盯著那鳳舞，正好這時鳳舞一抬頭，與沐蘭湘的目光撞了個正著，似是害怕什麼，連忙轉過了頭。

沐蘭湘一跺腳，幾乎要叫出聲來：「不對，林姐姐，你看那個鳳舞，看都不敢看我，明明是心裡有鬼，哼！一定是這個狐狸精迷住了李師兄，你看她打扮成那樣子，她穿的那衣服，大師兄一定是被她給迷住了，林姐姐，怎麼辦？」

林瑤仙面沉如水，安撫道：「妹妹，沉住氣，這女的看起來很怕你，你千萬不要在李師兄面前失了分寸，變成一個歇斯底里的潑婦，我看這女人是想裝可憐，李師兄心腸軟，又天生容易同情弱者，你莫要上了她的當。」

沐蘭湘一下子恍然大悟：「對啊，我怎麼沒想到這層呢，哼，險些上了當，好姐姐，謝謝你提醒我。只是，大師兄為什麼今天看也不看我一眼呢，你說，他會不會真的忘了我呢？」

林瑤仙微微一笑，撫了撫沐蘭湘的纖手：「不會的，現在他正跟見癡大師交談，自然不能東張西望，我看一會兒跟大家分別見禮後，他對你的態度便一目了然啦，還有，你畢竟是徐夫人，盯著你看才是失禮呢！」

沐蘭湘「哦」了一聲，閉上了嘴，心卻開始亂跳起來，就像一萬頭小鹿在那裡亂撞。

李滄行卻是根本無暇理會外界的這些竊竊私語，他的心也在猛烈地跳動著，心愛之人就在不遠處，而另一個深愛自己的人卻在身後一臉幽怨地看著自己，讓他如芒刺在背，他覺得自己的嘴很乾，喉間動了動，開口道：

「至於本人進了錦衣衛後的所作所為，想必今天在場的各位都很清楚，我想問各位一句，掃平白蓮邪教、援救鐵家莊、刺殺俺答汗、東南招安汪直徐海，這些事，有哪些不是光明正大的，不是俠義所為？」

展慕白反駁道：「是麼，那有兩件事麻煩你解釋一下，一是當年你率領錦衣衛親手從先師兄司馬鴻手下搶奪前內閣首輔夏言夏大人，當年本人和少林派的智嗔師兄都在場親歷，你總不能否認吧？眾所周知，夏大人是被嚴嵩父子陷害而死，你卻助紂為虐，這件事，你得給天下英雄一個交代才是。」

眾人的情緒立即被點燃起來，更有些性急的人揮舞著手中的兵器，嚷嚷道：「原來這天狼還是奸黨的走狗，只有魔教的壞胚子才會去害夏大人，掌門，千萬不要上他的當啊。」

「呸，奸黨走狗，咱們伏魔盟不歡迎你，識相的，早點滾下山去。」

李滄行一言不發，沐蘭湘看著他被眾人圍攻，心如刀絞，抓著林瑤仙的手，卻是一句話也插不上嘴。

李滄行等所有人的罵聲平息下來後，正待開口，卻聽身後的鳳舞說道：「展大俠，請問你在華山派，還不是掌門時，是不是掌門師父岳先生和掌門師兄司馬大俠讓你做什麼，你就得做什麼？」

展慕白重重地「哼」了聲：「這是我們伏魔盟跟李滄行之間的事，我想鳳舞姑娘還是不要插手的好。此事與你錦衣衛沒有關係。」

鳳舞勾了勾嘴角，毫不示弱地回道：「這是我錦衣衛的前成員天狼和你們伏魔盟之間的事，今天我是錦衣衛的最高官員，自然有義務為此作說明，以正視聽，展大俠，請你回答我的問題。」

展慕白心中火起，但畢竟是一派掌門之尊，大庭廣眾之下也不能失了分寸，只能說道：「華山門規第一條，就是凡華山弟子需要謹守俠義本分，尊師重道，除禮敬歷代祖師外，掌門的命令自然是要遵從的。」

鳳舞馬上說道：「好，展大俠說了，作為門派弟子，第一條就是要遵守掌門的命令，那當時天狼人在錦衣衛，是不是應該遵守錦衣衛總指揮使的命令？」

展慕白呆了呆，隨即抗聲道：「不對，我們正派弟子雖然要遵守掌門的命令，但也要本著俠義的原則來判斷這命令是不是正確，天狼幫著奸黨捉拿忠良大臣，這種命令怎麼可以執行呢？」

鳳舞哈哈一笑：「剛才展大俠還說掌門的命令一定要遵從的，現在又說要用什麼俠義原則來判斷了，那究竟哪句話才是作數的呢？」

展慕白心中暗罵這妖女狡猾，被她拿住話柄，動了動嘴：「我們正道人士的掌門，下的命令自然是要以俠義為本，符合道義，至於你們錦衣衛，哼哼，你們的名聲大家都知道，又何必多說。我若是天狼，這樣的命令當然不會執行。」

鳳舞冷笑道：「展大俠，您可真是站著說話不腰疼啊，身為下屬，只有執行命令的份，哪可能自行判斷呢，天狼當時接到的命令是夏言有謀反之行，需要帶回重新審查，他又沒有對夏大人刑訊逼供，屈打成招，難道執行皇上的命令，把人帶回來，這也成了奸黨走狗了？」

展慕白不服地道：「哼，世人的眼睛是雪亮的，天狼就是過來捉拿夏大人，還有曾銑曾大人的家人與遺孤，這點你怎麼狡辯都沒用。」

李滄行道：「展掌門，當時我接到的命令是請夏大人回朝問話，事關重臣，所以我帶有聖旨，這不只是錦衣衛總指揮使陸炳陸大人的命令，更是當今皇帝的旨意，無論作為武林門派，還是作為大明子民，展大俠若是和天狼異地而處，有拒絕的可能嗎？」

展慕白無言以對，只聽李滄行繼續說道：「至於曾大人和夏大人的遺孤，我一直盡力保全，後來還委託了伏魔盟中武當派分支，湘西劉家莊的劉員外一直照顧，他可以為我作證。」

人群中一名員外打扮的中年富商站了出來，高聲道：「不錯，我可以為天狼作證，當年他確實托我收留了二位大人的遺孤，每年還派人送來銀兩，一直到今天。」

展慕白眼珠子一轉：「好，就算你在夏言這件事上做得沒什麼漏洞，但你勾結魔教妖女，前巫山派首領屈彩鳳，幾次三番地救她，這總抵賴不了吧？三年多前群雄圍攻巫山派，盡滅其黨羽，本來可以擊斃這個賊婆娘，為落月峽死難的同道們報仇，可就是你天狼從中殺出，救走了屈彩鳳，這事很多人都看到了。一個多月前，我們設伏在巫山擊殺屈彩鳳，又是你天狼帶了錦衣衛的人來救，這鐵一樣的事實，你還敢否認嗎？天狼，你可別說你不知道屈彩鳳入了魔教。」

展慕白這話就如同在水中丟了一塊巨石，激起千層浪花，大家再也顧不得師長們的喝止，就連不少長老級別的各派高手，也都紛紛為之色變。

知道其中內情的，只有沐蘭湘、林瑤仙等少數幾個高層，雖心急欲為李滄行辯解，卻不知道如何開口。

而伏魔盟的人聽到後，卻是群情激憤，嚷嚷著要殺了李滄行的不在少數，就連鳳舞的臉色也有些發白，緊閉著朱唇，緊緊地靠著李滄行，手按在了別離劍柄上。

李滄行神色平靜，外界質疑的聲浪絲毫沒有把他嚇倒，**他就是這樣的個性，愈挫愈勇，越壓越彈，當整個世界都與自己為敵時，也毫無畏懼，只會奮力殺出一條血路。**

只聽李滄行運起內力，無論遠近，每個人都能聽到他的聲音在自己耳邊以同樣的音量發出：

「各位正道俠士，請聽我一言，然後再打再殺不遲，什麼時候號稱武林正道的伏魔盟，連讓人說話的權力也不給了？」

展慕白冷笑道：「也罷，大家暫且息聲，看這人如何自圓其說。」

李滄行環視全場，正色道：「展大俠，你說我勾結屈彩鳳，那我想問你一句，屈彩鳳和魔教，哪個是伏魔盟更大的敵人，大家恨哪個更多一些？」

不等展慕白回話，人群中就有七嘴八舌的聲音此起彼伏：「廢話，當然是魔教是首惡，元凶，但是賊婆娘殺我們這麼多兄弟，自然也得除掉。」「就是，冤有頭，債有主，雖說魔教更可恨，但是賊婆娘是一定要殺的，又何必問。」

「李滄行，你不要轉移話題，你救了屈彩鳳，就該死，說什麼也沒用。」

李滄行面不改色，朗聲道：「既然大家都認為我救屈彩鳳該死，那展大俠跟魔教合作，又是怎麼回事？」

展慕白臉色大變，怒道：「你休得血口噴人，我，我什麼時候跟魔教合作了？」

李滄行看著展慕白，目光如利劍般鋒利，刺得展慕白不覺地向後退了半步。

只聽李滄行道：「四年前，伏魔盟各派派出上萬弟子圍攻巫山派，最後是洞庭幫劫獲了巫山派逃出去的幾萬部眾，並且由洞庭幫引燃火藥，把這些人全部炸

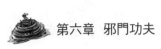

死，巫山派總舵也就此成為鬼城廢墟，這些可是事實？」

在場的數千群雄多數參加過當年那一戰，一想到幾萬婦孺和俘虜一夜之間灰飛煙滅的人間慘劇，便一個個都低下了頭，應聲也沒那麼理直氣壯了。

李滄行想起那天的情景，也是悲從中來，質問道：「正道俠士應該匡扶武林正義，扶助弱小，就算屈彩鳳與伏魔盟有仇，殺人不過頭點地，向她的部下報仇就行，為何要對那數萬婦孺下此毒手？難道那些白髮婦人和剛學會走路的孩童，也是各位的仇人嗎？」

在場的群俠們無一人能開口反駁，畢竟這些人對當年之事都心存愧意。

展慕白厲聲道：「天狼，你不要在這裡轉移話題，我說的是你勾結屈彩鳳的事，你扯什麼老弱婦孺，再說了，當年我司馬師兄也為此跟嚴世蕃據理力爭過，他……」

說到這裡，展慕白的話突然停了下來，以手捂嘴，恨不得能把剛才的話給吃回去。

李滄行哈哈一笑，眼中寒芒一閃：「各位都聽到了嗎，伏魔盟各派圍剿巫山派，並非四派的集體行動，而是嚴世蕃出面召集的。展大俠，**你剛才不是口口聲聲說我扶助奸黨嗎，那你受嚴世蕃的驅使，又算是什麼？」**

在場群俠當年絕大多數也是聽令行事，並不知道高層的事，聽李滄行這樣面斥展慕白，都覺得有些道理，原來投向李滄行的那些仇恨的目光，有不少轉向了展慕白，變得有所懷疑了。

展慕白急得額頭冒汗，尖聲道：「李滄行，你休要東拉西扯，當年又不是我華山派一家所為，我們並不是聽嚴世蕃的令，而是內閣徐閣老給我們修書，要我們為朝廷出力，共滅反賊巫山派，徐師兄，當年就是你召集我們的，你來為我作證。」

徐林宗點點頭：「不錯，當年確實是家父修書，但是，我記得很清楚，最後來巫山指揮和布置剿滅巫山派行動的，就是嚴世蕃，他出現的時候，智嗔師兄和林師姐，包括司馬大俠都有離開之意，是你展師弟一力獨勸，說不能放過這個消滅巫山派的大好時機，我們才勉強留下的。」

沐蘭湘馬上附和道：「不錯，展師弟，若非你當初堅決要和嚴世蕃合作，大家早就散了。」

林瑤仙也點了點頭：「展師弟，大家不是有意冤枉你的，男子漢大丈夫，敢作就要敢當。」

楊瓊花替展慕白辯護道：「師兄也是報仇心切，才會，才會……」

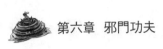

她的聲音越來越小，話都無法說完了。

展慕白把心一橫，一挺胸膛，道：「不錯，是我跟嚴世蕃合作，要滅了屈彩鳳，這叫驅虎吞狼，屈彩鳳得罪了嚴世蕃，就是她昔日的主子也不要保她了，我們正好借這機會將之一舉消滅，請問這有什麼不對嗎？」

李滄行不待展慕白說完，緊跟著說道：「好，展大俠，我要的就是你這句，驅虎吞狼是吧，暫時合作對吧，那我想請教你一下，屈彩鳳是怎麼得罪了嚴世蕃，你敢當著天下俠士的面說明白點嗎？」

展慕白勾了勾嘴角，道：「他們這些邪魔外道內鬨，我怎麼知道，興許是屈彩鳳不願意給嚴世蕃進貢不義之財吧。」

人群中爆出一陣哄笑，華山長老丁雪松跟著叫道：「也許是嚴世蕃那個色鬼看中了賊婆娘，想娶她當小老婆吧，屈彩鳳不肯，就翻臉啦。」

一些猥瑣之徒聽了，立即發出一陣放肆的淫笑，不少個性正直的俠士厭惡地皺了皺眉頭，下意識地離這些人遠了點，人群一下子多了許多空隙出來。

李滄行轉向徐林宗道：「徐師弟，當年你經歷過蒙古大營的事，你來說說此事是怎麼回事。」

徐林宗微微一笑，說道：「此事的起因，是屈彩鳳在塞外的時候發現了嚴世蕃勾結外虜，暗結蒙古人，所以不願意再為嚴世蕃賣命，後來蒙古入侵，鐵騎打到北京城下，屈彩鳳和李師兄聯手，想要潛入蒙古大營，暗殺俺答汗，卻不料碰到了私下裡想和蒙古人求和的嚴世蕃，一場大戰之後，嚴世蕃逃走，而那時我夫妻二人也帶了一群武當弟子想要刺殺蒙古大汗，所以就保護李師兄和屈彩鳳逃了出來，這件事我武當上下很多人都知道，我也可以作證。」

展慕白雙眼血紅，咬牙道：「哼，我就知道你武當只會胳膊肘兒向內拐，護著自己人，好啊，一個是以前的師兄，一個是以前的舊情人，你徐師兄當然會幫著他們說話，屈彩鳳和李滄行才是你的朋友，我們不是！」

一個豪邁的聲音突然傳了過來：「我也可以為徐掌門作證，當年屈彩鳳確實刺殺過蒙古大汗，展掌門，你該不會說老叫化子也胳膊肘向內拐吧。」

眾人循聲看過去，只見一個大鳥般的身影從寺門西邊的一棵大松樹上落下，卻是一個頭髮花白，身材魁梧，衣服破破爛爛的老叫化子，手裡拿著一根竹棒，極有氣勢地落到地上，渾身上下淡淡的金氣一收，竟是沒有半點灰塵被震起，這手輕功和內力端的是驚世駭俗。

李滄行一看到此人，又驚又喜，連忙上前行禮道：「後生晚輩李滄行，見過公孫幫主，你老人家一向可好？」

公孫豪哈哈大笑，拍了拍李滄行的肩頭：「老叫化子骨頭硬，死不了，倒是你這小子，名聲和功夫都增長不少啊。」

李滄行苦笑道：「您看晚輩今天這個架勢，這名聲不要也罷。」

公孫豪笑道：「一會兒再說，我先見過其他人。」說著便逕自向前走去。

鳳舞也上前打招呼行禮，公孫豪面無表情，一陣風似地走了過去，李滄行暗想公孫豪一向嫉惡如仇，大概看錦衣衛不順眼，不喜歡鳳舞也是情理中的事。

公孫豪走到見癡大師等人的面前，哈哈笑道：「各位掌門，老叫化子不請自來，你們不會趕我走吧。」

見癡大師回禮道：「公孫施主說的是哪裡話，你肯大駕光臨，我伏魔盟各派求之不得呢，當以貴賓之禮待之，怎麼會趕你走呢。」

智嗔大師臉上也掛起微笑：「公孫前輩，多年不見，您還是這麼神勇威武，可喜可賀啊。」

公孫豪道：「老叫化子懶散慣了，又愛熱鬧，聽說伏魔盟二十年來終於要再次聚焦開會了，這等盛事我可不想錯過，唉，想想上次看到這麼大規模的場面，還是二十年前滅魔之戰的時候，當年的後生小子也一個個人到中年了，可是那麼多老友的仇，卻仍然沒有報，想起來我這心裡就不是滋味啊。」

說到這裡，他的臉上不自覺地浮上了一副憂傷的表情。

展慕白乾咳了一聲：「公孫前輩，您可是武林前輩名宿，自然是一言九鼎，只是您剛才說，那屈彩鳳還刺殺過什麼蒙古大汗，不會是您老一時看錯人了吧。」

公孫豪面色一沉，道：「展慕白，你是不是想說老叫化子老眼昏花，連人都認不清了？或者是豬油蒙渾了心，故意向著屈彩鳳說話？」

展慕白連連擺手：「不不不，晚輩絕無質疑前輩的意思，只是，晚上黑漆漆的，也可能是您老一時認錯，誤把……」

公孫豪聽了，向地上吐了口濃痰，怒道：「誤你個頭啊，老叫化子眼沒瞎，那還是十年前的事，當時俺答汗入侵，攻陷大同，一路打到北京城下，燒殺擄掠三天而去，那庚壬之變，你小子難道忘了？」

展慕白面帶慚色：「晚輩自然不敢忘，那是所有大明百姓的恥辱。晚輩當時和司馬師兄身在江西，一聽到消息後也帶弟子千里勤王，想要抗擊韃子，可是等晚輩趕到的時候，韃子已經退出關外了。」

公孫豪冷冷地說道：「不談你的事，只說老叫化子自己，當年徐掌門帶著沐女俠正好來京城看望他的父親徐閣老，哦，不，那時徐大人還未入閣，只是禮部尚書，反正也沒什麼區別，而老叫化子那時正好在京師，一看到韃子在城外耀武揚威，無惡不做，老叫化子就忍不住，連夜帶了幾百個弟子前去偷營，心想著就算殺不了蒙古大汗，殺幾個將軍，殺些韃子兵總是可以的。徐掌門夫婦也自告奮勇，與老叫化子一同前往。

「結果我們進了蒙古大營之後，卻看到韃子營中大亂，主營方向火光沖天，老叫化子趕了過去，正好碰到這個錦衣衛的女娃子準備去搬救兵，說天狼陷在裡面了，請我去救他。老叫化子趕到大營時，只看到天狼跟那屈彩鳳兩人聯手使出武當派的兩儀劍法，殺得韃子屁滾尿流，連那韃子大汗都被殺得落荒而逃，屈彩鳳一頭白髮，又長得這麼漂亮，老叫化子眼也沒瞎，怎麼會認不出來？」

在場群豪們多數都不知道這段經歷，由於嚴世蕃的刻意隱瞞，陸炳又出於各種原因沒有聲張，因此此事還是第一次被公諸於天下，群雄們聽著這驚心動魄的一幕，彷彿身臨其境，個個瞪大了眼睛，就連智嗔大師和見癡大師也都一言不發，睜大了眼睛，屏氣凝神地聽著。

展慕白不服氣地說道：「就算那屈彩鳳和天狼在一起，那也不能說明什麼，任何一個中原武人，這種時候都會去刺殺蒙古韃子大汗的，屈彩鳳在落月峽殺了我們那麼多人，這個仇絕不能就這麼算了。」

公孫豪收起笑容，厲聲道：「展慕白，老叫化子在落月峽的損失，一點不比你的小，我的三個徒兒全部戰死，我自己身受十七處創傷，幾乎命都丟在那裡了，要說恨，我會不恨屈彩鳳嗎？**不是只有你華山派一家跟她有仇！**」

展慕白雙眼一亮，道：「那前輩就更應該理解晚輩的立場了，這個天狼敵友不分，忘記師仇，被屈彩鳳的美色所吸引，已經入了魔道，鐵證如山，難道不應該受到我們正道俠士的唾棄嗎？」

公孫豪冷冷地說道：「屈彩鳳的師父在落月峽大戰前被人所殺，從傷口看，只有峨嵋派的倚天劍才能造成這樣的傷害，這點是世所公認的事，所以屈彩鳳當時認定峨嵋派乃是殺師仇人，而伏魔盟各派，包括老叫化子我，都是偏袒峨嵋派的，她為報師仇向我們出手，這有什麼不好理解的，要是屈彩鳳放著師仇不報，那才是奇了怪呢。在場各位，**要是有誰殺了你的師父，你會不報仇嗎？**」

展慕白恨聲道：「她報仇是她的事，可她殺了我們這麼多人，也是不爭的事實，我們的同道中人多有師門長輩或者是師兄弟死在她的手上，找她報仇難道不應該嗎？」

公孫豪正色道：「這就是當年那個殺屈彩鳳師父林鳳仙之人的毒計，就是要設計正道各派與綠林之首的巫山派互相殘殺，仇越結越深，最後無法化解。據我所知，當屈彩鳳發現一直被嚴世蕃欺騙利用之後，尤其是發現嚴世蕃暗通外敵，出賣大明之後，立即便與嚴世蕃一刀兩斷，甚至和天狼一起，三番五次地向嚴世蕃發難，這才引得嚴世蕃對其痛下殺手，其除掉屈彩鳳的急迫程度，甚至超過了除掉你們伏魔盟的各派，這難道不是事實嗎？」

在場的眾多俠士並非不明事理之人，聽得連連點頭，對屈彩鳳的恨意消掉了一大半，甚至有不少人在暗暗地為屈彩鳳叫一聲好，還有些人想到自己以前曾經幫助消滅巫山派，殺了那麼多的孤兒寡母，更是慚愧得滿臉通紅，低頭不語。

公孫豪朗聲道：「屈彩鳳不過一介女流之輩，曾誤入歧途，尚且知道什麼是大義，什麼是正道，迷途知返，向國賊宣戰，最後也因此門派被毀，各位，如果說你們有什麼師門之仇，在毀掉巫山派，殺了數萬婦孺之後也應該算是報了，還要繼續和屈彩鳳打打殺殺下去，做讓魔教和嚴世蕃這些賊人得意的事情嗎？」

展慕白冷笑道：「公孫幫主，你說得可真是字字珠璣，義正辭嚴哪，連我都快要給你說動了，可是你最後一句提醒了我，屈彩鳳就算有悔過之心，就算曾刺殺蒙古大汗，做了些好事，就算全寨覆滅，算是還了當年落月峽的血債，可我們也放了她一條生路，她卻死性不改，這次回到中原，居然加入魔教，這可是大家都知道的，公孫幫主，李滄行，你們對此事還有什麼解釋呢？」

聽到展慕白一連的逼問，李滄行正待開口，卻聽到一聲中氣十足，帶著三分英武與爽朗的清脆嬌聲響起：

「展慕白，你當老娘真的會入那魔教？」

李滄行心猛的一沉，**他今天最擔心的就是這個，但怕什麼來什麼**，屈彩鳳始終還是放不下自己的安危，或者，也是想見徐林宗一面，這才奮不顧身地前來。

就見南少林寺門前十餘丈處的一處土地裡，突然冒出一個大紅色的身影，銀髮勝雪，眉目如畫，手握著一對鴛鴦鑌鐵雪花刀，紫色的飄帶隨風逸起，飄飄若仙。

她的眼光投向了李滄行，分明充滿了焦慮，卻沒有看近在咫尺的徐林宗半眼。

徐林宗幾乎要脫口而出「彩鳳」二字，不由自主地向前行了兩步，突然意識到不妥，才退了回去，可他的眼神卻盯著屈彩鳳一動不動。

展慕白一揮手：「妖女，來得好，你這是自尋死路！」

華山派的數十名長老和精英弟子級別的高手紛紛抽出兵器，湧上前去，在屈彩鳳的身邊圍成了一圈劍陣。

李滄行雙眼精光暴射，大喝一聲：「今天誰若敢傷屈姑娘一根毫毛，我必滅他全派，雞犬不留！」

他犀利的眼神直刺展慕白，渾身浮現紅色戰氣，震得周圍五丈以內所有人的衣袂一陣飄動，那些圍著屈彩鳳的華山派高手被他的威勢所懾，不自覺地紛紛向後退。

屈彩鳳一見包圍圈鬆了點，清嘯一聲，從眾人頭頂飛過，輕飄飄地落到了李滄行的身邊。

李滄行嘆了口氣：「你不該來的。」

屈彩鳳神情堅毅：「滄行，一人做事一人當，我屈彩鳳惹過的禍事，我自己承擔，絕不能連累到你。」

李滄行搖搖頭：「你我之間還分什麼彼此，你若有事，我又豈會偷生於世。也罷，今天你我就一同進退好了，只要我李滄行還有一口氣在，必保你平安。」

鳳舞神情複雜地看著二人，突然拿出一塊金牌，厲聲道：

「全都聽好了，錦衣衛總指揮陸炳親賜金牌在此，見牌如面君，李滄行乃是朝廷大將，不管是以何身分，江湖人士均不得誅殺，而屈彩鳳乃是朝廷通緝的要犯，也只有我們錦衣衛才可以拿下，若是有人敢輕舉妄動，聚眾生事，滅門派，誅九族！」

展慕白大吼道：「俠道之氣長存，正義之士不懼任何威脅，我就不信了，我們正派武林精英在此，還會奈何不了你們這對狗男女！」

徐林宗冷冷地道：「展慕白，你說誰是狗男女？」

展慕白微微一愣，眉毛倒豎，吼道：「徐林宗，你想背叛伏魔盟是嗎？這個女人以前是你的姘頭，你就要永遠維護她到底了？」

徐林宗朗聲道：「展慕白，你代表不了整個正派武林，不要拉著我們所有人跟你一起丟人現眼，以前屈彩鳳跟我們打打殺殺，多是有人從中挑撥，我們照樣殺了她很多手下，甚至滅了她整個巫山派，這血仇要報早也報光了，就算還有什麼欠的，也是我們欠她那些老弱婦孺幾萬條命，而不是反過來她欠我們！

「人家這些年來抗韃子，反嚴賊，平倭寇，做的哪件不是利國為民的俠義之事？倒是你展掌門，除了借滅魔之名擴張自己的勢力，到處搶奪分舵與山寨外，有哪件事情可以稱得上是俠者所為？」

展慕白從沒有給人這樣當眾羞辱過，氣得尖叫起來：「徐林宗，你，你，我跟你誓不兩立！」

林瑤仙的聲音冷冷地響起：「林某和峨嵋派也不願意與展慕白這樣的人兩立，徐師兄，我支持你。」

展慕白氣得渾身發抖：「好啊，你們早就在武當商量好了，兩個都念著老情人呢，態度曖昧，伏魔盟就是有你們這樣的人，才一直無法斬妖除魔！」

林瑤仙柳眉倒豎，這位冰山美人今天也動了真火：「展慕白，你有話說清楚，什麼老情人！」

展慕白冷笑道：「徐林宗的老情人是那女魔頭屈彩鳳，至於你的老情人，哼哼，不就是這個李滄行麼?!可惜啊，人家當年在峨嵋不要你，一走了之，寧可投進這魔女的懷抱，你卻還為他說話，林瑤仙，我為你不值！」

林瑤仙銀牙都要咬碎，想不到展慕白跟個潑皮無賴一樣，連這種毀人名節的事都照說不誤。

智嗔有些看不下去，高宣一聲佛號：「阿佛陀佛，三位都是一派掌門，又是同道中人，即使有些意見不合，也不應該這樣口出惡言，傷了感情，依貧僧所言，都少說兩句，留點面子吧。」

屈彩鳳冷冷地說道：「展慕白，你剛才說我是魔教中人？」

展慕白剛才一時氣急敗壞，話脫口而出後，見徐林宗和林瑤仙看著自己，眼睛像要噴出火來，而武當和峨嵋上下也全都對著自己怒目而視，甚至剛才還站在一起的三派弟子，這會兒也涇渭分明地分了開來，只有三百多人的華山弟子馬上被黑壓壓一大片的武當和峨嵋弟子所孤立開來，形勢變得非常微妙。

展慕白心中一陣後悔，暗罵自己還是修為不足，沉不住氣，這下想要聯合四派一起對付李滄行的計畫，只怕是要泡了湯了。

但這會兒聽到屈彩鳳的話後，又來了精神，**與外敵爭鬥才可以轉移矛盾**，他冷笑道：「屈彩鳳，你這妖女，加入魔教之事盡人皆知，魔尊冷天雄近來也在江湖上高調宣傳此事，你難道要否認？」

屈彩鳳仰天大笑，聲音震得在場眾人耳膜鼓蕩：「哈哈哈，可笑你展慕白，只會看表面，你說冷天雄宣揚我入了魔教，我就入了魔教了？**暫時的合作和借勢如果都算入魔教的話，那我看你展慕白的華山派也入了魔教呢。**」

展慕白怒道：「妖女，鐵證如山還在這裡抵賴，我展慕白與魔教不共戴天，何時入過魔教？你休要血口噴人！」

屈彩鳳朗聲道：「就是四年前，你們滅我巫山派時，你華山派跟嚴世蕃合作，圍攻我巫山，還負責搜捕和捉拿我分寨老弱婦孺的事，你敢否認？」

展慕白咬了咬牙：「我剛才說過了，我們接到的是徐閣老的指示，而且也只是暫時聽嚴世蕃的話，談何跟魔教合作？」

屈彩鳳一步步地走向展慕白，逼問道：「展慕白，你當年和司馬鴻一起，跟冷天雄暫時聯手，與他的總壇衛隊一起攻陷我後山的分寨，殺我兩千多兄弟，捕獲我一萬多老弱婦孺，這件事情，你想抵賴？」

展慕白臉色慘白，幾千道目光立時向他這裡投射而來，刺得他直想找個地洞鑽進去。

他咽了泡口水，聲音低了下去：「那，那也是消滅你們這些妖人不得已而為之的事。」

屈彩鳳哈哈一笑，不再看展慕白，轉身向群雄們說道：

「我屈彩鳳跟這裡的幾乎每一個人都有仇，你們或是有同門死在我巫山派手中，或是有人殺過我巫山派的兄弟姐妹，可這些都不重要，你們想報仇，想殺我，衝著我屈彩鳳來就是，老娘絕不皺一下眉頭，但我想說的一點是，**既然這位華山派的展大俠都可以為了利益，暫時和魔教合作，那我屈彩鳳為了有朝一日向仇人復仇，暫時忍氣吞聲，掛在仇家的名下，又有什麼不可以呢？**」

群雄紛紛交頭接耳，從他們點頭稱是的樣子，可以知道多數人都認同屈彩鳳的看法。

屈彩鳳繼續說道：「當年我巫山派被滅，我作為寨主，無法保護幾萬兄弟姐妹，又練功走火入魔，傷心欲死，只想遠走天山，了此一生，可是天不絕我，讓我機緣巧合下服食靈藥，起死回生，既然老天讓我活下來，我就一定要向當年害過我們的人復仇！

「**這個仇人，就是策劃滅我巫山的嚴世蕃，還有親手用炸藥殺我幾萬兄弟的楚天舒**！你們伏魔盟的各派雖然攻我巫山，但那是江湖仇殺，我可以容忍，包括你展慕白，雖然你跟著楚天舒和魔教一起破我分寨，擄我婦孺，但衝著司馬鴻最後沒有執行嚴世蕃點火炸山這一點，我也可以放過你華山派，就此恩怨兩清！」

屈彩鳳的話鏗鏘有力，配合著她堅毅的神情和乾淨俐落的手勢，讓人聽得如癡如醉，即使是正道俠士也不禁喝了聲彩。

李滄行第一次聽屈彩鳳這樣演講，他從沒發現這位白髮紅顏如此動人過，可就在他眼角餘光掃過之處，卻發現展慕白雙目盡赤，眼中凶光畢露，渾身上下騰起了紫氣，凌霄劍悄然出鞘，正向著屈彩鳳的後心襲來。

李滄行狂吼一聲：「賊人敢爾！」重重地一踏地，整個人發射了出去，擋向屈彩鳳的後心，右手匆忙間使出屠龍二十八式中的「龍飛鳳舞」這一招，拍向屈彩鳳的肩頭，想要把她推開。

屈彩鳳所有的注意力都在演講上，完全沒有留意身後之事，加上展慕白的天蠶劍法無聲無息，速度極快，沒有一點風聲或者氣場變化，是以屈彩鳳渾然無覺，一臉驚訝地看著李滄行向自己撲來，瞪大了眼睛：

「滄行，你怎麼了？」

話音未落，就被李滄行這一掌震得跌出兩丈多遠。

李滄行跌至剛才屈彩鳳所站的位置上，「撲嗤」一聲，凌霄劍切開了李滄行的外衣，刺透他穿的那件烏金天蠶絲軟甲，在他的左臂劃出一道長長的血痕，陰冷的劍氣讓李滄行甚至感覺不到任何疼痛，左臂就完全失去了知覺。

李滄行一咬牙，左腳一招鴛鴦飛水，直踹向展慕白的小腹，展慕白咬牙切齒，左手向右一擊，一道紫氣逸出，正是華山派的上乘掌法：**混元掌**！

自從展慕白傷根以後，內力便突飛猛進，連以前因為修為不足無法學習的混元掌、破玉拳等，也駕輕就熟，這一下他含怒而擊，出手絕不留情，十成的內力都擊向了李滄行的身軀。

李滄行來不及提氣，左臂更是提不起一點勁，匆忙間鼓起五六成的天狼勁，盡結於右掌，一招「龍行千里」，與展慕白那隻紫色的手掌擊在一起，「砰」地一聲，李滄行被擊得從空中飛出一丈多遠，重重地摔到地上，喉頭一甜，吐出一大口血。

展慕白冷笑一聲，不再管李滄行，直接攻向屈彩鳳，天蠶劍法的速度快得讓人難以想像，屈彩鳳還沒有反應過來，全身上下就被紫色的劍氣所籠罩，被逼得連連後退。

突然一聲龍吟之聲響起，展慕白只覺左側一道強烈的劍光十分刺眼，同樣是用劍的大行家，他當然識得厲害，這劍勢之強之快，無以倫比，直接衝著自己的左肋而來，完全不是自己用拳掌功夫可以招架得住的。

展慕白這時也顧不得追殺屈彩鳳了，儘管已經占了先機，可是自己的命才是最重要的，他猛的一旋身，身形如鬼魅般地穿過左邊凌厲的劍氣，右手長劍倒轉，變刺為削，轉而劃向來人的手腕。

來人冷笑一聲，剛才還迅猛無比的突刺，變成一快一慢的兩個光圈，展慕白只覺光圈中有一股強大的吸力，把自己的劍身甚至整個人都要帶進圈中，他連忙轉削為刺，一招「天蠶吐絲」，轉點來人的膝蓋環跳穴。

只這一瞬間的功夫，展慕白就和這個人交換了三招，兩支寶劍在空中相遇，連續擊刺，三聲清脆的響聲過後，展慕白和來人各自向後退了三步，展慕白紫氣一收，這才看定來人，**正是面如冠玉、沉靜如水的徐林宗！**

徐林宗右手持著青冥劍，周身騰起天青色的戰氣，鬚髮無風自飄，不屑地看著展慕白：「展慕白，背後偷襲這等小人行徑你居然也做得出，枉為一派掌門。」

展慕白惱羞成怒下，反而哈哈大笑起來，「斬妖除魔，無所不用其極，這個妖女在這裡蠱惑人心，我自當除之！徐林宗，你正邪不分，也想學你的師兄一樣墮入魔道嗎？」

李滄行的聲音從展慕白的身後響起：「展慕白，跟你這種人同為武林正道，是所有俠士的恥辱，如果你這種人都算得上是正派宗師，那我寧願入魔道了。我說過，今天有誰想傷屈姑娘，我必取他的命，你若是有種，就跟我打，別去背後偷襲女人！」

展慕白猛的一回頭，只見李滄行渾身上下騰著熊熊的天狼戰氣，雙眼血紅，如同一頭憤怒的雄獅，右手的斬龍刀抄在手上，火紅的刀身上，一汪碧血閃閃發光，如同蒼狼的眼睛，殺氣十足。

他的左肩則是軟軟地垂下，看來剛才的調息還無法讓左手發力，傷口處裹著一片黑布，是鳳舞的一片衣角撕下來的。

展慕白有些心虛，不自覺地向後退了半步，只聽身後的屈彩鳳怒吼道：「展慕白，你這小人，老娘宰了你！」

徐林宗收起了劍，走到屈彩鳳的身前，巧妙地隔開了展慕白，眼中盡是關切，柔聲問道：「你沒事吧。」

屈彩鳳看也不看徐林宗一眼，吼道：「你給我滾，別以為我會領你的情，哼，你們名門正派都是一路貨色，沒一個好東西，給我讓開！」

李滄行聞言道：「彩鳳，你別動，這是我跟展慕白兩個人的事，誰也不許幫我！」

就像沐蘭湘和鳳舞與林瑤仙的眼神一樣，屈彩鳳心疼地看著李滄行的左臂，她的聲音軟了下來：「你傷得重嗎？」

李滄行咬牙切齒地道：「足以收拾這小人了，老子退出錦衣衛時就說過，誰砍我一刀，我砍他十刀，誰刺我一劍，我削他十劍！展慕白，這是你逼我的！」

李滄行周身的紅色戰氣陡地激增，五丈之內，所有人只感覺到一陣勁風撲來。

展慕白心中暗道，天狼的武功稍高於自己，但今天傷了他的左臂，天蠶邪勁入體，至少一天之內，他的這條左臂是無法使用了，正是自己趁勢擊敗他的最佳時機，只要能殺了天狼，那自己傷根練劍的秘密也無人得知了，尤其今天夠丟人的，如果能這樣絕地反殺天狼，說不定還能直接當上伏魔盟的盟主呢。

想到這裡，展慕白哈哈一笑：「好，李滄行，你自己找死，就怪不得我，華山弟子聽令，本人斬妖屠魔，一人所為，誰也不得上來助拳！」

華山派弟子們齊齊地應了聲是，把剛才抽出來的刀劍都放回了鞘中，開始後退，留出了一片三十多丈見方的空地。

展慕白身上的黑氣漸漸騰起，儘管是受傷了的天狼，但此人的氣勢實在逼人，甚至讓展慕白有些畏懼，他知道這回天狼絕不會手下留情，所以顧不得藏私，華山的紫雲神功無法最大程度地催動天蠶劍法，他一咬牙，乾脆直接運起天蠶邪氣，全身上下幻出一陣陣陰冷邪惡的黑氣，很快地就把自己隱藏在這黑氣之中。

在場眾高手見狀，皆為之色變，沐蘭湘緊張地握緊了拳頭，她的手本來和林瑤仙握在一起，這會兒掌心一片汗濕，更是把林瑤仙的手都捏得發紅了，林瑤仙禁不住皺起眉頭，輕輕地哼了一聲。

沐蘭湘卻是渾然不覺，道：「林姐姐，這展慕白用的是什麼功夫？好像不是華山的紫雲神功啊，這股黑氣陰冷歹毒，我看倒像是邪魔外道的功夫。」

林瑤仙道：「是啊，這絕不是華山派的祖傳武功，不過展慕白家裡的威遠鏢局有一套祖傳的天蠶劍法，並非華山武功，可能也有什麼心法與之相應。」

「哼，我就是看不上這種人，一邊說人家邪魔外道，一邊自己卻使這種邪門功夫，只是大師兄他剛受了傷，你看他連左臂都抬不起來，這可如何是好呢？」沐蘭湘急道：「林姐姐，我們要不要出手幫大師兄啊。」

林瑤仙沉聲道：「萬萬不可，李師兄視尊嚴和榮譽勝過一切，他剛才已經表明說不許任何人上前幫忙，我們若是助他，會比殺了他還難受的。」

沐蘭湘急得跺腳：「那可怎麼辦啊！」

林瑤仙輕撫著沐蘭湘的手背：「好妹妹，不要急，你對你的大師兄沒信心嗎？他可不是有勇無謀之人，凡事都是謀定而後動的，這次嘛……」

她秀目抬起，看向遠處一臉堅毅的李滄行，嘴角梨窩一現，鳳目中難言的情意一閃而沒，「**我相信他一定會贏的。**」

沐蘭湘從林瑤仙的眼中似乎看出了什麼，嬌軀微微一抖，小手也不自覺地向後抽了一下。

第七章

驚天十劍

展李滄行眼中紅光一現，滴著鮮血的寶劍架在展慕白的脖子上：
「第九劍，為你出言不遜！第十劍，為你跟我作對！」
十劍刺完，展慕白七竅流血，面如死灰，
眼中沒有任何神彩，盯著傲然屹立於面前的李滄行。

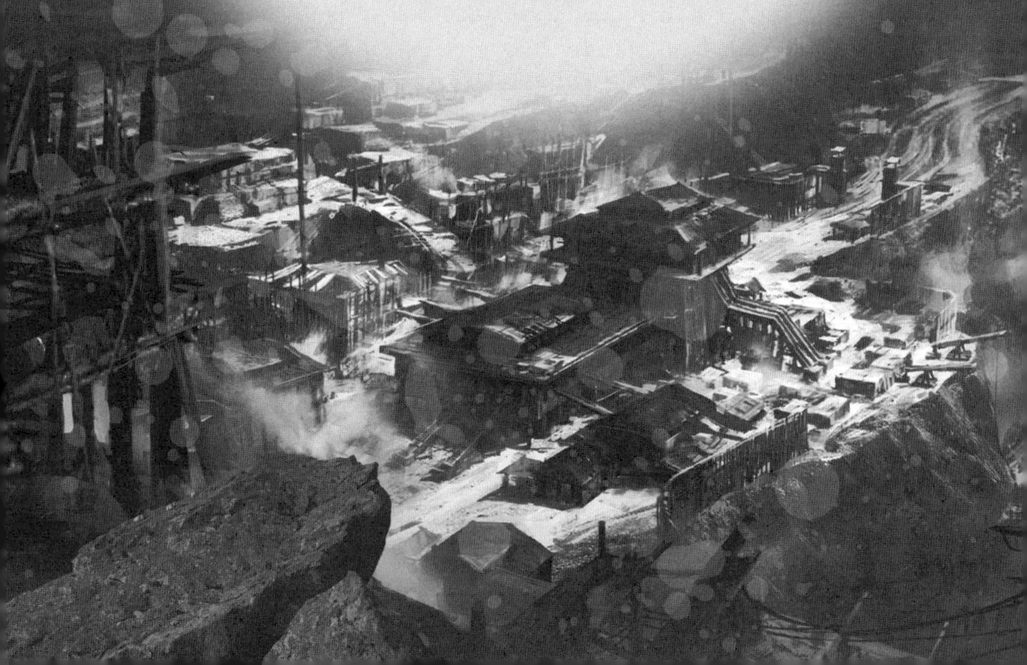

場內二人間的爭鬥，已經進入了新的階段，天空中連隻鳥兒都不敢從這三十丈方圓的場中經過。一隻不知死活的燕子誤打誤撞地飛到了展慕白的頭頂，一團濃烈的黑氣把牠捲入其中。

只見那燕子一聲悲鳴，兩隻翅膀竟然在空中如被利刃所切，凌空斷裂，無翅的身體被一陣黑氣吹向李滄行那團紅氣處，瞬間就在空中爆裂開來，化為一團模糊的血肉，再被灼熱的天狼戰氣化得無影無蹤，連根羽毛也沒有剩下。

連風都彷彿靜止了，樹葉也停止了擺動，圍觀眾人全都屏氣凝神，除了二人之間的黑氣和紅氣互相碰撞發出的爆裂聲外，方圓幾里內最大的聲音，竟然是每個人胸膛間「砰砰」的心跳聲。

這等絕世高手之戰，一輩子也不知道能看到幾回，所有人都捨不得眨一下眼睛，生怕錯過了什麼精彩的細節。

展慕白的腳忽然一動，踢起地上的一片沙子，勢若流星，帶著一團黑氣，直襲李滄行的雙眼，李滄行斬龍刀上舉，擋於面前，一聲斷喝，這團黑沙在他面前三步的距離被生生震落，化為一團黑色的粉末，消散於無形。

展慕白早已想到李滄行的應對模式，出腳踢沙的同時，身形以不可思議的速度向天狼的左右兩側同時幻出兩個影子，加上中間的這道身影，如同三支凌霄劍，手腕一抖間，竟攻出了四十五劍。

李滄行暴喝一聲，身子如陀螺一般開始轉圈，一邊向後退去，使出「天狼迴旋舞」，斬龍刀以他的身體為軸，一圈一圈地舞動著，瞬間就揮舞出一道刀圈，與兩儀劍法的那種以柔克剛，吸人入內的向心力不同，每道刀圈之中，都有強大灼熱如岩漿般爆發的真氣向外噴出，淹向那三道影子幻出的漫天劍影。

左邊和中間的兩個殘影，被五道刀圈中噴出的真氣淹滅得無影無蹤，右邊的展慕白真身感覺到兩股巨大的力量，冷哼一聲，黑氣一起，淹沒了他的影子，紅色的天狼戰氣撞到那團黑氣，「砰」地一聲化為無形。

李滄行這下被擊得退出七步，真氣一換，剛才紅色渙散的雙眼重新變得一片血紅。

展慕白在空中毫無借力地重新飛了過來，又是三個影子，這回變成上中下三路，同時襲擊向李滄行，他手中的劍芒如同三條毒蛇一般，昂著頭，瞬間吐出一片片的信子，準備攻擊自己的獵物。

李滄行眼裡看得真切，就在這一瞬間，展慕白的真身換到了下面。

今天的展慕白，功力可以與五年前的楚天舒相比，當年天狼完全看不清楚天舒的動作和節奏，只能被動應付，**今天的李滄行卻可以把展慕白的動作看得一清**

二楚，這也是他敢於以獨臂挑戰展慕白的信心之源。

李滄行斷喝一聲：「來得好！」斬龍刀突然變到四尺長度，反手持刀，一招「天狼碎骨烈」，刀頭猛的吐出一陣灼熱的紅氣，直奔下路的展慕白，而置上中兩路的幻影於不顧。

展慕白臉色一變，還從來沒有人能看清他的幻影真身過，但他的臨敵經驗極為豐富，一見勢頭不對，立馬轉攻為守，凌霄劍一攪，劍身上的黑氣噴湧而出，瞬間攻出二十八劍，把劍身上的黑氣全部散出，與灼熱的天狼紅色戰氣不停地碰撞，每擊一次，他的身形便可以借力向後退出兩尺，就這樣二十八劍下來，李滄行的這一波反擊終於被他擋下。

兩人之間隔開了三丈左右的距離，展慕白一咬牙，身子歪歪扭扭，如同舞蹈一般，突然從剛才的極快變為了極慢，像是一個喝醉的人。

李滄行心知這是天蠶劍法中的一路變數，號稱「**醉劍**」，看似全身上下都是破綻，但無論你從哪個方向攻擊，它都可以後發制人，瞬間進行反擊，當年自己和楚天舒比劍時，曾經有三次差點上了當，還是靠著用出「人不留命」這樣同歸於盡的招數，才逼得楚天舒撤劍。

李滄行劍眉一挑，一聲暴喝：「走！」手中的斬龍刀去如流星，脫手而出，在空中連續劈出十三下，四面八方各個方向都斬出了凌厲的刀氣，向展慕白攻去。

展慕白還是第一次見到這樣的御刀術，本來他這路醉劍最厲害之處，就在於可以根據對手的主動攻擊後發制人，反擊對手的破綻，由於天蠶劍法的速度天下第一，很難有人能躲得過這樣的反擊，所謂牽一髮而動全身，只要進攻，再強的高手也會有破綻，可是李滄行，刀從空中而來，人卻不動，這實在大大地出乎他的意料之外。

展慕白一咬牙，捨棄了醉劍，轉回速度飛快的天蠶劍法，七十二路劍招如源源不斷的長江大河滾滾而出，越舞越快，越舞越急，彷彿和眼前的一個活人在搏鬥，很快，就只看到一把泛著紅氣的斬龍刀，在和一團快速移動的黑氣不停地碰撞，空氣變得劇烈地鼓蕩，扭曲，刀風劍嘯之聲不絕於耳。

李滄行在原地手舞足蹈地擺出招式，姿勢時而剛勁之極，如雷霆萬鈞，時而綿長細軟，若小橋流水，天狼刀法，屠龍二十八式，兩儀劍法在他的手上連綿不絕，隨心所欲，互相轉換，全靠著右手掌心的那道紅氣，在時快時慢地操縱著空中飛舞的斬龍刀，展慕白使出全力也無法擺脫，更談不上近身還擊了。

所有的人都看得目瞪口呆，絕大多數人是第一次見識到李滄行這種神奇的御刀之術，竟然可以隔空以氣御刀，連展慕白這樣的高手都只有招架之力，而無還手之功。

「天哪，師兄你看到了嗎，這一刀真厲害，左邊虛斬一下，卻又迅速地飛到右邊，幻出三個刀影，換了我，根本擋不住啊。」

「這一招有點像我們華山派的力劈天山，這一下勢大力沉，若不是掌門的武功卓絕，速度快得難以想像，換了我呀，不只擋也擋不住，連躲也躲不過。」

「可不是麼，你看這刀下來的時候，通體紅色，劈完之後，就變得很淡了，可見掌門在這一刀之下，四面八方本來都給封住了，能閃出來實在是不可思議，我剛才只覺得眼睛一花，他的人就閃到坤位上了，你看清了嗎？」

「哪裡看得清楚，不過我看掌門出來後本能地想要反擊，可那刀是在空中的，天狼那廝人卻在幾丈之外，刺不到他，那刀勢一斬，化斬為削，掌門又給纏住了。」

「師姐，你看這天狼的刀法，居然能使出武當派的兩儀劍法呢，忽快忽慢，卻又是勢如風雷，我站這裡都能感覺到那股灼熱的真氣，真不知道展掌門是怎麼能撐住的。」

「剛才不是說了嘛，天狼就是以前的武當大師兄李滄行，人家會兩儀劍法不奇怪呀。」

「不對，兩儀劍法不是只傳了徐掌門夫婦嗎，這李滄行就算是大師兄，也沒資格學吧，他又是怎麼會的？」

「大概他當年給趕出武當，可能就是因為偷學這功夫吧，哎，這一招不是我們峨嵋派的紫劍嗎，我只能刺出八個劍花，死活也多不了啦，這天狼怎麼可以一招刺出十五個？林掌門好像也未必能做到吧。」

「哎呀，你忘了天狼在我們峨嵋也待過半年多，聽說了因祖師可是對他非常看重，直接傳給他紫劍呢，他會這個並不奇怪。」

「哎，難道展慕白剛才不是胡說八道，這天狼真的和掌門師伯……」

「亂嚼什麼舌頭，再胡說八道，回去以後罰做雜役三個月。」湯繪如狠狠地一回頭，嚇得剛才議論紛紛的兩個弟子趕緊閉上了嘴，不敢再說話。

林瑤仙倒是對這些閒言碎語根本不屑一聽，皺著眉頭，看著場中的打鬥。絕頂高手眼裡的戰局變化和普通弟子們看到的完全不一樣，沐蘭湘密道：

「林姐姐，大師兄太可惜了，若不是左手不能用，早就拿下展慕白這個壞蛋了。」

林瑤仙憂心道：「我擔心的正是這點，李師兄的武功雖然威猛過人，氣勢十足，但展慕白太快，而且照他這樣的打法，對內力的消耗很大，剛才他那招三連擊殺，勢頭很猛，可被展慕白從左右兩道刀道中間滑了過去，實在是有點可惜，這樣打下去，我怕李師兄的內力撐不了三百招。」

沐蘭湘緊張地道：「這可如何是好？該死的展慕白滑得像頭泥鰍，而且他的天蠶劍法變化多端，越打越快，速度卻一點沒下降。」

林瑤仙沉著地說：「我還是相信李師兄，他身經百戰，一定會有辦法破解的，不過這樣御刀也好，離展慕白遠一點，自身也就安全，不然左臂發不了力，全是破綻，只怕情況會更糟糕。」

沐蘭湘密道：「哎，你看大師兄刀上的紅氣越來越淡了，速度好像也漸漸地有些跟不上展慕白，剛才全靠御刀之術讓展慕白措手不及，才占了先機，要是一直纏鬥不休的話，怎生是好？」

林瑤仙臉色也變得越來越難看：「不好，我看李師兄左臂上冒出血來，該不會是剛才的刀傷未癒，邪氣入體了吧？難怪我看他有些內力不濟的樣子。」

二人正說話間，展慕白長嘯一聲，手中的凌霄劍迅速地刺出了三十七劍，與追著他身子不停攻擊的斬龍刀連連相擊。

每次碰撞，刀身上的紅色天狼真氣和劍身上黑色的天蠶真氣都會淡上一分，展慕白也停止了在空中的飛行，落到地上，一刀一劍地和斬龍刀硬拼。

雙方的速度都快得讓人目不暇給，可即使是武功較差的低階弟子也能看得出，展慕白一開始每接一刀都要退後半步，可拼到二十刀以後就可以原地不動了，而斬龍刀上的紅氣越來越淡，凌霄劍上的黑氣卻是越來越濃，很明顯，展慕白靠著距離的優勢和換氣速度的便宜，已經慢慢占了上風了。

李滄行周身的紅色戰氣幾乎稀薄地看不見了，左臂傷處不停地滲血，把那塊黑色的裹傷布染得一片殷紅，除了傷處之外，整條左臂竟開始結起黑色的冰霜，看起來格外嚇人，原來矯捷迅速的動作也明顯緩慢下來，慢到各派的精英弟子都能看清楚他的一招一式。

展慕白一聲怪笑，一劍攻擊，凌霄劍的劍尖點中斬龍刀刀身，李滄行身子微微一晃，右手的紅色真氣一陣黯淡，幾乎連斬龍刀都無法控制，刀在空中歪歪扭扭地動了兩下，翻出兩個跟頭，最後飛回李滄行的手中。

李滄行本能地想提起左臂，強行給刀注入真氣，左手的黑冰一陣爆開之聲，哪還動得了半分。

這會兒所有人都能看清楚展慕白的樣子，只見他一身白衣已經碎了百十來道口子，都能看到裡面貼身的金絲甲，有些地方連甲冑也被擊得粉碎，一道道的血口子看起來觸目驚心，被灼熱的天狼戰氣瞬間把傷口燙成了瘡疤，竟然沒有一滴血流出。

展慕白面目猙獰，雙眼血紅，頭髮散亂，原本合身的勁裝被天狼刀法砍成了寬袍大袖，他的右手緊緊地握著凌霄劍。

李滄行似乎連腿都邁不動了，這場大戰消耗了他太多的真氣，他甚至得用刀拄地，才能勉強站住，不至於摔倒。

展慕白咬牙切齒，一邊提劍向前，一邊說道：「看不出啊，李滄行，你居然還會傳說中的以氣御刀術，假以時日，只怕天下以後無人是你的對手。」

他的眼中殺機一現，「不過，我怕你再沒有機會有以後了，你不是想殺我嗎，想報仇嗎？看看你有沒有這個本事。」

展慕白說著，走到離李滄行不到一丈的距離，完全感知不到李滄行那灼熱逼人的天狼戰氣，更讓他放下了心，**在他眼裡，這個討厭的傢伙已經是自己的囊中之物了。**

徐林宗見狀道：「展大俠，今天是伏魔盟難得一聚的好日子，切磋一下武功就可以了，不用這樣見生見死的。」

展慕白尖細的聲音震動著：「徐林宗，現在想起來給你這師兄求饒了？太晚啦！剛才他追著我打的時候，你怎麼不讓他停手？哼！今天有我沒他，有他沒我，就這麼簡單的事！」

屈彩鳳一咬牙，吼道：「姓展的，你若是敢動天狼一個手指頭，我，我……」

她本想出言相激，但突然一下子想不到什麼能威脅到展慕白的詞，心急如焚，嘴裡也結巴起來。

展慕白冷笑道：「你怎麼樣？賊婆娘，你的姘頭快要完蛋了，他不是喜歡逞能嗎，不是喜歡裝英雄嗎，怎麼，你還想幫忙呀，哈哈，讓他把自己說的話吃下肚去吧，李滄行，想求女人來救你，不如給老子跪下磕三個響頭，叫我三聲爺爺，今天我就放過你一馬，怎麼樣?!」

展慕白說到得意之處，仰天狂笑，沐蘭湘本想不顧一切地上前幫忙，聽到這話後，一想到李滄行一向是寧死也不願意受辱的個性，眼中淚光閃閃，這第二步卻是無論如何也邁不出去了。

鳳舞一言不發，手中兩枚九轉迴紋針已經抄在了手中，只等展慕白真的動手之時，就瞬間擊出，她有充分的把握和自信能一舉打中這個討厭的傢伙，至於事後李滄行如何責怪自己，也顧不得那許多了。

李滄行臉上突然閃出一絲笑容，緩緩地說道：「展慕白，**你真的以為自己贏**

了嗎？」

展慕白的笑容僵在了臉上，厲聲道：「怎麼，你這條臭鹹魚還想翻身不成?!也好，等我先斷了你的右手，廢你武功，再看你如何笑得出來！」

展慕白臉上黑氣一現，周身的天蠶邪氣一陣暴漲，所有人都能體會到一陣刺骨的嚴寒，從自己的每個毛孔裡向內鑽，連忙提氣抵禦起來，展慕白渾身則是裹在一團黑氣裡，如流星趕月般地衝向看起來搖搖欲墜的李滄行。

鳳舞眼中殺氣一現，幾乎馬上就要抬手襲擊了，李滄行卻突然一聲大吼：「誰都別動！」

屈彩鳳眼中綠芒一現，趕忙拉住鳳舞的手：「別自作聰明！」

說時遲，那時快，展慕白的凌霄劍幻出三十七朵劍花，直襲李滄行周身的要穴，李滄行低吼一聲，周身的紅氣如曇花一現，突然又爆出了少許，展慕白哈哈一笑，手腕一抖，三十多道劍氣收歸一道，如雷電劃過長空，直刺李滄行的左臂。

他剛才故意說要卸李滄行的右手，實際上卻是直攻左手，優秀的劍手總是會找到對手最薄弱的環節發動致命一擊，李滄行左手連動都動不了，不攻擊這裡，還攻何處？

李滄行周身的紅氣被毫無懸念地擊破了，眼看凌霄劍離他的左肩已經不到一尺，展慕白的腦海中浮現出李滄行被自己一劍穿肩，然後左手飛起的景象，傷處狂噴的鮮血會讓他本就所剩無幾的內力迅速地流失，之後，自己就勢從他的左側閃過，躲過他右手的反擊，然後使出天蠶破繭、天蠶斷天這兩招，從背後襲擊他的左右雙腿，進入近身屠殺的階段，屆時李滄行只會像一隻垂死的困獸，任由自己宰割……

想到這裡，展慕白的嘴邊勾起一絲殘忍的微笑。

突然，展慕白看到李滄行的臉上同樣浮現出微笑，還帶著對敵手的一絲憐憫，這種表情他在大漠時見過，就是李滄行徹底擊垮赫連霸時臉上的那種表情。

展慕白同時聽到了一聲輕微的響動，像是河面冰雪裂開的聲音，他看到對面李滄行的兩隻眼睛瞬間變得血紅一片，他那本來被厚厚黑冰覆蓋住的左手，一聲劇烈的響聲之後，黑冰全都消失不見，竟變得血紅一片。

展慕白驚恐地發現，不知何時，他的左手竟然還反手持著一柄通體墨綠，看起來古色古香的無柄青銅寶劍，上面各種上古的銘文變得非常耀眼，可在展慕白看來，卻是最可怕的奪命天書。

一個女子的號叫聲傳進展慕白的心裡：

「血，我要血，高手的血，新鮮的血！」

讓展慕白膽寒的是，**這聲音不是從他的耳朵裡傳來的，更像是從他周身的毛孔裡直達他的內心。**

電光火石的一剎那，李滄行周身半尺之內，全被血紅的天狼戰氣所籠罩，源源不斷的戰氣從他的每個毛孔中噴湧而出，一下子把展慕白那黑如墨汁的天蠶邪氣蒸發得無影無蹤，展慕白只感覺自己像是撞上了太陽，皮膚都快要融化了，手中的凌霄劍再也握不住。

李滄行左手不可思議地一個反轉，莫邪劍詭異地揮出，左肩一沉，恰到好處地躲過了展慕白的這卸肩一劍，而他反握著的莫邪劍尖，卻從下而上，如同一隻毒蛇吐著的信子，微微一晃，劃過了展慕白的手腕。

展慕白神門穴被刺到，握不住凌霄劍，寶劍從空中落下，李滄行哈哈一笑，右手的斬龍刀向空中一扔，狠狠地一爪直擊展慕白毫無防備的中門，展慕白本能地左手一招混元掌，想要打退李滄行這一爪，卻被李滄行捉住他的手掌，「喀嚓」一聲，展慕白的左肘被扭得跟麻花一樣，慘叫一聲，身子向後倒去。

斬龍刀還在向空中飛舞，那一汪碧血如同狼眼一般，詭異地一亮，李滄行右手中一道紅氣吐出，快要落地的凌霄劍被他抓在手中，一招直刺，展慕白的左臂便多出一道跟他手上幾乎一模一樣的傷痕。

李滄行的嘴裡怒吼著：

「**第一劍，報我這左臂之仇！**」

李滄行左手的莫邪劍如閃電般地劃過長空，刺中展慕白的右腿，只進半寸，入肉即出：

「**第二劍，為你偷襲彩鳳！**」

展慕白來不及喊痛，只覺得兩道陰陽混合的真氣入體，瞬間封住了自己的經脈，讓自己根本無法運力反擊或者逃跑，成為任人宰割的羔羊，來不及多想，左肋一麻，被凌霄劍挑斷了一根肋骨，鑽心地疼痛。

「**第三劍，為你搬弄是非。**」

第四劍又是莫邪，這回刺中的是他的右腹。

「**第四劍，為你恩將仇報！**」

凌霄劍在展慕白的右手手背上留下三道劍痕。

「**第五劍，為你顛倒黑白！**」

莫邪劍在展慕白的左肩處釘了一個血洞。

「**第六劍，為你濫殺無辜。**」

李滄行轉到展慕白的身後，雙劍同時揮舞，殺得展慕白的背後一陣血肉橫飛。

「第七劍，為你勾結嚴黨！」

「第八劍，為你狼子野心！」

展慕白就這樣被當成豬羊一樣地被活宰，然而精神上的羞辱更遠超過肉體上的疼痛，他尖細的嗓音怒吼道：「你有種就殺了我！」

李滄行眼中紅光一現，雙劍從展慕白的左右腿內彎處一抹，展慕白再也站立不住，雙腿一跪，李滄行的身影正好閃到了他的面前，兩把閃著寒光，滴著鮮血的寶劍架在了展慕白的脖子上：

「第九劍，為你出言不遜！」

「第十劍，為你跟我作對！」

十劍刺完，展慕白七竅流血，無力地跪在地上，面如死灰，眼中沒有任何神彩，盯著傲然屹立於面前的李滄行。

他現在全身上下除了舌頭，什麼也動不了，就是想抹脖子自盡都不可能，垂頭喪氣地道：「你殺了我吧。」

隨著他的話音，斬龍刀從空中墜下，正好插在李滄行腳邊不到兩尺的地方。

李滄行冷笑一聲，兩把劍從展慕白的脖子上瞬間挪開，變戲法一般，莫邪劍不知道收到了哪裡，凌霄劍則被李滄行擲於地下，插在展慕白的面前。

他不緊不慢地彎腰拿起斬龍刀，看都不看展慕白一眼，瀟灑地轉身離去：

「我說過，誰刺我一劍，我還他十劍，展慕白，你想死就自盡，老子沒興趣在你這廢物身上浪費一刀一劍。」

剛才這一戰，從開始，一切就都在李滄行的計畫之中，他被展慕白刺中時，就很清楚這天蠶邪氣的厲害，只有自己全力施為，內力源源不斷地運轉，才能把這寒氣給驅逐出去，一方面他在用御刀之術與展慕白大戰，另一方面趁別人不注意，把莫邪劍抄在左手上，以劍靈之力加速自己左臂氣血的運行，好讓天蠶邪氣隨著黑血不停地給排出體外。

那陣黑冰則巧妙地掩蓋住了李滄行左手借劍靈之力運氣的狀況，本來他即使只用一臂，憑著斬龍刀靈的吸力之法，也可以跟展慕白打上萬招後獲勝，因為每次刀劍相擊，刀靈都有辦法吸取展慕白的內力為己所用，但李滄行不想拖太長時間，一旦左臂恢復自如，便立即使出最拿手的**扮豬吃虎大法**，誘展慕白到自己的跟前，一擊得手，再將他像這樣當著天下英雄的面前狠狠羞辱了一番之後，便棄之而去。

沐蘭湘又驚又喜，盯著李滄行的眼中半是淚花，半是崇拜，這個從大悲到大喜的轉折，實在是太刺激了，讓她根本無法相信。

剛才展慕白攻向李滄行的時候，她本來已經要衝出去了，卻被林瑤仙拉住，她激動地說道：「林姐姐，大師兄怎麼變得這麼厲害，我做夢都想不到啊。」

林瑤仙也是看得目瞪口呆，被沐蘭湘這樣一提醒，才回過神來，長舒了口氣，在心裡暗道「謝天謝地」，轉而對沐蘭湘道：

「沐師妹，我早就說吧，李師兄智謀武功，獨步武林，我雖然有點驚訝，但老實說，我從來不信展慕白真能傷害得了他。」

幾十個華山派的精英弟子和長老級的高手如夢初醒，紛紛抽出兵器湧上前來，把李滄行圍在了圈中，劍光閃閃，可是誰也不敢上前一步。

李滄行眼中紅氣一閃，斬龍刀暴長到五尺，雙手握住刀柄，原地一轉，眾人只覺得一陣刀浪襲來，手中一緊，再一看，卻發現二十多柄寒光閃閃的精鋼長劍全部被從中削斷，劍尖不偏不倚地全部倒插在這些華山高手的雙腳之間，只要偏個幾寸，一隻腳就會廢了。

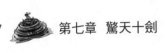

李滄行冷冷地說道：「有這功夫，還不去救你們的掌門麼。」

這些華山弟子個個面如死灰，剛才這戰，他們都看得清清楚楚，在心目中如神一樣的掌門人展慕白竟敗得如此之慘，他們心知人家的功夫要殺自己易如反掌，只能扔下手中的斷劍，跑去展慕白的身邊。

在另一邊，楊瓊花早就奔了過來，解開展慕白的穴道，扶著他慢慢起來，順手從懷裡摸出傷藥瓶，倒出藥粉抹在展慕白的傷口處。

展慕白腦子裡一片空白，到現在他還彷彿是在做夢般，不知道**為什麼明明是手到擒來的李滄行居然還能反擊，也不知道為什麼自己的天蠶劍法在人家的凌厲攻勢前竟不堪一擊，這不是天下最強的武功嗎？**自己學成以來一對一從未敗過，即使是強如赫連霸，也只能靠圍攻加陷阱擒獲自己，不對，**我怎麼可能輸給天狼呢，不可能，不可能，不可能！**

展慕白狠狠地咬了一口自己的手指頭，強烈的痛意就和身上其他處傷口的痛苦一樣，是那麼地真實，這擊碎了展慕白的最後一點幻想：我沒有做夢，一切都是真的。

楊瓊花哭得如帶雨梨花一般：「師兄，你別這樣啊，活下來就是天狼網開一面了，你看，凌霄劍還在你的手上，可以從長計議，咱們回恆山吧。」

她一邊說著，一邊把凌霄劍塞在展慕白的手上，她很清楚，展慕白視此劍如命，甚至超過喜歡自己，此時此刻，也許只有這把劍才能讓展慕白恢復神智。

展慕白的心彷彿被狠狠地戳著，一刀一刀，刺得鮮血淋漓，大吼道：「活著有什麼用，我已經無臉再活下去，走開！」

也不知道哪來的一股勁，他一把推開楊瓊花，楊瓊花毫無防備，被他推出兩丈之外，只見展慕白右手拿著凌霄劍，倒轉劍柄，就要向自己的脖子上抹去。

這一下事出突然，即使離得最近的楊瓊花也來不及上前救護，所有人都張大了嘴，看著展慕白的劍準備動手，天蠶劍法的速度快得不可思議，無論是殺人還是殺自己都一樣。

就在這電光火石的一剎那，一顆細如石子的鐵珠子擊中了展慕白右手的曲池穴，此處穴道正是人體酸經所在，展慕白本來身上就有傷，內力不暢，這一下給擊中了曲池穴，更是無法拿住手中的凌霄劍，「吧嗒」一聲，寶劍便落到了地上。

李滄行扭頭看向暗器的來向，只見西邊一棵大槐樹上，凌空飄下四道身影，為首一人，紫袍黑氅，滿頭白髮，青銅面具，目光如炬，手持一柄古色古香的上古寶劍，自己手中的莫邪竟然有些莫名的騷動，顯然是與這柄干將劍有了共鳴，可不正是那**洞庭幫主楚天舒**?!

楚天舒的身側，綠衣紅裙的李沉香右手握著酷似倚天的青釭劍緊隨其後，走在左邊，謝婉君和萬震則形影不離地跟在右邊。謝婉君的右手戴著鹿皮手套，剛才救展慕白的那一下，應該就是她發射的如意珠。

李滄行其實早就注意到了隱身大槐樹上的楚天舒，今天這樣的盛會，他是不可能缺席的，所以李滄行要借機大敗展慕白，一來是此人三番兩次地與自己為敵，實在可惡，非要教訓一下不可，二來也是要震懾楚天舒，警告他，與自己為敵的下場。

有楚天舒在，當可不至於讓展慕白真的自殺，所以李滄行沒有一點出手救展慕白的意思，就是想激楚天舒現身。

楚天舒看了眼李滄行，向前幾步，走到展慕白的面前，不知為何，展慕白已經成為一派掌門多年，但在楚天舒面前，仍然被他的氣場所壓制，好半天才勉強擠出一句話：「我，我要自盡，你為何要攔我？」

楚天舒冷冷地說道：「大丈夫生於世間，當提三尺劍，有所作為才是，展掌門練得如此蓋世神功，實在不容易，自己吃了這麼多苦，難道只是為了自尋短見的嗎？」

展慕白嘴唇開始發抖，眼中淚光閃閃，卻是說不出話來。

楚天舒一動不動地盯著展慕白：「你要記住，你是華山派的掌門，華山派是先祖師郝大通歷經千難萬險才建立起來的，歷代祖師裡，雲飛揚、祖峰、蔡子奇、岳千愁、司馬鴻，哪個不是赫赫有名，威震江湖，怎麼到了你這輩，**打不過人家就要自殺？你這樣到了九泉之下，對得起華山派的列祖列宗嗎?!**」

展慕白無言以對，膝蓋處一陣劇痛，撲通一聲，跪倒在楚天舒的面前，泣不成聲。

楚天舒一把將展慕白從地上拉了起來，拍了拍他的肩頭：「成大事者都要經歷千難萬險，一時的失意算不得什麼，**天外有天，人外有人**，打不過人家，回頭重新苦練就是，漢高祖劉邦多次敗在項羽手下，漢昭烈帝劉備更是被曹操打得居無定所，無立錐之地，但他們能活下來，最後終於昂首挺胸地回來戰鬥，此時正是華山派多難之秋，你是華山弟子們唯一的希望，若你自己也這樣自暴自棄，輕賤性命，華山勢必從此不保，你難道就沒想過這問題嗎？」

展慕白垂淚道：「展某一時糊塗，多謝前輩相救和教誨，日後一定報答前輩今日的恩情。」

楚天舒笑道：「展掌門不必如此，楚某當年也曾經有過心如死灰，自暴自棄的時候，所以今天看到你這樣，感同身受，才會出手相阻，一時感慨，多囉嗦了幾句，你若是覺得有理就聽，有得罪之處，還請海涵一二。」

展慕白這時死意全消，聽到此言，連連擺手道：「不不不，前輩之言，如醒醐灌頂，讓展某茅塞頓開，您的教誨更是字字珠璣，展某一生謹記。」

楚天舒點點頭，轉向見癡大師等人，哈哈一笑：「楚某不請自來，還望各位掌門恕罪。公孫幫主，天狼會長，鳳舞姑娘，別來無恙？」

他的眼光從屈彩鳳的身上掃過，一絲難以察覺的殺機一閃，立即又變得若無其事的樣子。

眾人一一回禮，見癡大師宣了聲佛號：「阿彌陀佛，想不到我伏魔盟內部聚會，卻有這麼多豪傑之士前來賞臉，真是榮幸之至，各位，敝寺已經備下廂房，還請各位入內品茶，我等四派還有要事需要先行商議。」

楚天舒道：「見癡大師，四位掌門，如果在下沒弄錯的話，今天貴派在此地聚會商議，是想討論如何應付新崛起的黑龍會之事吧。」

見癡大師臉色微微一變。

一邊的智嗔開口道：「楚幫主，您的消息還真是靈通啊，不錯，就在公孫幫主上山之前，我們一直在和黑龍會的李會長交涉，想必這個過程你也看到了，現在交涉還沒有結束，我想請楚幫主、公孫幫主和屈寨主先移駕寺內的廂房稍候，等我們伏魔盟和李會長有了結果後，再請三位出來，不知意下如何？」

屈彩鳳忍不住嚷了起來：「我是來幫李大俠作證的，本來老娘懶得現身聽你們這些道貌岸然的正派君子們講大道理，但你們顛倒黑白，硬說李大俠勾結魔教，老娘不能看著好人被這樣潑髒水，這才出來作個證人，公孫前輩也是這樣出來的，你們現在要趕我們走，是不是想繼續以欲加之罪來陷害李大俠？」

智嗔冷冷地說道：「屈姑娘，你的證應該也作完了吧，剛才你說你加入魔教，乃是一時的依附之舉，不是真心加入，所以李會長去救你，算不得勾結魔教，就是這個意思，對嗎？」

屈彩鳳點點頭：「不錯，老娘的巫山派就是給嚴世蕃這個狗賊帶人毀滅的，出力最多的就是這個楚天舒，所以老娘的仇人就是嚴世蕃、魔教和洞庭幫三家而已，又怎麼可能加入魔教呢？只不過老娘新出江湖，需要各種資源來召集舊部，一時無奈，就只能暫時托身魔教罷了，現在老娘已經重新召集了數千弟兄，正準備自立，哪會再跟著魔教？這些髒水你們休想往老娘身上潑，更別壞了李大俠的名聲。」

楊瓊花扶著展慕白退回到華山派的人群中，突然開口道：「屈彩鳳，你跟李滄行的關係這麼好，是生死之交，要回中原發展，為何不跟著他的黑龍會呢，還要捨近求遠地去什麼魔教？」

眾人的目光一下子又都落到屈彩鳳的身上，屈彩鳳的嘴角勾了勾，看了一眼李滄行，幽幽地說道：「我倒是一開始就主動地找過了滄行，可是他卻不希望我重入中原，所以也不帶上我，即使他組建黑龍會，要到東南一帶起事，也是後來才告訴我的，當時我沒有別的選擇，冷天雄卻主動來天山找到了我，所以我只能先寄身在魔教，再借機復仇。」

楊瓊花點點頭：「我相信屈姑娘所說的話，天狼在大漠的時候，我也和他打過交道，當時他的身邊已經有了錢廣來、裴文淵、不憂和尚、鐵震天和歐陽可這一眾英雄豪傑，還有個劍術厲害的東洋人朋友，但就是沒有屈姑娘，既然屈姑娘這樣說了，我相信天狼是不想把屈姑娘捲入新的江湖紛爭的。」

展慕白咬著牙，動了動嘴，似乎想說什麼，最後還是忍住了。

李滄行微微一笑：「各位，當時在下來中原跟倭寇拼殺，吉凶未卜，前有倭寇，後有奸臣與魔教，連自己也覺得前路茫茫，屈姑娘的巫山派被毀，在下已經非常愧疚了，又怎麼忍心看她再捲入危險之中呢？所以在下拒絕了屈姑娘的美意，至於聽到屈姑娘有危險，那我是一定要去救的，不管她在不在魔教，只因為屈彩鳳是我李滄行的朋友！」

這句話說得擲地有聲，在場眾人都連連點頭。

智嗔高宣一聲佛號：「既然如此，那展掌門質疑李會長的兩件事，都可以洗清嫌疑了，李會長並沒有勾結魔教，也並非殘害忠良，展掌門，你還有什麼意見嗎？」

展慕白冷冷地「哼」了一聲，閉上了眼睛，一言不發。

智嗔又看了一眼徐林宗和林瑤仙，二人都微笑著搖搖頭，智嗔便向李滄行說道：「既然如此，李會長與魔教為敵，就不是我們的敵人，今日我伏魔盟當以朋友之禮應對李會長。」

李滄行哈哈一笑：「這正是李某這回的來意，今天也借著貴盟大會的東風，**李某要正式宣布兩件事，一來是我黑龍會在這浙江福建正式建立**，總舵暫且設在軍中，等徹底平定了倭寇後再擇一名山設立，**二來，我黑龍會與伏魔盟願意建立平等合作的盟友關係，一起對抗魔教，今天特地帶來五百萬兩銀子的見面禮，以示誠意**，還請各位笑納！」

此話一出，在場眾豪傑個個兩眼放光，興奮地交頭接耳起來，這些多數每個月只有一二兩銀子作零用錢的弟子們，做夢也想不到李滄行出手竟如此大方，有些人更算計著這上百萬的銀子分給各派之後，自己能分到多少好處。

展慕白咳了兩聲，冷笑道：「李滄行，你是想分化瓦解我們伏魔盟嗎？五百萬兩銀子，我們四派怎麼分？」

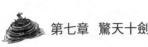

李滄行微微一笑，回頭看了一眼那二十五口大箱子，說道：「大家先看看我的心意，這些都是我們黑龍會出生入死，從倭寇的巢穴裡奪回來的，在下不敢自專，這些年伏魔盟各派跟魔教搏殺辛苦，間接地也是在打擊倭寇，所以特地拿出來，一來算是我們黑龍會跟伏魔盟友誼的見證，二來也是對各位辛苦的回報。」

抬著箱子的五十個僧人，在所有人的注視下，手腳俐落地把地上的鐵箱子抬到了寺門前，二十五口箱子一一打開，眾人只覺得一陣寶氣奪目，明晃晃的銀子閃閃發光，亮瞎了所有人的眼睛。

箱中的銀子，每個都是十兩重，分量十足的銀元寶，看得英雄豪傑們個個兩眼放光，就連那些少林寺的武僧們也不禁心中暗算起這些元寶可以換多少個白麵大饅頭了。

展慕白忍不住酸言道：「李滄行，倭寇那裡怎麼可能全是這種大明官銀，你這分明不是從倭寇那裡得來的，一定是你私自準備好的錢。」

李滄行哈哈一笑：「倭寇那裡確實有許多金銀珠寶，但我們打下橫嶼以後，早就從官府中換來了足額官銀以充軍餉，難不成我們還能把那些珠寶玉器、翡翠瑪瑙發給將士們嗎？」

展慕白又丟了回臉，只好閉起眼睛靠在椅子上，不再說話。

李滄行轉頭對智嗔和見癡大師道：「黑龍會要在福建和浙江兩省立足，也多少會有損南少林的利益，這裡一直沒有別的江湖門派，唯一一個大派就是南少林了，加上這次少林大會，南少林是東道主，所以給其他三派各一百萬兩，給少林派二百萬兩，這是我們黑龍會經過商議之後的決定。」

李滄行的這個分配方案不僅讓少林的僧眾們喜笑顏開，其他人也都覺得合情合理，紛紛點頭不已。

智嗔的臉上仍然沒有任何表情，向李滄行行了個禮：「阿彌陀佛，多謝李施主的一番美意，只是古語說得好，無功不受祿，只怕這五百萬兩銀子，拿起來也並不是這麼簡單的吧，如果是按您所說的，只是為了對付魔教而給的辛苦錢，這顯然太多了，如果李施主有什麼別的用意，但請直說無妨。」

徐林宗也說道：「李……李會長，請你還是有話直說，所謂吃人嘴短，拿人手短，如果你還在武當派，想必也不會拿來路不明的錢。」

李滄行點點頭，正色道：「既然如此，那在下就直言了，據在下收到的情報，倭寇毛海峰已經調集了三萬多悍賊，兩天前在福建東邊的海岸登陸，就在我們說話的這會兒時間在圍攻興化府城了，這次我帶兵南下，一是因為適逢伏魔盟大會的舉行，一來則是希望各派俠士能本著我正派俠義的精神，為國為民，與倭寇作戰。」

此話一出，人人臉上為之變色，大家都開始議論紛紛。

「倭寇三萬多人深入內地？不可能吧。以前就是汪直和徐海勢力最大的時候，也沒這麼大的膽子過。」

「就是，我們南少林以前大敗過倭寇，他們十幾年都見了我們就跑，與化府的邊上就是我們南少林，這次又有這麼多英雄赴會，倭寇長了幾個膽子，敢攻這裡？」

「也不一定，這李滄行看起來不像個說大話吹牛的人，再說了，軍中無戲言，這等軍機大事，他也不至於拿來開玩笑吧。」

「可是，就我們這裡幾千人，就算加上天狼的部下，也不到一萬，倭寇可是有三萬多哪，我們就這麼去接戰，會不會寡不敵眾？」

「哼，若真是倭寇大舉前來，那明知不敵，也不能坐視不管，我們都是俠義之士，可以為了大義而捨生取義的。」

「對對，師兄說得對，若是倭寇真的來了，咱們就跟他們拼了！」

年輕的弟子們議論紛紛，摩拳擦掌，而高階的長老和幾位掌門卻都是沉吟不語。

智嗔正色道：「李施主，你的這個消息可否屬實？倭寇以前多是搶掠沿海一帶的城鎮，沒有這樣深入內地過，再說了，就算他們深入內地，以他們登岸的時間來算，也至少要十幾天，怎麼可能兩天就打到這興化府城呢？我們在此地集結也有些時日了，根本沒聽到任何倭寇出動的消息啊。」

李滄行道：「消息是我安插在倭寇中間的內應冒死報告的，絕對可靠，由於貴寺的威名，倭寇十餘年來不敢進犯福建內地，所以從泉州運過來的海外貿易銀兩，也多會暫存興化府，然後再押解京師。

「前陣子泉州剛剛把去年上貢的稅銀七百多萬兩解到興化府，倭寇剛剛在橫嶼島丟掉了幾乎所有的存寶，數萬手下一下子斷了糧餉，肯定要做一票大的，泉州那裡雖然錢更多，但是守衛嚴密，所以他們也只有攻擊興化府這一條路，畢竟南少林的武僧不過兩千多人，正常情況下是擋不住數萬倭寇的虎狼之師的。」

智嗔並不是太懂兵機，略一皺眉，轉頭看向了徐林宗和林瑤仙，似乎是在徵詢他們的意見。

見癡大師開口道：「李施主，我等雖然有心報國，但現在還沒有任何消息來證實你的這個情報，以前我南少林僧兵曾主動出擊，打擊過倭寇，可是卻被朝廷說我們聚集匪類，圖謀不軌，不僅把我們南少林的幾十頃田地沒收，還把幾十名義士說成是江洋大盜，李施主，你是朝廷的將領，應該知道此事，非是我等不願相助，實在是被寒了心，若是再次隨便聚焦數千義士，只怕朝廷這回就不止是收歸幾十頃田地這麼簡單的事了。」

正說話間，突然跑來一名僧人，滿頭大汗，他的身邊，站著一個看來像小吏打扮的人，汗水濕了滿身，帽子也歪倒在一邊，人像要虛脫了。

一看到見癡大師，就像見到救星似的，聲音中帶著哭腔，說道：「見，見癡大師，小人，小人總算見到您啦，快，快，快，倭寇來了，救兵，救兵哪！」

見癡大師微微一驚，他認得此人，乃是興化府的府丞李少白，以前曾經陪同興化知府劉德來過兩次南少林。

「你不是興化府的府丞李大人嗎？怎麼成了這副模樣了？倭寇當真攻城了？」

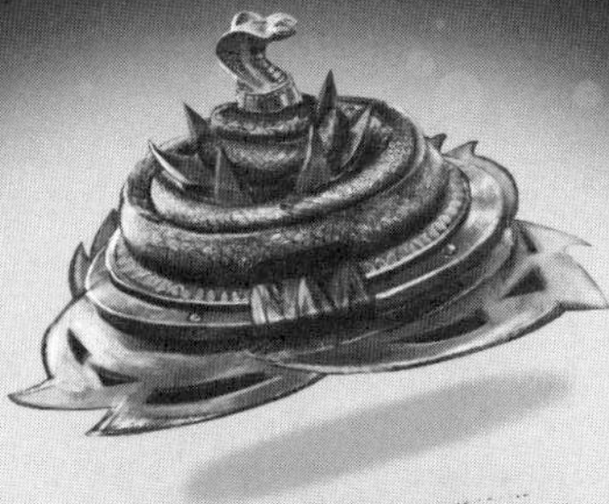

第八章

新仇舊恨

毛海峰咬牙切齒地說道：「這狗賊果然來了，
皇天不負有心人，這回新仇舊恨一起算，
所有人都聽好了，等他們全部進入谷中了，
再下手，封住兩邊谷口，然後砸死他們。
哪個要是不聽號令就扔石頭，老子殺他全家！」

那興化府丞李少白從懷裡哆嗦著掏出一張已經被汗水浸得濕透的信紙和一支令箭，信紙上面歪歪扭扭地寫著幾個字，末尾處蓋的一個紅色大印甚是醒目，陪李少白來的僧人把信紙和令箭遞給見癡大師。

只見信上寫著：

「**倭寇攻城，南少林僧兵速救百姓。興化知府劉德。**」

後面的那個大印則是興化知府的專用官方印章，而令箭則是知府大堂裡案上擺著的，平時知府派衙役下鄉收稅傳令，都是執此令箭而行。

見癡大師點了點頭，看了一眼智嗔：「看來李施主說得不錯，倭寇確實在攻城了。」

智嗔急問道：「李府丞，倭寇有多少人？現在興化府城的情況如何？」

李少白急道：「大師，今天清早倭寇就殺到了，漫山遍野都是倭寇，不計其數，看起來數量至少有好幾萬人，我們城中的兵士才三百多人，押軍餉的士兵也才三四百，根本擋不住啊，大師，我拼命逃出來的時候，南門已經被攻陷了，劉知府……劉知府他只怕已經殉國了啊！」

說到這裡，李少白再也忍不住，號啕大哭起來。

李滄行厲聲道：「李府丞，我乃浙直總督胡宗憲胡大人屬下飛狼軍參將郎天，跟戚繼光戚將軍曾一起入閩抗倭過，你有什麼軍情，向我彙報即可。」

李少白看著李滄行，一臉的狐疑：「你？**你真的是那個傳說中的天狼將軍嗎？為何這副打扮？**」

李滄行哈哈一笑，從懷中摸出一塊金牌，扔給李少白：「此為我在軍中的將令金牌，你可看仔細了，乃是浙直總督胡大人親賜的。」

李少白定睛一看，立馬跪了下來，雙手捧著權杖，激動地道：「郎將軍，可算盼到您了，本來下官在這裡求得南少林的大師下山助戰後，就準備直奔寧德了，城中另一位捕頭王孟之，則去泉州那裡請官軍和游巡撫救援，謝天謝地，您居然在這裡，您的軍隊也帶來了嗎？」

李少白高興之餘，忽然想到這一路上，只見山上山下的武林人士有好幾千，官軍倒是沒有見到一個，再一想，天狼又怎麼可能知道倭寇攻城呢？多半是來這南少林隻身拜訪見癡大師的，並未帶兵，就和那劉知府一樣，想到這裡，他又有些洩氣了。

李滄行看出了李少白的擔心，笑道：「李府丞暫且安心，本將這回是帶兵而來，只是我的部下都是江湖人士，沒有穿盔帶甲，只是想在這裡拜訪一下見癡大師和各派掌門，倭寇來襲，本將自當全力抵擋，以保黎民百姓。」

李少白連連點頭。

李滄行看了眼沉吟不語的楚天舒，對李少白道：「李府丞，你一路趕來，辛苦了，我們還有事情要商議一下，商量完了，我即刻發兵。」

李少白微微一愣，本想站起身的他又跪了下來：「將軍，倭寇凶殘，無惡不作，在興化城裡是見人就殺，興化的父老百姓盼著您的救兵如久旱之盼甘霖，拖得一刻，就是幾十條人命哪！」

他一邊說著，一邊想到自己丟在城裡的幾百兩銀子和三個漂亮的妾室和兩個寶貝兒子，悲從心來，竟然真的淚如泉湧了。

李滄行臉色一沉，鬚髮無風自飄，別有一番大將的威嚴，厲聲道：

「李府丞，此事乃是軍機，本將軍自有主張，你連城外的倭寇有多少都沒看清楚，連府城是否失陷也並不知道，只是自己顧著逃命，就來這裡求救，我且問你，**城是怎麼丟的？倭寇是強攻城池，還是有內賊騙開城門？倭寇是怎麼圍的城池，你又是怎麼能跑出來，這些你給我一一說清楚。**」

李少白被李滄行一連串的喝問嚇得臉色發白，說不出話來。

李滄行冷笑道：「我看十有八九你是被倭寇俘虜了，故意將你放出來，想要騙南少林的僧兵們下山救援，然後半路伏擊，一舉消滅這個讓他們為難多年的釘子，對不對？」

李少白連連擺手道：「不不不，郎將軍明鑒啊，下官真的是奮力逃出來的，絕無被倭寇俘虜的事情，您所問的城池失守的情況，下官是真的不知啊，早晨剛要去點卯的時候，就聽到四邊殺聲大作，城內百姓到處亂跑，下官跟著劉知府上了東城一看，只見漫山遍野都是倭寇，劉知府馬上一邊組織官兵上城防守，一邊寫了這信，讓下官從北門突圍求救，下官來的時候，南門那裡起火，百姓都在叫說倭寇從南邊進城了，至於是怎麼進來的，下官實不知哪！」

李滄行質疑道：「你一個文官，若是倭寇四面圍城，漫山遍野，你又怎麼可能穿著這一身官服，從北門逃出來？」

李少白的臉色慘白道：「下官是帶著兩個衛士，騎馬從北門出來的，出來的時候，北門還沒有倭寇，百姓都從北門向外逃，下官就跟著百姓一起，離了大路從小路騎馬過來的，將軍若是不信，可以問我的兩個衛士。」

李滄行點點頭：「好，我知道了，你下去吧，李府丞，我告訴你一句話，打仗是軍機，**將軍的一個命令，會決定成千上萬人的生死**，現在能對倭寇作出反擊的，只有我們這裡，所以必須作好謀劃，小心行事，若是我們中了埋伏完蛋了，非但救不出百姓，反而會讓倭寇大搖大擺的撤離，明白嗎？」

李少白擦著頭上的汗水，連聲道：「全憑將軍安排，全憑將軍安排。」說完，站起身，兩個武僧帶著他匆匆走開。

李滄行看著見癡大師道：「大師，各位掌門，情況大家也都看到了，我們還是先商量一下如何應對吧。」

智嗔和見癡對視一眼，點點頭。

眾多掌門心裡清楚，今天雖然是武林大會，但公孫豪、屈彩鳳、楚天舒這三人是孤身前來，林瑤仙、展慕白和徐林宗這三派弟子加起來也只有一千多人，杯水車薪，只有南北少林的幾千僧兵加上李滄行手下的數千人馬，才是真正能幫得上忙的，所以智嗔和見癡二人的決定，足以代表伏魔盟各派了。

智嗔道：「保家衛國，義不容辭，只是這裡人多嘴雜，怕會影響軍機，李施主，不如各位掌門進入寺中的大殿內商議，其他弟子留在這裡值守，如何？」

眾人都點頭稱是，見癡大師也不囉嗦，帶著眾人進入裡面的大殿，展慕白也不情願地被楊瓊花扶著入了內，屈彩鳳和楚天舒互相仇視一眼，不甘人後地跟了進去，公孫豪則有意地走在二人之間，以免他們臨時生事。

少林弟子一向是軍事化的訓練和管理，動作乾淨俐落，很快全寺的僧人都站出寺外，百餘名武寺留在大殿遠處幾十步的距離守衛，屋頂上也站了十餘名弟子，以確保無人探聽得到寺中的商議。

眾人入殿，這裡本是僧人們平時念經誦課的一個佛堂，這會兒臨時用作會議室，四個僧人抬著一個南少林乃至興化府附近的沙盤輿圖而至，李滄行啞然失笑，想不到南少林裡還有這東西，倒是省了不少事。

智嗔開口道：「李施主，你剛才那樣問李府丞，是要探出什麼軍機嗎？我看那李府丞並非奸細，神情不像是作偽啊。」

李滄行搖搖頭：「智嗔大師，**不是只有被敵人抓到了才是奸細，依我看，倭寇是故意放李府丞逃出來報信的。**」

展慕白問：「你又是怎麼知道的？」

李滄行淡淡地道：「很簡單，倭寇攻城早有精心的準備，興化作為一個大府城，一個多時辰就丟了，倭寇既然在城外漫山遍野，又怎麼可能不趁著夜色包圍全城呢？南門都攻陷了，北門外卻沒一個倭寇，唯一的解釋就是倭寇故意要放這個李府丞出來報信，因為李府丞也只有來南少林一個選擇！」

智嗔兩道濃眉皺道：「此話怎麼講？倭寇既然沒有抓住李府丞，又如何能利用到他呢？他們甚至不知道李府丞手裡拿的是什麼信。」

李滄行道：「很明顯，倭寇在興化有自己的線人和內鬼，很清楚知道那批泉州來的銀子何時到，有多少護衛，所以才會選擇在這個時候動手，他們這一路上岸，沿路不攻擊州縣，甚至不進行搶掠，上岸兩天了，興化府的人一點消息都不知道，可見謀劃非常周詳，如果真的有意要奪這筆銀兩，又怎麼可能不包圍四門，還會讓李府丞這樣的人逃出來報信呢？」

見癡大師聞言，點頭道：「李施主分析得很有道理，倭寇的實力很強，我們和他們交過手，這些人中有不少深通兵法的狡猾之徒，伏擊，詐敗，夾擊，包圍，樣樣都很精通，我剛才也在想，倭寇如果志在必得的話，是不會放跑一個人的，更不會連城都不包圍就攻擊，南門都攻陷了，北門居然一個人也沒有。李施主，你的意思是倭寇就是想放李府丞來這北邊的南少林寺求救，真正的目的是沖著我們來的？」

「正是如此，倭寇多次入侵福建，都被南少林的僧兵痛擊，這回殺到這裡，必然也想要一舉消滅或者重創南少林，以報此仇，但南少林的地勢險要，易守難攻，就算倭寇有數萬之眾，想要強攻這裡，也會死傷慘重，而且倭寇這回突襲興化，搶了銀子以後，還要迅速地撤離，不然大軍四處合圍，他們可就走不了啦，因此如果既要報仇，又要迅速結束戰鬥，只有伏擊這一個選擇。

「南少林雖然以前報國的時候被奸臣打壓，但畢竟習武之人有一股血性，見癡大師，如果今天在下不在這裡，你們大概會馬上調集僧兵，殺下山去，與倭寇拼個你死我活吧？」

見癡大師宣了聲佛號：「阿彌陀佛，善哉善哉，出家人不打誑語，李施主說得不錯，若非你阻止，只怕這會兒不僅老衲，這裡的各路英雄也已經殺下山去了。」

李滄行正色道：「那樣必會中了倭寇的埋伏，從山路出去之後，若是要抄近路，必經一線谷，那裡是設伏的最好地方，只需要占住兩邊的山頭，到時候以大石堵住兩邊進出口，兩側山上扔下滾木擂石，就是武功再強的人，也只能坐以待斃了。」

群雄聽得額上汗出，慶幸自己今天逃過了一劫。

徐林宗聽了道：「李會長，那依你之見，我們該怎麼辦？總不能因為倭寇有埋伏，就在這裡坐視興化府的百姓和銀兩不管，任由那些倭寇來去自如吧。」

李滄行環視四周道：「李某不才，接到內線的消息後，從寧德率軍一路南下，就是要阻止倭寇的，現在戚將軍也同時接到了消息，應該已經率主力大軍從泉州出發，從背後襲擊倭寇了，我們是朝廷官軍，上陣殺賊乃是本分，只是各位並不是大明官兵，李某實在沒有任何權力來指揮各位做些什麼。」

見癡大師和智嗔對視一眼，笑道：「李將軍，不用說這話了，今天群雄集會南少林，本為開伏魔盟大會，現在事發突然，倭寇大舉入侵，陷我府城，殺我百姓，搶我大明稅銀，我等習武之人理應保國護民，與之決一死戰，只是這戰陣之事，並非我等所長，李將軍與倭寇交戰多次，屢戰屢勝，我等皆願聽從李將軍的指揮。如果有人不遵你的號令，將軍可以按軍法從事，我等絕無怨言。」

智嗔跟著補充了一句：「這也是我少林寺的態度，少林弟子，莫不從命。」

李滄行的目光投向了徐林宗等人，徐林宗微微一笑：「李將軍，武當弟子皆願效力。」

林瑤仙嫣然一笑：「峨嵋弟子任憑李將軍驅使，上刀山下火海，在所不辭。」

展慕白沒好氣地說道：「既然是抗倭，那沒什麼好說的，李滄行，你會打仗，我們華山弟子就暫時聽你的指揮了，不過我有言在先，打完倭寇，我們可不會再聽你的號令了。」

李滄行拱手行禮道：「滄行感謝各位的信任與支持。」

公孫豪恨恨地一拍大腿：「早知道也帶些徒子徒孫來看熱鬧了，滄行啊，現在就老叫化子一個人，你讓做啥就做啥吧，可別把我晾一邊啊。」

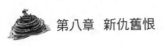

屈彩鳳勾了勾嘴角：「滄行，這附近還有我的兩個山寨，緊急情況下，一天之內我也能帶來四五百人，你看需要嗎？別的我不擔心，就是怕嚴黨到時候再給你扣個勾結山賊匪類的罪名。」

鳳舞搖搖頭：「這點不用擔心，哪個御史不長眼敢彈劾，我們錦衣衛先把他給廢了。」

楚天舒一言不發，李滄行的目光最後落到他的身上，笑道：「楚幫主，可是有什麼顧慮才不說話呢？」

楚天舒冷冷地道：「我是真想幫你，可是又怕你信不過我，畢竟在橫嶼島的時候，我幫助過毛海峰。」

李滄行哈哈一笑：「楚前輩，此一時，彼一時嘛，當時你助毛海峰，是想跟他合作，在這東南立足，後來既然跟他解除了合作關係，那跟他自然不再是朋友，作為一個武人，我相信你會作出正確選擇的。」

楚天舒滿意地道：「那好，老夫就跟你打一回倭寇啦，你要安排老夫做什麼，儘管說話便是。」

李滄行拱手致謝後，眼中神芒一閃，沉聲道：

「承蒙各位的好意，暫時行這指揮之權了，首先，我來分析一下現在的戰場局勢，倭寇的人數，據我的情報是三萬左右，不過戰鬥力並不是太強，有許多是原來陳思盼手下的海賊，這些人只是剃了頭髮，裝成倭人的假倭而已，真倭應該是在八千到一萬，火槍手也不是太多，多是烏合之眾。

「接應倭寇的，是**原魔教廣東分舵的舵主吳平**，此人乃是海上巨寇，手下有三四千悍匪，除掉毛海峰親衛隊的那三四千倭寇老賊以外，就是這些人的戰鬥力最強，而且他們多是武林人士，不會像正規軍那樣列陣而戰，真正碰到戚將軍的大軍，即使倭寇加起來有個三四萬人，也根本不是戚將軍六千精兵的對手。這一點，我有充分的自信。」

展慕白突然說道：「等一下，李滄行，**你不是因為橫嶼島上的戰利品跟戚將軍吵翻了嗎？他不是帶著部屬回浙江重新招兵？什麼時候又跑到泉州了？連六千戚家軍也全去了泉州？**」

李滄行微微一笑：「這是我跟戚將軍商量好的計策，倭寇在橫嶼新敗，毛海峰的存銀大部分被我們所得，他老巢一失，只能在福建一帶把部下全部集中起來，以求自保，但人一多，就得用巨額的軍餉錢糧來維持，毛海峰現在最缺的就是銀子，所以他有強大的實力，又有足夠的動機，一定會在福建大搶一筆的。

「但福建到浙江，甚至廣東的海岸線長達數千里，如果我和戚家軍都屯駐在這裡，倭寇恐或不敢在這裡有所行動，便會轉而流竄各地，從浙江到廣東，在我們防守力量薄弱的地方分兵搶劫，這是我們最頭疼的，因為大明的水師現在正面打不過倭寇，如果不能在陸地上消滅掉倭寇，就只能眼睜睜地看著他們登船逃走，上次在橫嶼就是這樣，本來我們已經做好了周密的安排，攻上了島，但仍然讓毛海峰逃了，楚先生，當時你也親歷此戰，應該清楚這點。」

楚天舒點點頭：「不錯，不要說毛海峰，就是老夫，也坐上了毛海峰的快船逃走，海面上沒有一艘大明的水師戰船攔截，毛海峰也得意地自誇，說他只要下了海，明軍就奈何不了他。」

李滄行表情嚴肅道：「所以要全殲倭寇，只有讓毛海峰集中所有的部下深入內地才行，但此人跟隨汪直多年，警惕性很高，一有風吹草動，馬上就會逃離，只有讓他來興化府這樣的地方，以幾百萬兩銀子的重金相引誘，才可能讓他上當。」

眾人恍然大悟，展慕白咬牙道：「李滄行，你果然夠狠，這次興化府的事，是不是你一手安排的，故意讓毛海峰來攻？」

李滄行點了點頭：「展慕白，你說得不錯，那七百萬兩稅銀就是個誘餌，鐵箱子裡裝的全是稻草和石頭，一兩銀子也沒有，這消息是戚將軍故意讓營中的倭寇奸細放出來的，福建一地，倭寇的奸細到處都是，消息完全無法封鎖，戚將軍所部都是扮成水手，分批次坐商船從寧波過來的，為了迷惑倭寇，也都是分散行動，有人在碼頭扮成苦力，有人在泉州港內扮成水手，還有些與泉州的本地駐軍秘密互換，由於戚將軍嚴密監控了泉州城，所以他來泉州的消息，沒有走露半點風聲，倭寇還以為他在浙江招兵呢，這才敢大膽進犯興化府。」

展慕白冷笑道：「就算那七百萬兩銀子是假的，可是這興化城的全城數萬父老鄉親也是假的不成？現在已經不知有多少百姓死在了倭寇的屠刀之下，而興化城也毀於兵火之中，李滄行，這都是你幹的好事！」

李滄行冷冷地說道：「展慕白，收起你那套惺惺作態的假仁假義吧，慈不掌兵，義不行賈，如果我要保護每個沿海百姓的生命財產安全，那結果就是疲於奔命，倭寇在海上來去自如，速度遠遠快過我們在陸地的奔走，最後的結果就是哪裡也保護不了，還消滅不了倭寇，這十幾年來，東南一帶不就是如此嗎？」

展慕白一時語塞。

見癡大師白眉一皺，質疑道：「李將軍，可是興化畢竟是一個府城，大明還從沒有被倭寇攻陷過府城的紀錄，而且城中有兩萬多父老，倭寇凶殘，所過之處殺人如麻，現在的興化城只怕已經被血洗了，這樣真的好嗎？」

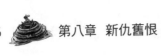

李滄行臉色無比地堅毅地道：「興化只不過一府一地罷了，與整個東南沿海數百萬的生靈相比，實在算不得什麼，如果能有更好的法子誘倭寇深入，我和戚將軍也不會出此無奈之舉。實不相瞞，這個計畫也不是我李滄行定的，而是一年多前，浙直總督胡宗憲胡大人親自籌畫好的，這一年多來，我們從浙江到福建的一系列作戰，都是嚴格地按照這個計畫執行，現在已經是最後一步了，**如果這次成功，那就能全殲倭寇，東南持續了二十多年的倭亂，將不復存在。**」

智嗔面色凝重地道：「李將軍，你們在浙江打得不是很好嗎？並沒有丟失城池，就幾乎全殲了攻擊台州的倭寇，這回為什麼就一定要失掉興化呢？就不能在城中設下伏兵，裡應外合嗎？」

李滄行眼中露出一絲悲傷的神色：「福建的情況和浙江不一樣，浙江的台州因為有戚家軍經營多年，本地百姓忠誠而可靠，而且被倭寇洗劫多年，對其恨之入骨，是以幾乎無人給倭寇通風報信，加上倭寇自以為是，分兵襲擊各處，被我們利用時間差各個擊破，才有了台州大捷，但即使如此，還是有一大股倭寇逃掉了，就是這次福建的倭寇首領毛海峰。

「福建則不同，民心更向著倭寇，因為以前的海賊陳思盼為人狡猾，打劫沿海城鎮是有選擇性的，跟他關係好，給他通風報信的鎮，他往往不打，甚至還會分一些搶來的贓物，以小恩小惠來收買人心，是以在福建各地，倭寇的內奸極多，像興化這種深入內地的府城，有什麼消息倭寇定是馬上知道，所以如果真的在城裡伏兵，那倭寇一定會知道，根本不可能來自投羅網了。」

見癡大師長嘆一聲：「怪不得我們的僧兵被倭寇多次伏擊，老衲一直奇怪，怎麼這些海賊比咱們久居此地的本地人還熟悉地形，原來是因為有內奸給他們通風報信啊，這些該死的內賊，佛祖也不會寬恕他們的。」

李滄行點點頭：「正因如此，我們只能犧牲一城之民，來換取整個倭寇大軍的自投羅網，這就是我們這次的計畫，現在賊人已經上鉤，所以我們現在要做的，就是**將計就計，反殺這些埋伏的倭寇**。」

公孫豪聞言道：「李將軍，你的意思是，那些倭賊在一線谷的兩側山頭埋伏，咱們這就包抄過去，從背後登上這兩側的山頭，把他們的伏兵全部消滅嗎？」

李滄行道：「不行，這樣一來，雖然可以消滅這一線谷的伏兵，但也充其量就是斬俘千餘人，倭寇若是知道我們有所防備，一定會大部隊逃跑的，現在戚將軍正在向這裡趕，泉州到這裡的時間，要比我從寧德過來晚上半天，所以這半天的時間很重要，我們需要引誘倭寇主動地攻擊南少林，把他們拖在這裡，然後等戚將軍的大軍一到，自然就可以兩面夾擊，大破倭寇了。」

眾人聽了，齊聲喝了聲彩。

徐林宗卻皺眉道：「李將軍，只是你剛才說過，倭寇不會主動攻擊防守嚴密、易守難攻的南少林的，又有什麼辦法誘他們來攻擊呢？」

李滄行微微一笑：「這就需要用我這回帶的五百萬兩銀子作誘餌了。」他扭頭看向了楚天舒，「楚幫主，可能這件事還有勞你親自跑一趟。」

楚天舒雙目炯炯，一言不發。

一個時辰後，南少林外的一線谷。

此處地如其名，一條羊腸小徑穿山而過，兩頭的山峰高出了四五百米，山高林密，走在谷中抬頭看天，真的只有一線陽光，山頂上兩石子被風所吹，落到了谷裡，砸得泥地上深深地陷出了兩個深達半尺的拳頭大的土坑，可見這裡地勢之險要。

毛海峰正帶著兩千多手下，伏在山谷的西側，凶神惡煞的臉上滿是汗水。

他和他的手下們都帶著松枝，把自己掩蓋得很好，應該不會被任何人發現，另一邊山上，他的死黨手下林源三郎也帶了近兩千人，埋伏在松枝草叢之中。

毛海峰身旁，正是那豹頭環眼，一身短衣打扮，黑鐵塔一般的廣東海賊頭子，魔教分舵主，江湖人稱「**七海魔鯊**」的吳平。

他眨了眨眼睛，看了一眼頭上的太陽道：

「毛老大，我看少林的賊禿應該是不會來了，那狗官已經跑了兩個時辰了，這會兒少林賊禿就是爬也應該爬到了啊。」

楚天舒的聲音冷冷地從後面響起：「少林賊禿不會來，但另一條大魚會上鉤的。」

毛海峰吃驚地轉過了頭，只見楚天舒在一個剃光了腦門的手下的陪同下，詭異地站在自己身後兩丈左右的地方。

楚天舒一身黑衣，滿頭白髮，戴著青銅面具，看起來陰森詭異。

毛海峰站起身，拍了拍身上的塵土，笑道：「楚幫主，你怎麼來了？」

楚天舒微微一笑，說道：「知道你在這裡要設伏攻擊南少林的人，我就過來了呀，果然不出我所料，毛首領已經擺好了陣勢呀。」

毛海峰的笑容僵在臉上，心裡飛快地盤算著，這楚天舒上次上岸後，跟自己留下幾句「以後有事再聯繫」的場面話就匆匆而去，分明是以後也不想跟自己再合作了。

自己心裡也是不想再跟楚天舒有什麼瓜葛，這傢伙的胃口很大，但極不可靠，上次在橫嶼島本指望他的高手們能全力在前面抵擋，結果他卻把人帶到一邊，跟那天狼比起武來了，最後自己的手下死了兩千多，而他的人卻毫髮未傷。

當時毛海峰心裡就很不舒服，沒想到今天楚天舒居然孤身前來，還知道了自己在此地伏擊的事。

毛海峰目光落在陪同楚天舒一起來的那個嘍囉身上，厲聲道：「徐可親，我難道沒跟你說過嗎？我們在這裡的行動是軍事機密，不能向外透露半個字，你把楚幫主帶來也就算了，可你怎麼能把我們的行動也跟楚幫主說？你的舌頭是不是不想要了啊！」

那個嘍囉嚇得臉都白了，連連擺手道：「首領，不關小人的事啊，小人在外面警戒的時候，楚幫主來了，說要見您，您上次吩咐過，楚幫主若來，就要把他帶來見您，所以小人就帶過來了，有關軍機的事情，小人真的是半句話也沒透露啊！」

楚天舒微微一笑：「毛首領，這位兄弟說得不錯，他只是把我帶到這裡，並沒有透露任何有關你們行動的事。」

毛海峰冷冷地說道：「那麼楚幫主又是怎麼對我們的計畫一清二楚呢？」

楚天舒的面具後白眉一揚：「毛首領可知，今天南少林作東道主，邀請了少林、峨嵋、華山、武當四派開伏魔盟大會，討論如何應對天狼的黑龍會？」

毛海峰道：「此事已經傳遍江湖，我怎麼可能不知道，我正打算趁著這機會，把伏魔盟一舉消滅，以洩我上次橫嶼島的心頭之恨。」

楚天舒淡淡說道：「老夫也想觀察一下今天他們開會的情況，畢竟伏魔盟是魔教的死對頭，老夫想知道他們除了對付黑龍會外，下一步對魔教有沒有什麼行動，但人家沒有邀請我們洞庭幫，老夫就隱身於大樹之上，暗中觀察他們開會的情況，今天的伏魔盟大會，可是有不少不速之客啊。」

毛海峰臉色一變：「**楚幫主的意思是，那天狼也出現了？**」

楚天舒哈哈一笑：「毛首領說得不錯，天狼今天帶了三百多手下，提了五百萬兩銀子，大搖大擺地也來參加這個伏魔盟大會了，聽他的意思，是想用四百萬兩分給各派，算是見面禮，以換取各派對他在福建浙江開新門派的支持，剩下的一百萬兩，他說是要送到泉州給當地駐軍的軍餉，這次他是借著運送軍餉的機會路過這裡。」

毛海峰恨恨地往地上吐了口濃痰：「我呸，媽的，他那錢還不全是老子的，這傢伙哪來的錢，全是老子橫嶼島上的財寶，卻給這小子拿了做人情，就是那什麼狗屁軍餉，我看多半也是他想收買泉州那裡的俞大猷，以後自己搞走私吧。」

楚天舒點點頭：「老夫也是這樣想的，不過伏魔盟裡，華山派的掌門展慕白以前好像跟天狼有些過節，今天處處跟他作對，後來還動起了手，結果天狼技高一籌，力挫展慕白。」

毛海峰咬牙切齒地道：「這廝的本事我當然知道，看來伏魔盟打又打不過，面對白花花的銀子，只能選擇跟他合作了。」

楚天舒笑道：「本來老夫也是這樣想的，但事情有突然的變化和轉折，那天狼的紅顏知己屈彩鳳今天冒失地現身於會場，這樣一來反而打亂了天狼的計畫，展慕白趁機說天狼前一陣去巫山援救屈彩鳳，跟魔教有勾結，這樣一來，其他三派都拒絕和天狼繼續合作了。」

毛海峰奇道：「這個屈彩鳳我知道，以前是巫山派的首領，也是南七省的綠林盟主，幾年前巫山派總舵被滅，不正是你楚幫主所為麼？怎麼，她跟天狼還有什麼關係？又怎麼扯上魔教了？」

毛海峰久居海上，對中原武林的事只是一知半解，乍聽之下，一堆問題如連珠炮似地提出。

楚天舒聞言道：「長話短說，這屈彩鳳以前跟天狼就像是男女情人的關係，天狼在錦衣衛時多次出手助她，後來因為巫山派被毀，錦衣衛特地對天狼封鎖消息導致他沒有去援救，加上汪直和徐海被招安後誘殺，讓天狼徹底憤怒，才叛出錦衣衛，自立門戶，這回屈彩鳳重出江湖，召集舊部，暫時托身魔教門下，用了魔教的銀錢來發展自己的勢力。

「上個月，老夫剛從橫嶼回來，就接到消息，說屈彩鳳想要偷襲當年被老夫奪取的巫山派分舵，於是老夫立即率人趕回巫山，同樣得到消息的峨嵋與華山二派也同時趕到，本來屈彩鳳三面受敵，必死無疑，可是那天狼卻是帶了錦衣衛的人強行將她救下，坐實了天狼跟魔教和錦衣衛的聯繫。」

毛海峰眉頭一蹙，道：「那天狼既然和屈彩鳳如此親密的關係，屈彩鳳為什麼不來投靠天狼，反而要去找魔教冷天雄呢？」

一邊的吳平冷冷地道：「屈彩鳳的事，我也知道一二，教主去年確實收留了她，還借給她不少錢讓她重招舊部，當時教中不少兄弟極力反對，由於這屈彩鳳極難控制，叛服無常，當年就從小閣老那裡背叛，成為小閣老的頭號死敵，再說我們神教當年曾經也參與了圍攻巫山派之事，她不可能忘了這仇的，暫時依附，只是權益之計罷了，早晚還會脫離的，甚至有可能是天狼派來的內鬼。

「可神尊他老人家卻堅持收留屈彩鳳，他說屈彩鳳的首要仇敵是楚幫主和伏魔盟的華山派，要奪回的也是巫山派的故地，不管她以後會不會離開，起碼現在會跟我們的敵人生死搏鬥，這樣我們神教可以騰出手來，在別的方向發展，比如立足東南，或者是進入川中，攻擊峨嵋派的大本營。神尊這樣說，我們自然不好反對。不過我看屈彩鳳是想有自己的力量，好跟天狼平起平坐，不然以她這樣心高氣傲的女人，完全依附於一個男人，只怕也是不心甘情願的。」

楚天舒微微一笑：「吳平，你我爭鬥多年，從沒有這樣說過話，今天你這話，倒是讓我對你刮目相看，如果你不在魔教，也許我們可以做朋友呢。」

吳平冷冷地回道：「吳某雖然跟冷教主理念不合，離開了神教，但是也無意於加入你們洞庭幫，反噬舊主。而且這麼多年打下來，吳某跟楚幫主的梁子也結了不少，手下兄弟們多有親友故舊死在你們手裡的，想必楚幫主也是一樣，今天吳某助毛首領一臂之力，咱們同樣是人家的客人，就暫不談往日恩怨了，過了今天你我單獨見面，到時候自然是有仇報仇，至死方休。」

楚天舒眼中殺機一現：「好個至死方休，也罷，咱們的舊賬以後再算，至少現在我們還有共同的敵人，毛首領，那屈彩鳳貿然出現，讓天狼結交伏魔盟四派的計畫無法實現，即使是武當峨嵋這些跟他關係不錯的門派也無法幫他說話，所以他現在已經下了南少林，準備往興化府的方向來了。」

的事情呢？」

毛海峰訝道：「那楚幫主又是從何得知我們已經攻破了興化府，在這裡設伏

楚天舒緩緩地說道：「天狼走後，老夫還想再看看伏魔盟的會上能討論些什麼，這時候突然來了一個興化府的官員，叫什麼李府丞，向見癡和尚說興化府被倭軍攻陷，他是逃出來報信的，求南少林的僧兵趕快出動，來幫忙對付倭寇。」

毛海峰聽了說：「姓李的是我們故意放走的，就是要他去南少林報信，這一線谷是去興化府的必經之路，我們在這裡設伏，只要南少林的賊禿們一來，我們就在山谷兩邊扔下石頭和滾木，送這幫禿驢早早地到西天往生。」

楚天舒笑道：「只是毛首領這個計策太明顯了，非但見癡和尚沒有上當，就連老夫也看出來了。其中必然有詐。」

毛海峰追問道：「楚幫主這話怎麼講？」

楚天舒正色道：「見癡和尚和少林掌門智嗔和尚一合計，認為其中必然有詐，說什麼你們倭軍這次如此計畫地周密，幾萬人不攻州掠縣，兩三天時間就深入興化府，就是衝著泉州港送來的那幾百萬兩稅銀去的，可見早有內應，攻城的時候，半個時辰不到就攻下了南門，幾萬人在城外漫山遍野，卻無一人在北門出

現，這明顯就是故意放人出城報信，一定是想設下埋伏，誘少林僧兵出來，一舉將之殲滅，而最好的伏擊地點，就是這一線谷了。所以他們決定暫時按兵不動，觀察情況。」

毛海峰恨恨地說道：「這幫賊禿居然也懂兵法，哎，看來是我們太大意了，低估了這幫禿驢。可是他們明知這裡有埋伏，為什麼還不派人來查探？莫非……？」

毛海峰說到了這裡，停住嘴，上下打量起楚天舒來。

楚天舒笑道：「毛首領，如果我是他們派來的探子，那在山下見到你們在此設伏，就可以回去了，還用得著來這裡跟你說這麼多嗎？**他們的探子不是別人，正是那天狼**。智嗔和尚想出一條毒計，說是這天狼正好要帶人押運銀子去泉州，他還不知道興化府已失的事情，正好讓他探路，如果他平安地經過了一線谷，那就說明沒事，倭軍想必是搶了銀子後迅速地逃跑了，少林僧兵可以回來安頓百姓，爭取人心，甚至可以在後面跟蹤追擊了，反之，若是毛首領在這裡有埋伏，那正好借你們的手除掉天狼，對伏魔盟也是有百利而無一害的。」

毛海峰罵道：「娘的，這幫賊禿，壞得出蛆了。楚幫主，我也不瞞你，我們在興化府沒有搶到那筆稅銀，箱子裡全是雜草和石頭，就是沒銀子，想必那銀子是從別處運走了。」

楚天舒微微一愣：「還有這種事？」

吳平嘆道：「現在官軍狡猾得很，他們經常是大張旗鼓地運假銀子，然後偷偷從小路把真銀給運走，也不知道使了什麼障眼法，我們的人明明在泉州港看到這些銀兩裝箱運走的，可到了興化府卻全成了石頭。」

楚天舒臉色一變：「不好，可能官軍早有準備，會追殺過來，毛首領，還是先撤退吧。」

毛海峰牛眼一瞪：「撤？往哪撤？怎麼撤？我們這回奔襲興化府城，一無所獲，就搶了幾千兩官庫銀，外加劫持了幾千百姓，這點收穫根本不夠塞牙縫的，不過現在也好，天狼不是正好帶了五百萬兩銀子嗎？咱們就在這裡繼續設伏，等他一到，我們把他消滅在這一線谷中，不僅可以報了仇，而且那銀子也全歸了我們，也算不虛此行啦！」

吳平哈哈一笑，突然想到了什麼，問道：「楚幫主，在下有一事不明，你說那天狼沒聽到我們攻城的消息就下山了，那個李府丞則是在他之後來求救的，智嗔和尚他們討論軍機還花了一陣時間，為什麼現在你和我們說了這老半天了，李滄行還沒到？他走得有這麼慢嗎？」

毛海峰「嘿嘿」一笑，拍了拍吳平的肩膀：「吳老弟，這賬可不是這麼算的，楚幫主是一個人施展輕功趕來，那李滄行則是帶著手下運著沉重的鐵箱子，走不了多快的，南少林離這裡有三十多里地，現在天狼離我們大概還有十幾里路呢。」

楚天舒點點頭：「正是如此，老夫多次來過福建，對這裡的道路很熟，從南少林下來以後，也是抄小路來這裡的，想來天狼應該快到了，毛首領，你做好準備沒有？」

毛海峰拍拍胸脯道：「早就做好了，不管來的是少林賊禿還是天狼，管叫他有來無回，只是有點可惜，這回便宜了少林的賊禿了。」

楚天舒笑道：「以後有的是機會消滅他們，毛首領，我之所以來給你報信，不是圖那五百萬兩銀子，而是因為這天狼乃是我眼中的頭號勁敵，當然也是你的頭號敵人，一旦讓他在東南坐大，以後我們想要再壓制他可就難了。」

「你自然是他第一個要消滅的，然後他就會慢慢擴展勢力，先拉攏正道各派對付我們魔教，吞併魔教後，他就坐擁半個武林，接下來就是各個擊破，慢慢成為武林盟主了，所以**這個人是我們共同的敵人，而且是最危險的敵人**，比起不思進取的南少林來說，更值得消滅。」

毛海峰氣憤地道：「好的，不管怎麼說，今天都要弄死天狼，楚幫主，你今天算幫了我們大忙，如果消滅天狼，那五百萬兩銀子，分你一百萬兩，就算是答謝你今天的報信之恩。」

楚天舒正要回話，突然一個倭寇跑了過來，氣喘吁吁地說道：「首領，有人來了，就在三里外朝這裡過來啦！」

毛海峰興奮地道：「來的是什麼人，有多少？」

那報信的倭寇說道：「來了足有三四百人，推著車，上面放了幾十口大鐵箱，沉甸甸的，車輪印都挺深的，一色的土黃色衣服，手拿刀劍，但又不像鏢局那樣插了鏢旗，十分古怪。噢，對了，那個為首的黃衣蒙面人，身材高大，倒是有八成像上次來橫嶼的那個什麼天狼！」

毛海峰咬牙切齒地道：「這狗賊果然來了，皇天不負有心人，這回新仇舊恨一起算！所有人都聽好了，嚴守崗位，等他們全部進入谷中了再下手，封住兩邊谷口，然後砸死他們。哪個要是不聽號令就扔石頭，老子殺他全家！」

所有倭寇齊齊地應了聲「是」，便進入各自的位置，一雙雙興奮而凶殘的目光，緊緊地盯著三里外的道路。

黃土夯築的官道上，一片煙塵風揚，很明顯，是一支規模不小的隊伍正在經過，北風一吹，把這支隊伍的身影都淹沒在塵土之中。

可是目力過人的毛海峰仍然一眼就發現，足有三百多名土黃色衣服，持刀背劍的蒙面人，押運著二十多輛大車，緩步前行，為首的一人，正是那身材高大，雙目如電的天狼！

儘管他蒙著面巾，但他背上的那柄斬龍刀，還有全身上下霸氣十足的氣場，讓毛海峰一眼就從人群中認出了他。

毛海峰的手緊緊地攥著一面令旗，只要旗子一舉，手下就會照計畫中的伏擊，兩邊山頭高達三四十丈，即使是天狼這樣的高手，也不可能一下子就跳上來，到時候只要把兩邊的谷口用巨石封堵，天狼就算是大羅金仙也難逃此劫。

一想到一會兒天狼被石頭砸得血肉模糊，腦漿迸裂的樣子，毛海峰的心中就是說不出的興奮。

天狼好像也覺察到了什麼，離谷口一百多步的地方，他一舉手，車隊立時停了下來。

毛海峰和所有的倭寇們都屏住了呼吸，連一個咳嗽的也沒有，除了風輕輕吹過山谷中的聲音外，一切如常，有隻鳥兒落到倭寇們插在頭上掩護的松枝上，下面的倭寇一動不動，只有鳥兒歡快的鳴叫聲在山谷的上方迴蕩著。

天狼雙目炯炯，看了好一會兒後，才一揮手，隊伍開始緩緩地進入山谷之中。他們的速度並不算快，但是非常穩健，插在車上的那些畫著黑龍的小旗，幾乎沒有什麼晃動，走路的步伐差不多是一模一樣。

所有的倭寇們連心跳都快要停止了，就等著整個隊伍進入山谷後，毛海峰舉起旗子的那一瞬間。

忽然，一聲輕輕的咳嗽聲響起，驚起了山谷頂處的飛鳥，一個慌亂的倭寇手一動，幾顆碎石子紛紛落下，重重地砸到了谷內的地面，而那土塊石屑落地的聲音，在山谷中來回激蕩著，格外地響亮。

天狼抬起頭，瞳孔猛的收縮了起來，大叫道：「不好，山頂有人，有埋伏，快退！」說完，他的身形倒飛出去，在三輛大車上一點，就飛出了二十多丈外，逃出了山谷。

毛海峰重重地一拳錘在地上，砸出一個小坑，罵道：「哪個王八蛋壞了大事！」

但他此刻顧不得去追究是誰的責任，高高舉起了那面小旗，所有人都看到他手中迎風獵獵的旗子，紛紛拿起手邊的石塊，狠狠地向山谷中砸去，一時間，山頭的松枝全部倒下，露出下面的大片倭寇，而落石擂木如雨點般地向谷中砸去。

天狼的隊伍本來進入谷中的五分之一左右，可是天狼的反應極為迅速，他那些手下們也都扔下了車子，施起輕功，飛快地向谷外逃離。

石塊砸在大車的鐵箱子上，「乒乒乒乒」地一陣響，卻是一個人也沒有砸到。

天狼的身子落在谷外後，吼道：「有埋伏，快，挑了箱子快撤！」

百餘名黃衣漢子迅速地砍斷車上繫箱子的繩索，拿出鐵棍或者鐵槍，兩頭擋起箱子上的鐵鉤鐵扣，四人一組，運起輕功，飛快地向著南少林的方向逃去，這些人都是輕功好手，四人一組扛起這百十斤重的箱子，如履平地，很快就奔出百十來步了。

毛海峰一咬牙，從地上彈地而起，抓著他那支巨大的金剛杵，吼道：「哪個王八蛋剛才亂動的！」

所有倭寇的目光都看向了右邊二十多步處的一個少年倭寇，他紮了個沖天小辮，看起來只有十四五歲，人已經嚇得有點傻了，鼻涕從鼻孔中流了出來，連連告饒道：「老大饒命啊，我真的是不小心！」

毛海峰鬚髮皆張，吼道：「不小心你奶奶！」一杵揮過，這小倭寇的腦袋就像被打爛的西瓜一般，紅的白的飛了滿天，屍身也跟著摔下了懸崖。

毛海峰一咬牙，吼道：「肥羊跑了，全都給老子追！」

倭寇們如夢初醒，迅速地從地上爬起來或者跳起來，亂哄哄地朝著李滄行退卻的方向爭先恐後地跑去。

毛海峰把金鋼杵往脖子上一扛，也要邁開腿追擊，楚天舒走了過來，沉聲道：「毛首領，伏擊不成，你真的確定要追擊嗎？」

毛海峰點點頭：「他們帶了大鐵箱子，跑不了太快，我們應該能追上。」

吳平突然說道：「要不要先看看他們丟下的那幾箱東西，萬一跟那些來興化府的兵帶的一樣，都是石頭雜草怎麼辦？」

毛海峰恍然大悟，連忙對身邊的幾個倭寇說道：「快，下去開箱子檢查一下。」

幾百名倭寇擁著毛海峰和吳平等人下了山，奔到谷口那裡，幾個腿腳快的倭寇已經先到了，正七手八腳地在打開箱子上的鎖，一看到毛海峰到來，連忙站到了一邊。

毛海峰罵道：「追敵時跑得挺慢，搶東西倒是快得很，娘的，都是你們這種貨色，老子才會流年不利，連個箱子都打不開，滾一邊去！」

幾個倭寇連忙從車上跳開，閃到了一邊，毛海峰掄起金剛杵，兩百多斤重的沉重玩意在他的手上如小兒的樹枝一樣，在頭頂上畫了一個圈，帶起的罡風讓圍觀的眾倭寇們退後了兩三步，生怕被傷到。

只聽毛海峰暴喝一聲，一杵打在那個封箱的大鐵鎖上，頓時把鎖砸了個稀巴爛，箱子裡白花花的銀子流得滿地都是。

毛海峰哈哈一笑，金鋼杵連揮，後面的兩箱鐵鎖也被他砸爛，倭寇們只覺得被一堆白花花的銀光亮瞎了眼，個個眼睛都直了，嘴角邊也流起了口水。

毛海峰笑道：「這回沒錯了，都是真金白銀啊，奶奶的，全是老子的錢，給天狼這傢伙換了官銀，也罷，林源，你來了嗎？」

人群中走出一個四十多歲，身形瘦削，看起來沉穩幹練，髮如亂草的東洋武士，正是毛海峰的副手林源三郎！

他說道：「首領，林源在此，有何事情要吩咐？」

毛海峰點點頭：「天狼這回帶的都是真銀，這三箱就有五六十萬兩，現在他逃了，我們不能就這麼放過他，你帶五百人把銀子運回興化府，然後帶兩萬弟兄來南少林這裡，以作援手。」

林源三郎的眉頭一皺：「首領，你這是要強攻南少林？」

毛海峰大喇喇地說道：「南少林應該是有了準備，這天狼很可能要逃到南少林去了，咱們這回一不做，二不休，不僅要搶他這幾百萬兩銀子，順便也滅了南少林，把裡面的藏寶，還有佛像上的金身全給刮了，保管咱們兄弟十年不愁吃穿啦。哈哈哈哈。」

林源三郎說道：「首領，這回咱們是出其不意，長途奔襲興化府，若是消息傳開，泉州和寧德的官軍南下北上，咱們可就不容易走了。」

毛海峰擺了擺手：「慌什麼，南下泉州報信的那個捕頭已經被我們殺了，而北邊寧德那裡的天狼所部不過三四千人，也不是戚家軍那樣精於陣列的正規軍，就算和南少林的賊禿們合流，也不到萬人，還要至少三天的功夫才能到，沒什麼好擔心的，這次是消滅天狼和南少林禿驢的最好時機，以後可能就沒這機會了，咱們圍攻南少林一天，一天打不下來再撤，也沒什麼損失的。」

林源三郎搖了搖頭：「那若是泉州的官軍得到了消息，派水師把咱們停在海邊的戰船給燒了，那怎麼辦？咱們回去要帶著幾千男女俘虜，可是走不快的。」

毛海峰笑著對吳平說道：「這點我早有打算，回去的時候不走來時路，從仙遊那裡入廣東省，然後到吳老弟的地盤潮汕一帶，從那裡下海。」

林源三郎一直皺著的眉頭鬆開了，一拱手：「首領深謀遠慮，三郎佩服，這就按您說得辦，運回銀子後馬上帶人助戰。」

毛海峰點了點頭：「速去速回。」

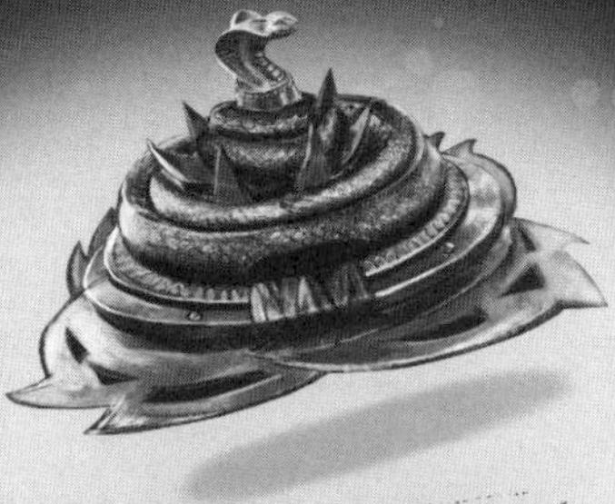

第九章

升堂辦案

吳老四涎著臉道：「四爺，您現在坐的這個位置，
可是知府老爺的座位啊，您在這裡也算是升堂辦案了，
看看，全城的百姓現在都給您這樣跪著呢，
生殺全取決於您的心情，小的要是有你威風勁，
晚上做夢也能笑醒過來啊。」

林源三郎帶著幾百個手下開始收拾起地上的銀子，重新裝箱，毛海峰則大聲喊道：「兄弟們，你們都看到白花花的銀子了吧，在南少林，那裡有更多的銀子和金子，只要跟我打過去，包管弟兄們十年不愁吃喝。」

所有的倭寇都發出一陣歡呼聲，這些本就是倭寇中的悍匪，是跟隨毛海峰多年的老賊部下，戰力遠比一般的海賊強悍，吳平手下的三千多人多是魔教廣東分舵的精英，也正是有這樣的本錢，毛海峰才敢在這裡伏擊南少林的僧兵。

現在雖然計畫出了岔子，但在真金白銀的刺激下，這些悍匪個個兩眼放光，不用指揮，就自動排成了一個個幾十人小隊的行軍作戰隊列，在毛海峰和各個頭目的帶領下，衝著天狼撤退的方向追了過去。

二十多里的官道，都是平坦的康莊大道，兩邊也沒有像一線谷那樣險惡的地形，毛海峰騎著一匹馬混在人群之中，還派了四十多個騎馬倭寇作探子在前探路。

天狼等人始終就在前方一兩里的地方，抬著箱子也跑不太快，倭寇們撒丫子狂追，眼看距離越來越近，追到南少林的界碑處時，衝在最先的毛海峰也能看到前面玩命狂奔的天狼了。

毛海峰一揮手，所有的手下都加快了速度，向著天狼的後隊開槍。

天狼吼道：「後面三箱不要了，快跑，進了少林再說！」

最後十幾個抬箱子的漢子看起來功力稍差，跟前面的人落下了百餘步的距離，早已跑得渾身汗濕，聽到這話後如逢大赦，扔下手中的箱子，立即拼命地向前奔去。

毛海峰策馬前進，奔到了那幾個大鐵箱子處，金剛杵一揮，一口箱子的鐵鎖被砸開，同樣是滿滿一箱的銀子，他哈哈一笑：「看到沒有，前面還有更多的銀子，桂小五郎，帶一百個人把銀子運回興化府，其他人繼續跟我追啊！」

一個騎馬的頭目撥轉馬頭，點了一百多個倭寇搬起箱子，其他倭寇們這會兒個個精神大振，腳下的速度也加快了許多。

很快，倭軍就追到了南少林的山腳下，只見千餘名灰衣僧人已經在這裡列下了棍陣，嚴陣以待。

李滄行奔到智嗔的面前，二人會心地一笑，李滄行扭頭看著遠處正在集合隊伍的毛海峰和他手下的倭寇，笑道：

「我已經收到戚將軍的飛鴿傳書，他的部隊已經秘密抵達了興化府東邊，現在正在繞過興化府城，向這裡靠攏，只要我們在此拖住倭寇兩個時辰，就可以裡應外合，一舉消滅他們了。」

智嗔濃眉一皺：「我們在這裡的人都超過倭寇了，正面就能把他們擊垮，為何還要等戚將軍的部隊呢？」

李滄行笑道：「因為倭寇還有兩三萬人在後面，只是打垮了毛海峰還不行，這些人還會到處亂跑，而且興化府被他們擄來的百姓也會被劫為人質，只有讓他們人在這裡聚齊了，我們和戚將軍前後夾擊，最大程度地殺傷這些倭寇，最後掃蕩起殘敵也更輕鬆，抓幾千人總比抓幾萬人要容易吧。」

一邊的見癡大師剛剛安排了李滄行的手下們走上山道，這會兒轉了過來，說道：「李將軍，那些興化府的百姓們怎麼辦？」

李滄行眼中寒芒一閃：「楚前輩和鳳舞已經過去了，我想，他們是不會讓我們失望的，一旦倭寇大隊人馬離開，他們就會動手的。」

智嗔驚奇地道：「鳳舞姑娘不是一個人過去的嗎，我沒有看到她帶人手啊。」

李滄行道：「半個月前，我和她就把不少手下以夥計、乞丐的形式給安插在興化府城了，現在都裝成了俘虜，只要大隊倭寇一走，留守的人就會動手，到時候，興化城就可不攻而回。」

見癡大師嘆道：「李將軍真是神機妙算，頗有古代名將的風範，老衲佩服之至。」

李滄行笑著搖了搖頭，對身邊的眾僧們道：「大家聽令，結成棍陣，退向山頂，不要和倭寇纏鬥，緩步倒退回來，陣形不要亂！」

興化府城裡。

原知府衙門和附近的街道上，已經成了一個臨時的收容站，三千多名男女老少，被幾百名凶神惡煞的倭寇看守著，知府衙門的大院裡，幾百名被解除了武裝的明軍兵士，則被十幾人一堆地捆在一起，瑟瑟地發著抖。

穿著紅色官袍的興化知府劉德，早被摘掉了烏紗帽，捆得跟個粽子一樣，癱在府衙的大堂前，面如死灰。

堂上大馬金刀地坐著一個倭寇，面相凶殘，一邊玩弄著手上的興化知府大印，一邊冷笑道：「劉知府，看來你的這個知府當得還挺滋潤的啊，這官庫裡的銀子也就三千多兩，你家裡現銀倒是有兩千多，還有三千兩的銀票，乖乖，你比整個興化府都要有錢啊。」

站在兩側的二十多名倭寇一陣哄笑。

劉德更是無地自容，恨恨地說道：「你們這些天殺的倭寇，朝廷的天兵馬上就到，你們若是識相，就放了我，趕快散去！不然，朝廷大兵一到，管教你們片甲不留。」

那名堂上的倭首名叫**林源四郎**，**正是林源三郎的弟弟**，比起其兄沉穩不及，但更剽悍凶殘，在倭寇中是出了名的悍勇，他是第一個攻進城中的，所以也有資格帶著自己的親兵在這裡看守俘虜。

一聽到劉德這話，林源四郎眼中凶光一現：「媽個巴子，都成俘虜了，還他娘的嘴硬，你當你還是作威作福的知府老爺？我呸，現在老子要你的命，跟踩死一隻螞蟻沒兩樣。反正你已經沒啥用了，老子乾脆現在就挖出你的心，就著酒生吃了，老子還沒吃過知府老爺的心肝呢，不知道和別人的有啥不同？」

劉德嚇得尿都快要流出來了，看林源四郎眼冒凶光，面帶獰笑，抽出腰間的肋差，一步步地接近自己，一邊拼命地向後面躲著，一邊結結巴巴地說道：「你你你，你可不能殺我，我是朝廷的五品知府，就是你們的頭子毛海峰，也會要我這個人質和朝廷談判的。」

林源四郎呸了一聲：「談判談判，談個鳥判，上次咱們就是信了你們這些狗官的屁話，老船主和徐首領上岸後就給害了，兄弟們一直顛沛流離到現在，你知道這幾年咱們過的是什麼苦逼日子嗎？

「以前咱們在海上乘風破浪，想做啥就做啥，那是何等的舒坦，都是招這個鳥安，談這個破判，你這一說正好提醒了老子，先把你這狗官宰了，省得以後再惹麻煩。哈哈，當年殺那個什麼指揮夏正的時候，老子生吃了他的心肝，真好吃啊。他也是個五品指揮，只是五品知府的心肝，老子還沒吃過呢，不知道味道如何！」

劉德給嚇得直接兩眼一翻白，暈了過去。

林源四郎對著身邊的手下們喝道：「把這廝綁到柱子上，燒一盆熱水，給他灌下去，心肝熱的好吃，冷了就不好下酒了，吃了這廝的心後，咱們只怕還要連夜強行軍，路上就沒機會了。」

幾個倭寇暴諾一聲，把劉德抬起準備綁上柱子，地上的那些俘虜們全都嚇得不敢抬頭，劉德平素裡作威作福，對手下動輒打罵，這時候也沒有人敢冒死出來幫他求情，就連劉德的那些妻妾也都蜷縮成一團，只顧著抹眼淚，卻不敢吱一聲。

就在此時，一聲低沉的聲音從衙門外響起：「四郎，你又在做什麼？」

林源四郎這時候正在解開劉源的衣襟，聽到這聲音後，回頭一看，只見林源三郎沉著臉，正從外面大步走來，笑道：「三哥，你來得正好，咱們宰了這個狗官，挖出他的心肝下酒吃！」

林源三郎看了一眼被死豬一樣綁在柱子上的劉源，一股屎尿的味道從他的褲襠裡傳出，厭惡地皺了皺眉頭：「別在這個慫貨上浪費時間，我們還有正事要做。」

林源四郎哈哈一笑：「還有什麼事啊，興化城已經攻破，城中到處搜刮加起來也就兩萬多兩銀子，全在這裡了，城裡沒跑掉的男女老少也全在這裡，對了，首領那裡打得怎麼樣了，是不是已經打完了？那咱們就快點回去吧。」

林源三郎搖搖頭：「情況有變，狗日的少林禿驢沒有上當，不過那個天狼倒是押著幾百萬兩銀子路過一線谷。」

林源四郎睜大了眼睛：「什麼？天狼！幾百萬兩銀子！哈哈哈，這可是條比少林賊禿更大的魚啊，怎麼樣，弄死他沒有？老子要生吃了他的肝！」

林源三郎嘆了口氣：「骨頭這個笨蛋，傷風感冒一咳嗽壞了事，天狼那傢伙精明似鬼，一看不對勁就扔下幾個箱子逃了，首領已經帶著人追向了南少林，讓我帶著銀子先回來，順便帶上弟兄們全都去南少林幫忙。」

林源四郎狠狠地一拳打在右手的掌心：「真他娘的，這麼好的機會都讓天狼逃了。現在怎麼辦？」

林源三郎眼中寒芒一閃：「不是說了麼，南少林的賊禿早有防範，沒有中計下山，這回他們在開什麼鳥武林大會，武林人士加起來有好幾千，首領現在只有六千多人，怕攻不上去，只是先帶人去圍著，你這裡留五百人看守俘虜就行，其他人我全帶去助戰。這是首領的令箭。」他說著，從懷中摸出一支毛海峰的令箭，遞給了林源四郎。

林源四郎點點頭，接過令箭看了一眼，回頭走到堂上，把大案上放著的一把令旗拿下，遞給了林源三郎，說道：

「三哥，這是首領留下的令旗，靠這個可以調動兵馬，城中我留了五千人，另外還有兩萬兄弟在城西紮營，你拿了令旗後，可以把他們全部帶走，我這裡只留五百人看守此處好了。」

林源三郎接過令旗，回頭看了眼劉德，說道：「這個劉德畢竟是知府，也是興化府的高級官員，毛首領沒說要殺他，我看你還是最好不要自行其事，若是毛首領攻山不順，回來拿你出氣，可就不太好了。」

林源四郎恨恨地說道：「留這狗官做啥鳥用啊，難不成還想招安？」

林源三郎勸阻說：「少說兩句吧，我總覺得哪裡有些不對勁，關鍵時候，可能還得靠著這些人保命，這狗官留著也是個討價還價的本錢，沒準還要靠他逃命呢！」

林源四郎的表情僵在臉上：「三哥，你沒在開玩笑吧，咱們這回大獲全勝，連府城都打下來了，以前老船主最厲害的時候也不過打破幾個縣城，可從來沒攻克過這種州府啊，怎麼會輸？」

「我也說不上來，總之就是感覺有些不對，本來在一線谷伏擊的計畫很完美，竟然莫名其妙的失敗了，還有……」

說到這裡，林源三郎的聲音低了下來，「那個上次來過島上的楚天舒，這回也跟著我們一起回來，這人莫名其妙地出現在一線谷，我總有些放心不下，這回我不會把他留在城中，要帶他回去找首領，你在這裡一切小心，不要亂殺人，四門都要派人留守，五百人不夠的話，我再留五百。」

林源四郎聞言道：「聽你這樣一說，倒是要留條後路，也罷，一千人應該足夠守城了，你記得勸首領，不要太戀戰，攻不下來就趕快撤，趕在官軍合圍前回船上，遲了就怕會出事。」

林源三郎拍拍林源四郎的肩膀：「那這裡就全交給你了。」

他轉頭帶著手下匆匆而去，那三箱白花花的銀子，卻被抬到堂上，明晃晃的銀子讓堂上的倭兵和堂下的俘虜們全都睜大了眼，就連那個昏死過去的劉德也醒了過來，盯著銀子，眼睛都不捨得眨一下了。

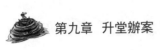

林源四郎抬起手來，對著劉德的臉上就是一耳光，打得他右臉高高腫起：「媽的，一看到銀子就不裝死了，你這個狗貪官。」

又轉身對幾個手下說道：「把箱子全蓋起來，用布包好，再找幾把鐵鎖鎖上，這是首領搶回來的，他分之前，誰也不許動。」

幾個倭兵戀戀不捨地蓋上了箱子，遠處的號角聲和鑼鼓聲不斷，還有淒厲的哨子聲，林源四郎知道，那是三哥在城內外四處調兵，他也出門而去，在各個城頭巡視了一番。

眼見兩萬多人的隊伍如潮水般地向北邊湧去，很快就奔入鬱鬱蔥蔥的林道之中，再也看不見了，這才下城頭，回到府衙之中。

五百多名倭寇聚在這裡，凶神惡煞般地對著俘虜們又踢又打，更是有些色瞇瞇的傢伙，不懷好意地盯著人群中的年輕女子。

林源四郎沒好氣地看著院子裡的俘虜，恨恨地罵道：「媽的，有仗不讓老子去打，卻在這裡看守這些俘虜，真他娘的晦氣。」

一邊的一個精瘦倭兵湊了過來，此人正是林源四郎的親兵護衛，名叫吳老四，原本是個沿海的漁民，後來打漁的時候，被陳思盼的手下俘虜，乾脆下海當了海盜。

四年前的那場大海戰中，這人被林源四郎親手抓住，林源四郎為人粗魯，但這吳老四卻很機靈，辦事總能順著林源四郎的意思，而且燒得一手好菜，頗合林源四郎的胃口，從此就把他帶在身邊，就連林源四郎這一口還算標準的閩南話，也是跟這吳老四學的呢。

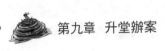

吳老四涎著臉迎了過來，說道：「四爺，首領讓您留守這裡，是對您的信任，您現在坐的這個位置，可是知府老爺的座位啊，您在這裡也算是升堂辦案了，看看，全城的百姓現在都給您這樣跪著呢，生殺全取決於您的心情，小的要是有您這威風勁，晚上做夢也能笑醒過來啊。」

林源四郎哈哈一笑，拿起案上的一塊驚堂木：「這個，就是你們漢人狗官坐堂審案子時候的那個什麼來著？」

吳老四連忙接口道：「這個叫驚堂木，老爺一審案就拿這個拍桌子，就沒人敢說話啦。」

林源四郎滿意地拿著這塊驚堂木重重地往桌上一拍，被綁著的劉德剛才聽到林源三郎說要留自己一命，膽兒肥了些，聽到這裡，便破口大罵道：「你這漢奸，竟然教倭人這些東西，咱們漢人的臉都給你丟光啦！」

林源四郎大吼一聲：「丟你娘個頭啊！」一抬手，驚堂木飛出，砸得劉德的額角上起了一個鵝蛋大的包，包上劃了一道口子，往外滲起血來，劉德悶哼一聲，只覺得一陣頭暈目眩，竟然就這麼昏死過去了。

林源四郎罵道：「這個狗官，真他娘的想弄死他，可三哥又不讓，小四子，老子現在悶得慌，你快給老子想個法子解悶。」

吳老四眼睛骨溜溜地一轉，落到院子裡那些女俘虜們的身上，不懷好意地笑了笑：「四爺，現在反正還有時間，我看，不如讓弟兄們樂呵樂呵。」

林源四郎微微一愣，搖搖頭：「不行，這裡還算是戰場，按規矩，這些女人只有帶回海島上才可以盡情玩弄，現在還是作戰狀態，不能放鬆作樂。」

吳老四鼓動道：「四爺，這裡可是興化府內，不是什麼戰場，而且四門緊閉，若是有敵情，也會有人來通報的，反正也就是玩玩罷了，不會影響什麼正事，弟兄們看到了白花花的銀子心裡都癢著哪，這麼多白白嫩嫩的女人在眼前不讓碰，恐怕兄弟們會悶出事呢。」

說到這裡，他靠近林源四郎，低聲道：「現在不比老船主那時，毛首領的手下有一大半都是以前陳思盼的人，咱們這五百人裡也有三百多是陳思盼的舊部，若是不讓這些人發洩一下，只怕他們會偷銀子或者在城裡到處亂搶，那才可能會出事呢。」

林源四郎沉吟了一下，道：「那就依你了，今天讓大家放開來爽個半天，只是有一條，不許弄出人命，這些俘虜運出去都可以賣錢，哪個要是玩女人玩死了，那這錢雙倍從分子錢裡扣。」

吳老四興沖沖地轉身欲走，林源四郎突然沉聲道：「小四子，你他娘的急著跑什麼，先給老子選個最好的啊。」

吳老四本來是想自己先爽一把，這才忽悠這林源四郎的，可沒想到這傢伙倒先挑起來了，心中暗罵這個死倭子，卻仍擺出一副笑臉：「應該的，自然是要把城裡最漂亮的女人給您帶過來。」

他來到庭院，這些倭寇們早已掩飾不住淫邪的眼神，絕大多數的女人都曉得即將會發生什麼事，女人一個個都低下了頭，還有一些悄悄地抹上泥土，只盼能把自己弄得越髒越好，心裡面則是求神拜菩薩，企盼自己能逃過這一劫。

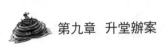

劉德的老婆一臉的橫肉，這時候毫不畏懼地回瞪著吳老四，罵道：「看什麼看，老娘可是朝廷命婦，可不會怕你這倭奴漢奸！」

吳老四罵道：「又老又醜的老太婆，沒人看上你的，放心吧。」

他盯著劉夫人身後的幾個女子看去，也是失望至極，原來料想這劉德身為朝廷命官，興化知府，總會有幾個姜女姬妾，可是身後的那幾個妾室，全都是些黑粗矮壯的中年婦人，想來是這劉家大婦既悍且妒，容不下其他美貌女子，而那劉德看起來一副窩囊樣子，也不敢得罪這婦人，所以這美女便與他無緣了。

吳老四心中一陣失望，他深知林源四郎的脾氣，若是沒有美女，只怕自己要挨一頓打了，眼睛便向滿院的女子掃去，只見一個個女人都把自己弄得灰頭土臉的，跟呂宋島上的崑崙奴差不多了，別說美醜，就連膚色也看不出來啦。

吳老四剛想要罵人，卻突然看到一個女子正在使勁地想要掙脫繩索，她烏雲一般的秀髮遮住了臉，看不清樣貌，但是從露出的皮膚如羊脂白玉般地白嫩來看，與周圍那些庸脂俗粉們簡直是天差地別。

吳老四咽了泡口水，快步上前，只見女子穿著一身緊身的黑衣，凹凸有致的身材足以讓人噴血，吳老四也算見過不少女人，立即斷定這小妞一定是個極品絕色。

吳老四走到女子面前，蹲下了身子，那女子見有人走近，便停止了扭動，閃動著一雙明亮的大眼睛緊張地盯視著來人。

吳老四看到那女子嘴唇豔紅無比，一張一合間，舌尖丁香和珍珠編貝般的玉齒展現無遺，吹氣如蘭，只覺得呼吸都快要停止了。

吳老四強忍著衝動，淫邪地問道：「小娘子，你是這城裡人嗎？叫什麼？」

那女子嬌滴滴地說道：「小女子姓陸，名鳳兒，本來要去泉州投親，路過此處，不料碰到好漢們攻城，哎喲，好漢，小女子被綁得太緊了，氣都喘不過來啦，您能不能行行好，給小女子鬆開些呢。」

她的聲音如珠落玉盤，透著一股嬌媚，吳老四聽著都快要酥麻到骨子裡去了。

吳老四哈哈一笑：「就你啦，咱們將軍看上你了，你只要好好服侍將軍，不僅可以饒你一命，更可以讓你好吃好喝，要是不聽話……哼！」他說著，臉色一下子變兇，右手向自己的脖子一劃，威脅道：「你這小命也別想要啦！」

女子被嚇得嚶嚶地哭了起來：「不要啊，大爺，小女子什麼都願意，只求饒小女子一條性命。」

吳老四拉起這個叫陸鳳的女子，只覺得她的手柔若無骨，彷彿暖玉一樣，就這樣牽著陸鳳到了林源四郎的面前。

林源四郎早就按捺不住了，一把推開吳老四，伸手幫陸鳳解開繩索，邊道：「哈哈哈，姑娘快來讓老子爽啊！」

突然，林源四郎從女子的眼睛裡，看到一道異樣的光芒，他的手一下子停住了，因為**久經戰陣的他，太熟悉這種光芒了，那不是嬌娃挑逗男人時的眼神，而**

分明是一種可怕的殺意。

林源四郎本能地想要推開這個女人，卻只覺得胸腹間一陣刺痛，一支利劍在自己的肋部生生地開了條口子，這女子的左手閃電般地插進自己的臟腑中，一陣劇痛淹沒了他的意識。

在死之前，林源四郎看到的最後景象，是一個美如天仙的圓臉大眼女子，正拿著自己的心肝冷笑道：「這東西真的好吃嗎？」

所有的倭寇都被這一場景驚呆了，化名為陸鳳的鳳舞厲聲吼道：「弟兄們，動手殺倭！」

話音未落，她把手上還跳動著著林源四郎的心肝，狠狠地向著一邊的吳老四擲去，砸得他滿臉都是，吳老四還沒來得及抬手抹去滿臉的血腥，別離劍就掃過他的咽喉，鮮血從他氣管噴出的聲音，就像風吹過樹葉時發出的那種聲音，是那麼地動聽。

院子裡不少男女都突然暴起，本來被捆成一堆，蹲在地上發抖的那些從泉州押銀子過來的軍士們，突然個個面露凶光，只一掙，那些捆了他們兩道的粗麻繩便應聲而斷，也不知從哪裡抽出一些匕首，短棍之類的兵器，紛紛插入了離自己最近的倭寇的要害。

剛才還在往臉上抹泥的婦人，更是雙手連揮，破空之聲不斷，全是菩提珠，鐵蓮子之類的暗器，看起來剛才早被這些「婦人」埋在地下，一聽信號，這些多半沒有被捆綁的婦人便同時發難，幾十名倭寇臉上一下子就嵌滿了各種小圓形的黑色暗器，應聲而倒。

鳳舞以陰寒內力發出，混合著冷厲殺氣的聲音，讓外面街上正在廝殺的人們都聽得一清二楚：「速戰速決，一個活口也別留！」

解決完這裡，鳳舞的手中，三尺長的別離劍泛起墨綠色的光芒，她的身形如鬼魅一般，以快得不可思議的速度，掠過幾個大堂上剛反應過來，正在拔刀準備反擊的倭寇的身體，腥風血雨混合著倭寇臨死前的慘叫，大堂上一片肝腦塗地，呈現修羅地獄般的可怕景象。

「速分四組到四個城門清理殘匪！」

劉德不知道什麼時候醒了過來，激動地叫道：「好啊，殺光這些倭寇，哈哈哈哈！」

南少林的山腳下。

毛海峰像隻野獸似的，扛著他的那支金剛巨杵，不停地在走來走去，山道上已經落下了幾百具倭寇的屍體，兩千多名倭寇正拿著刀，怪叫著向山腰衝擊，卻是一次次地被雨點般的暗器和弓箭射回。

即使有幾十個漏網之魚衝上了山道盡頭的平臺，也很快就被早有準備的少林棍僧結陣圍住，一頓棍棒伺候，個個被打得腦漿迸裂，仆地而亡。

毛海峰有些後悔了，看來少林寺內的高手數量比想像中的要多，光是肉眼看去的山頂平臺上就有兩三千人，自己這一邊雖然靠著鐵炮手混在人群中偷襲，也打傷了對方一兩百人，但這些傷者和死者很快就被拖進寺內，然後又是一批新人出來頂上，數量綿綿不絕。

攻山兩個多時辰以來，已經損失了一千多人，還看不到任何勝利的希望，看這架勢，就是幾萬援軍到了，也不太可能一鼓作氣地衝上去。

毛海峰扭過頭來，一把抓住身邊一個離得最近的傳令小兵，吼道：「他娘的，為什麼林源三郎的人到現在還沒來，你快騎馬給老子去看看怎麼回事！」

林源三郎正在逃命，他身邊的人已經不足三百，剛出城時帶出來的近三萬浩浩蕩蕩的大軍，已經灰飛煙滅了。

他到現在還想不通這是怎麼回事，只記得自己帶著大軍進了一線谷，便聽得谷頂一聲炮響，明軍兵士突然從兩邊冒了出來，一面戚字大旗高高地豎起，接下來就是雨點般的石塊和滾木從兩側的高山上落下。

林源三郎走在最前方，仗著馬快，衝出了前方的谷口，就在剛逃出來的一瞬間，身後就落下了幾十塊巨石，把谷口給牢牢地堵上，若不是楚天舒狠狠地刺了他馬屁股一劍，讓馬負痛狂奔，他只怕就會被落下的石頭砸死了。

林源三郎也不記得自己逃了多久，茫然地回首四顧，發現身邊只剩下幾十個跑得上氣不接下氣的倭寇，個個渾身是血，遍體鱗傷，出城時的那種威風和狂妄早已無影無蹤。

他定了定神，谷中的慘叫聲清晰可聞，僥倖逃出的倭寇，則是完全亂了套，在空曠的山野中到處亂跑。

林源三郎喃喃地道：「怎麼會這樣，怎麼會這樣?!」

楚天舒面無表情地說道：「山頭上樹起了戚字大旗，看來應該是戚家軍。」

林源三郎閉上眼，痛苦地搖著頭：「戚家軍?怎麼可能！他們不是在浙江嗎，怎麼又會飛到這裡？」

楚天舒微微一笑：「因為戚家軍早就秘密地到泉州了，你們一登陸，他們也開始秘密調動，只比你們晚個半天到這裡，戚將軍是名將，看到你們大隊人馬，不攻興化府，而是在一線谷設伏，就是要全殲這支主力部隊。」

林源三郎吃驚地睜大了眼睛：「楚先生，你怎麼對這些事情這麼清楚，莫非你是……」

他終於反應過來，本能地要去拔刀，楚天舒眼中寒芒一現，干將劍帶著龍吟之聲出鞘，劍光一閃，林源三郎握刀的手，連同他的腦袋一起跟身子分了家，眼睛還大睜著，似乎仍不相信發生的一切。

李滄行站在山道盡頭的平臺上，一夫當關，萬夫莫敵，斬龍刀揮處，一片飛血殘肢，幾個好不容易衝上來的倭寇刀客，都被他三下兩下砍成了幾段，滾下了山道，少林棍僧們的陣形牢牢地掩護著他的側翼和背後，讓他可以心無憂慮，放手大殺。

二十幾個倭寇鐵炮手混在人群裡，趁著前方的打鬥，悄悄地移到三十步左右的距離，開始向李滄行瞄準。

燃燒著的火繩和空氣中飄過來的硝煙味，早把他們的舉動告訴了李滄行，李滄行冷笑一聲，飛起一腳，把一個剛被自己捅穿了肚子的倭寇屍體踢得凌空飛起，砸向了遠處的人群。

那些倭寇火槍手們被這具屍體所驚駭，紛紛收槍向左右避開，後面的十幾個刀客卻沒這麼好的運氣，被屍體砸了個正著，七倒八歪地滾了一大圈。

七八個火槍手閃過屍體後，正想重新瞄準，卻是眼前一花，一把泛著紅光，滴著鮮血的刀在空中急速地旋轉著，呼嘯著掠過了他們的身軀，他們只覺得脖子一涼，再想發聲，卻根本叫不出來，喉管處有什麼東西劇烈地在向外噴射，手指卻再無一絲力氣去扣那扳機，這時候他們才覺出自己被割斷了喉嚨，接下來腦子只有一片空白。

有幾個鐵炮手躲在山道兩邊，幸運地逃過這輪洗禮，他們舉槍向李滄行瞄準，迅速地扣下扳機，**「砰砰砰」一陣巨響，斬龍刀落到了地上，李滄行人也仰天向後倒去，似乎是被鐵炮擊中了**。

剛才被打得不敢抬頭的倭寇們一個個欣喜若狂，士氣大振，立即跳了起來，舉刀狂叫著向山道上衝，黑壓壓的人潮眼看離山道盡頭只有十幾步了。

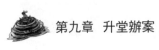

就連在山下一直觀戰的毛海峰，也哈哈大笑起來，重重地拍了下手，咬牙切齒地道：「好，你天狼也不是金剛不壞、大羅金仙之體，照樣擋不住鐵炮，傳我的命令，打死天狼的鐵炮手，每人重賞一千兩銀子，第一個攻進少林寺的，賞三千兩！」

毛海峰的豪言壯語還在舌尖上打轉，黑色的人潮已經湧到離平臺不到五步的地方了，兩個鐵炮手早就盯住天狼落在地上的那把斬龍刀，他們沒有聽到毛海峰開出的高額重賞，卻看到這把寶刀在那裡泛著紅光，天狼應該完蛋了，這把刀要是拿到手，怎麼也能賣個大價錢吧！

本著這樣的想法，兩人興沖沖地想要伸手去拿刀。

就在手就要碰到刀柄的那一剎那，刀身上的紅光突然暴漲，如同鮮紅的血液，亮瞎了這兩個倭寇鐵炮手的雙眼，地上的斬龍刀像是有生命似的，突然暴起，首當其衝的就是這兩個鐵炮手，兩隻手齊肘而斷，快得讓他們來不及感覺到手肘的疼痛。

隔著幾十個奔在前面的倭寇，一道紅色的真氣從人群的縫隙中穿過，準確地灌入斬龍刀的刀柄，最前方的倭寇刀手們驚恐地發現，李滄行一個鯉魚打挺，竟又站在他們的面前，威風凜凜，嘴角邊還掛著帶著死意的殘忍微笑，看著他們的眼神，如同看著一堆死人。

斬龍刀在人群中突然發出一陣轟鳴，李滄行的雙眼變得血紅一片，渾身騰起了強烈灼熱的天狼戰氣，連他身邊的少林武僧們都忍受不住這陣熱浪，紛紛向後方閃開。

十幾步寬的山道，只剩下李滄行一人，他雙腿呈馬步，一前一後，右爪向前伸出，強烈的紅氣操縱起人群中的斬龍刀，刀身變得如同烙鐵一般，強烈的刀氣一波波地從刀身上溢出，四道巨大的刀浪向東西南北四個方向飛速地逸去，帶著復仇的火焰，摧毀著路上所遭遇的一切。

倭寇就像被風吹倒的麥浪一樣，空中到處飛舞著被切開的殘肢和被爆氣炸裂的人體，靠著山道懸空一側的倭寇們，更是直接被氣勁所推，翻落到山下去，摔得血肉模糊。

靠著山壁一側的倭寇們，也被撞得凌空飛起，腦袋撞上堅硬的山石，腦漿迸裂，山石上變得白花花，血淋淋的一片，異常的血腥與凶殘。

至於前後兩方的倭寇就更慘了，直接被刀氣斬殺，往往一刀兩斷，最前面的倭寇聽到後面的爆氣聲，心中暗叫不好，也顧不得再去砍面前的李滄行，匆匆地回頭舉起倭刀運氣抵禦。

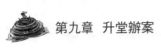

可是以他們的功力，哪能擋得住無堅不摧的天狼半月斬，只一接觸刀波，倭刀便紛紛折斷，先是斷刃插進他們的身體，然後緊隨而來的刀氣把他們的身體從腰部開始一刀兩斷，內臟和血流得滿地都是。

伏魔盟的高手們多數是第一次見到李滄行如此血腥的殺人方式，雖然是面對倭寇，也覺得有些於心不忍，峨嵋派的女弟子們更是看得一個個花容失色，有些人甚至噁心得吐了出來。

強勁的刀氣奔到了李滄行的面前，斬龍刀也同時飛了回來，李滄行右手握刀，斷喝一聲，自右至左地一揮，刀身上剩下的淡淡紅氣幻作一道刀波，正好與向這裡襲來的半月斬空中相撞，「砰」地一聲，紅氣四溢，兩道刀波正好力量相當，在空中互相抵銷，血腥的風吹拂著李滄行的亂髮，倭寇的血化作漫天的血珠，灑在他的臉上。

沐蘭湘和林瑤仙站在李滄行身後三十多步的地方，雙雙持劍而立，多年前在渝州城外的那個夜裡，二姝都領教過李滄行使出「兩儀修羅殺」時的殘忍手段，但是天狼刀法卻是第一次看到，當李滄行佯裝中槍倒下時，沐蘭湘急忙想衝過去，卻被林瑤仙一把拉住，這才意識到以李滄行的武功，怎麼可能被幾個小兵暗算到呢，這才收住腳步，等看下一步的進展。

可是李滄行使出「天狼半月斬」，向四面斬出刀氣的這一下，仍然讓沐蘭湘和林瑤仙這樣的大高手也大開眼界，只這一下，就殺了至少二百多名倭寇悍匪，頂得上少林棍僧和各派的暗器高手打上半個多時辰了。

沐蘭湘看著情郎威風凜凜，如天神一般地持刀而立，山道上的倭寇們扔下了一地死屍，屁滾尿流地正在向下滾，嘆道：「大師兄也不知道在哪裡學到了這麼厲害、霸道的刀法。」

林瑤仙笑道：「妹妹是想說這刀法太殘忍了嗎？」

沐蘭湘秀眉微蹙：「是有一點，雖然是在屠殺敵人，但實在過於凶殘了些，與我們正道的武功完全不符合啊。」

林瑤仙道：「我倒是覺得**武功無所謂正邪，關鍵還是看用的人，即使是正道武功，用於邪人身上，一樣是流禍無窮，反之像是天狼刀法這樣的武功，李師兄用，那就是救人濟世**，並不能算得凶殘。我們的武功沒有這麼強的爆發力，尤其是在群戰之中，這種天狼刀法的優勢和威力更加明顯，對了，妹妹，當年你和李師兄合使的那一招，也跟這個差不多呀。」

沐蘭湘粉臉一紅，自從那次跟李滄行使過一次「兩儀修羅殺」後，她這輩子就再沒用過這招，即使多次和徐林宗聯手使出兩儀劍法對敵，也從沒有用過，一來是那種和愛侶心意相通，生死與共的感覺，再也找不到了，二來那天晚上的血腥殺戮，修羅地獄一般的慘景，讓她無數次從惡夢中驚醒，哭泣。

正說話間，李滄行已經收刀退回，倭寇們的這次攻勢被再次化解，李滄行也長出一口氣，緩步走回。

他的目光不自覺地落到了沐蘭湘的身上，隨即便強制自己將目光移向他處，今天上少林以來，一直在不停地比武和殺敵，這讓他無暇把精力和心思放在小師妹身上。

可是他心裡很清楚，一旦空下來的時候，總要面對這個問題的，究竟是按原定計劃，宣布迎娶鳳舞，還是忠於自己的內心，向沐蘭湘求愛，他心亂如麻，難以抉擇。

就在李滄行略一分神，為情所傷的時候，遠處傳來一聲沉悶的鼓角之聲，李滄行心中一動，看向一線谷的方向，只見山谷的頂端冒起一陣黑色的狼煙，鼓角的聲音正是從那裡傳來的。

李滄行哈哈一笑，對身邊的智嗔與見癡大師說道：「好極了，戚將軍那裡已經得手，倭寇的主力被消滅在一線谷，咱們也不用再等前後夾擊了，趁著這一輪攻勢，殺下山去，一舉擊破當面之敵！」

第十章

貓捉老鼠

那伏魔盟眾人在身後一直跟著，如同貓捉老鼠，
毛海峰的心裡不停地罵著娘，如果現在是在海上，
一個加速就能甩掉所有的追兵，可是上了陸的他，
面對這些輕功卓絕的武林高手，卻是沒有半點優勢。

毛海峰的眼珠子都快要掉到地上了，他到現在也不明白，為什麼剛才看起來已經死掉的天狼，一下子又蹦了起來，那把落在地上的刀似乎有靈性一樣，在人群中都能打出這樣的暴擊。

衝在最前面的幾百人幾乎無一生還，從山道上落下來，摔成肉泥的倭寇們的慘叫聲，在峰巒間迴蕩著，更刺激著所有倭寇們的心靈，即使是凶悍如毛海峰的親兵護衛，這會兒也都在微微地發著抖，再也沒有一開始的狂熱與凶悍了。

毛海峰扭頭向身邊的那個傳令兵吼道：「怎麼援軍還沒來，你是幹什麼吃的，這麼久，一點消息也沒有嗎？」

傳令兵哭喪著臉道：「首領，小人在路上探過幾次了，您一直說讓我走到十里就回來報信，我是真的沒碰到三爺他們啊。」

毛海峰飛起一腳，把這個傳令兵踹翻在地，大吼道：「再探！這回要是沒跟三爺一起回來，就要你的腦袋！」

那個倒楣的傳令小兵二話不說，騎上一匹矮馬，頭也不回地就向南邊跑去了。

毛海峰喃喃自語道：「林源三郎這傢伙該不會是拿了銀子帶人跑路了吧。」

他突然想到調兵旗在林源四郎的手上，這次攻打興化府的戰利品，幾千俘虜和六十萬兩銀子也在林源三郎的手上，這兩兄弟如果起了異心，把他扔在這裡，自己跑路，那可就糟糕了。想到這裡，毛海峰的額角開始冒起汗來。

毛海峰又想到林源三郎兄弟當年投奔汪直的時候，就是自己引見的，算來跟著自己也有近二十年了，從沒有表現過任何的不忠，就是上次雙嶼島被突襲的時候，這兄弟兩也是一直跟著自己，後來汪直上岸後被誘殺，部下多數各奔東西，只有兩兄弟一直跟著自己從雙嶼島殺到岑港，然後一起來到福建橫嶼，按說對自己是忠心耿耿，應是不至於起異心才對。

毛海峰心中稍稍寬了點，用袖子抹抹額頭上的汗水，一眼看去，正好眼角的餘光掃到放在身後那幾口剛剛在追擊戰中繳獲的鐵箱子，縫隙處透出的銀子光芒讓他想到，林源三郎兄弟跟著自己，是因為他們沒有自立的本錢，既無錢又無人。

可是這回他們手裡有了幾十萬兩銀子，夠花上好幾個月，若是把這幾萬手下帶回海上，再搶劫來往的商船和沿海城鎮，未必不能過下去，只有把自己扔在這裡拖住各路官軍和少林僧兵，才能給他們的跑路爭取時間，而自己一旦死於官軍之手，他們正好可以名正言順地接任倭寇首領的位子。

毛海峰再一思量今天的天狼，他覺得這傢伙是有意無意地一直引自己來到南少林，山上明明有數千武藝高強的伏魔盟高手，完全可以拉開來在山下和自己打正面，可是他們卻一直縮在上面不出來，自己多次組織攻山，都被打得一敗塗地，他們也不趁勝追擊，倒像是有意地把自己拖在這裡，讓自己失去理智和判斷，一次次地拿人命往裡面填。

毛海峰越想越怕，跟著汪直集團為禍多年，當年的老大們紛紛被消滅了，他卻活到了現在，**不是因為他最有本事，而是因為他最有運氣，換句話說，他對周圍危險的嗅覺和反應能力遠比一般人要來得強，現在後方援軍遲遲不到，顯然是林源兄弟有了異心，繼續留在這裡也不可能有好的結果。**

他一咬牙，對一邊的吳平說道：「吳首領，情況有些不對，這幫禿驢像是故意要拖延我們似的。」

吳平點點頭：「我也看出來了，他們明明可以反擊，卻一步不離山上，而且那個天狼看樣子像是指揮起這幫賊禿了，先前楚天舒說他們鬧翻，天狼乃是負氣下山，可是從天狼上山開始，根本是早就商量好的，完全不像是臨時來避難的樣子，甚至連話都不說一句，少林禿驢就掩護著天狼的人上山了。」

毛海峰一拍大腿：「吳首領，這話你為什麼剛才不說啊。」

吳平嘆了口氣：「我以為他們就算早有預謀，引我們來此，但後面畢竟有幾萬援軍，只要趕到了，強行攻山也是可以攻下來的，但看來我想錯了，這援兵遲遲不到，後面想必也是出了問題，毛首領，事不宜遲，趕快撤吧，現在走應該還來得及。」

毛海峰剛想說話，一線谷那裡沉悶的號角聲也傳了過來，他臉色大變，這分明是明軍正規野戰部隊的號角聲和鼓聲，扭頭一看，只見一線谷的峰頂騰起了幾道黑色的狼煙，他突然明白過來，大叫一聲：「糟糕！」兩眼一黑，幾乎要暈了過去。

幾個嘍囉連忙把毛海峰要倒下的身軀扶住，吳平連忙上前撫著毛海峰的胸道：「毛首領，你可別嚇我，這時候你可是頂梁柱，天大的事也要撐住啊。」

毛海峰悠悠地醒了過來，道：「該死的，我知道了，三郎他們在一線谷那裡遭遇了伏擊，明軍的主力部隊埋伏在那裡！」

吳平看向遠處的一線谷方向，臉色跟著大變：「哎呀，還真是，娘的，這明軍是從天上掉下來的嗎？怎麼我們剛剛離開一線谷，他們就在那裡埋伏了？」

毛海峰咬牙切齒地道：「這一定是那該死的天狼設下的毒計，甚至整個攻擊興化府的計畫，也全在他掌握之中，我明白為什麼那七百多萬兩的稅銀全變成了石頭，**從一開始我們就上了這人的當，他就是用銀子來引誘我們攻擊興化府的。**

好狠的傢伙，好毒的計謀，吳首領，後面的兄弟肯定已經完了，咱們只有拼命向仙遊方向突圍，才有一線生機。」

吳平心中暗自盤算，今天的攻山戰，自己幾乎沒有派人參與，從頭到尾，手下這兩千多人也沒什麼損失，現在毛海峰的手下數量和自己差不多，只怕以後只能在自己手下討生活了，能把縱橫東南十幾年的毛海峰給收到麾下，想必冷天雄也會非常高興，一定會給自己記上一功。

想到這裡，吳平沉聲道：「神教的兄弟們聽好了，全部輕裝，扔掉不必要的東西，以戰鬥小隊為單位，向西南方向的仙遊地區轉移，快！」

毛海峰也下了同樣的命令，身邊的傳令兵開始七手八腳地吹起號角，這下擠在山道上，進也不敢、退也害怕的那些倭寇們如逢大赦，潮水般地退了下來，跟著前面已經開始整隊撤離的吳平所部，向西南的方向逃去。

山頂上的李滄行冷冷地看著倭寇們整隊撤退，在他身後，伏魔盟的數千弟子全部列成了戰鬥小隊，除了受傷甚重，無法行動的展慕白心有不甘地坐在擔架上以外，其他所有伏魔盟的掌門和長老們都站在戰鬥小隊前，看著李滄行，只等他一聲令下，便準備追擊。

楊瓊花眨了眨眼：「李將軍，倭寇好像察覺到什麼了，正在撤退，我們還不追擊嗎？大家都已經準備好了。」

李滄行微微一笑：「他們當然看出南邊出事了，現在是向仙遊的方向逃跑，不用擔心，我的四千人馬已經早早地埋伏在西南方的鐵山那裡，現在倭寇剛剛撤退，還算有秩序，你看他們現在是結成隊列，掩護著逃跑，我們這時候如果逼得太緊，要麼是讓他們拼死抵抗，這樣勢必會增加我們的損失，要麼就會讓這些倭寇四散逃跑，那再抓就要花時間了，所以不用急，就保持這一兩里的距離在後面跟著，咱們有輕功，倭寇是逃不掉的，等到了鐵山那裡，伏兵四出，管教倭寇們片甲不還。」

徐林宗道：「李將軍，你可真是神機妙算啊，本來我們擔心光靠我們的弟子是守不住山的，還奇怪你為什麼把四千多部下調去了別處，原來你早就計畫好了，只是我不明白，你是靠什麼方式和戚將軍取得聯繫的呢？若不是他在一線谷伏擊了倭寇的大隊人馬，我們也不會這麼容易就可以反攻了吧。」

李滄行一指天空，眾人發現一隻蒼鷹正在空中自由飛翔著。

李滄行道：「此鷹名叫**海東青**，乃是我和戚將軍之間通訊所用，牠從小被戚將軍所收養，經過專門的訓練，通靈性，不用飛鴿傳書這種方式，只要落到我的肩頭，我就可以把話轉達給牠，由牠向戚將軍轉述。這一路上，我即使是在誘敵逃跑的時候，也沒斷了聯繫，所以我才會清楚地知道戚將軍部隊的位置，也向他隨時通報這戰場的情況，那毛海峰一離開一線谷，戚將軍就運動過去佔領了，所以倭寇根本是撤手不及，這會兒的戚將軍已經斬俘了兩萬左右倭寇，倭首林源三郎也被楚先生親手斬殺，現在部隊正在分散追擊逃跑的殘敵呢。」

一向不苟言笑的智嗔難得地露出一絲笑容：「今天貧僧是第一次見識到李將軍的排兵布陣，大感佩服。只是貧僧有一點不太明白，那倭寇援軍有好幾萬人，我們似乎應該把更多的力量用於追擊那些倭寇才是。毛海峰的手下也就四五千人，靠著四千部下足夠對付，我們是不是應該換個打法，去追殺那些在一線谷逃掉的倭寇呢？」

李滄行搖搖頭：「有兩個原因不能這樣做，第一，這毛海峰是倭寇的首領，而吳平則是接應他從廣東逃跑的魔教廣東分舵舵主，也就是說，倭寇和魔教的首領都在這裡，所謂**擒賊擒王**，如果能把這二人一併除掉，那不僅東南倭亂徹底能得到平定，而且魔教原廣東分舵的勢力也將不復存在。

「不管這吳平是真的離開了魔教，還是暗中仍遵冷天雄的號令行事，消滅了他，總是對魔教的沉重打擊，從此魔教在廣東的勢力不復存在，這對伏魔盟各派也是大大有利的。從這點上看，消滅這兩個人和他們身邊的鐵桿核心部眾，比消滅三萬倭寇更加重要。」

見癡大師點點頭：「李將軍言之有理，那第二個原因呢？」

李滄行笑道：「第二個原因嘛，倭寇從興化府過來的部隊都是跟著毛海峰上岸的部下，對這一帶的地形並不是很熟悉，即使要逃跑，也只會沿著來時的方向逃向海邊，企圖坐船逃跑，絕不會像毛海峰這樣，跟著吳平向仙遊的方向逃亡，而他們來時乘坐的那些船隻，這會兒已經被福建總兵俞大猷，從泉州港率領水師船隊，把這些船全部燒毀或者俘虜在岸邊了。倭寇們即使跑到岸邊，也只能望洋興嘆，而俞將軍的水師船隊去收拾這些殘兵敗將，那可是不費吹灰之力的。」

林瑤仙笑了起來：「原來李將軍早有安排了，這些倭寇即使是逃掉了，也遲早要被抓到。」她的秀眉突然微微一蹙，「不過，若是這些倭寇們扔掉武器，化裝成平民，或者躲進山野間，那又怎麼辦呢？」

李滄行點點頭：「他們當初不管是真倭，還是沿海漁民假扮的假倭，都是剃光了前額，弄成所謂的月代頭，這就是區分倭寇的最好標誌，頭髮剃掉的時候容易，要長出來至少得要幾個月了，所以不管他們是不是換上百姓的衣服，就衝這腦袋，也一眼就能認出來。而且只有成群結隊，有組織的倭寇才有威脅，被打散的散兵游勇，連鄉民莊丁們都能對付，大戰結束後，有意殺倭領賞的江湖人士們也會在各地獵殺這些倭寇報功，他們除非投降，不然只有死路一條。」

李滄行環視一臉崇拜的各派首腦們，看了看遠處已經跑出一兩里的毛海峰，宣布道：「現在，該咱們追擊倭寇了，以小隊為單位，保持一里半到兩里的距離，見癡大師率五百南少林棍僧防守寺院，以防敵軍伏兵和潰兵偷襲，另外把這些屍體清理掉，其他人全部跟我來！**殺倭屠魔就在今日，衝啊！**」

群雄們發出一陣歡呼之聲，跟著李滄行一路衝下了山道，只有坐在擔架上的展慕白雙眼燃燒著嫉妒的火焰，雙拳緊握，一言不發。

毛海峰和吳平施展著輕功，在前面一路領跑。

毛海峰氣喘吁吁地跑著路，身邊四個護衛吃力地扛著二百多斤重的金剛巨杵，不時地回頭看著後面的隊伍，為了防止有人中途逃跑，他特地把自己的貼身衛隊一百多人放在最後，也下令一旦有人跑路，哪怕是在路邊想要解手，都是格殺勿論。

那該死的伏魔盟眾人卻是在身後不緊不慢地一直跟著，如同貓捉老鼠，毛海峰的心裡不停地罵著娘，如果現在是在海上，只要他在「黑鯊號」上，一個加速就能甩掉所有的追兵，可是上了陸的他，面對這些輕功卓絕的武林高手，卻是沒有半點優勢。

他幾次想要衝動地回頭再打一場，卻又因為知道這樣必敗無疑，而強行按捺住了這種想法，不管怎麼說，現在手上這五千多人乃是自己最後的本錢，本錢打沒了，命也保不住啦。

毛海峰扭頭問著身邊快步而行的吳平：「吳老弟，還有多久才能到仙遊？」

吳平抹著頭上的汗水，說道：「快了，前面這座山包叫鐵山，過了這山包，就到我們在仙遊設的營地了，我在那裡留了三百多人接應，有吃有喝，還有兩百桿鐵炮，只要進了營地，那天狼的人就拿我們沒辦法啦。」

毛海峰的眼光落向了前方越來越近的一座丘陵：「就是這個鐵山？該死的天狼不會在這裡有什麼埋伏吧。」

吳平眉頭微微一皺：「不會吧，我看後面追咱們的有三四千人，伏魔盟四派的禿驢，臭尼姑和牛鼻子狗男女全來了，就是那個華山的陰陽人沒來，不過他的姘頭倒是帶著幾百個華山弟子，想來這也是華山派現在的全部家當了。他們不太可能還有別的人手再來埋伏了吧。更何況，天狼也不是神仙，他怎麼可能算到我們會取道仙遊，向潮汕方向突圍的路線呢？」

毛海峰哈哈一笑：「也對，咱們也是臨時決定向這裡撤的，天狼就算是玉皇大帝，也不可能派出這麼多天兵天將來防守嘛。」

一聲鼓響讓兩人臉上的笑容隨著腳步同時凝滯下來，今天他們經歷了太多可怕的轉折，一聽到這種炮響、號角、狼煙、鼓角之類的動靜，心便會猛的向下一沉。

鐵山的山頂，一下子出現了兩三千人，山下的林道中，也奔出了一千餘人，個個都是統一的土黃色勁裝，黃巾包頭，黃布蒙面，手裡拿著的是奇形怪狀的各色兵器，從刀劍到萬字奪、棍棒、鐵鞭、判官筆都有，顯然是江湖人士，而非正規官軍。

幾十人一隊地分成小隊，又錯亂有致地幾個小隊聚在一起成為一個大團，這回毛海峰看得真切，山上三個大團，山下兩個，而山頂上則高高地豎著一面黃旗，上面畫著一條張牙舞爪的黑龍。

毛海峰幾乎一口血都要噴出來，這些人他太熟悉不過了，自從上次的橫嶼之戰過後，他們就無數次地出現在毛海峰的惡夢中。

是的，他沒有看錯，眼前這些不是別人，正是天狼所率領的黑龍會弟子。

黑龍旗下，裴文淵長鬚飄飄，左手拿著一把拂塵，背後背著長劍，右手握著一面令旗，顯然是這裡的指揮官。

山風吹拂著他的長鬚，看到這些精神開始崩潰的倭寇，裴文淵眼中閃過一絲冷厲的寒芒，一揮手，身後的弟子們紛紛跑出來，兩百多人手裡都提著一顆血淋淋的人頭，往黑龍旗下一丟，而一百多個被捆得像粽子一樣，渾身是血的大漢，則被兩人一組地夾著左右臂膀抬出，一踢膝彎，個個垂頭喪氣地跪在大旗前，脖子上則架著明晃晃的兵刃。

吳平的眼睛瞪得跟銅鈴一樣，他認出這分明是他留守在仙遊的手下，那堆腦袋裡最上面的一個五十多歲，花白山羊鬍子，圓睜著雙眼的一顆人頭，則是他的副手，也是他的師叔「浪裡黑條」劉不平！

他跟隨吳平有三十多年了，是以吳平把確保退路的重任，連同手下最精銳的三百名親衛弟子全交給了他，沒想到現在這些人卻是非死即俘，連一個跑出來報信的也沒有。

裴文淵運氣真氣，朗聲喝道：「毛海峰，吳平，我們天狼將軍早已算到你們的來路，派我在這裡恭候多時了，你們這些倭寇，罪惡滔天，今天已經是天羅地網，不可能再讓你們逃掉了。浙江總兵戚將軍有令，放下兵器者，可免一死，若是冥頑不靈，頑抗到底，只有死路一條！」

裴文淵的話隨著內力和山風飄到每個倭寇的耳中，他們各個臉色發白，半天前被白花花的銀子所激，想要攻上南少林，殺光賊禿驢和天狼，搶到幾百萬兩銀子的美夢，早已經煙消雲散。

只是這些人都是雙手血腥累累，罪惡滔天的老倭寇，也多半是跟著毛海峰從汪直時代就橫行海上的悍匪了，目睹了汪直徐海的結局，倒也沒幻想著投降後還能保一命，所盤算的無非是如何能死得壯烈一些罷了。

毛海峰回頭一看，只見李滄行帶著的伏魔盟部隊也趕到了自己的身後，三千多人已經在身後展開，上百個小隊結成了戰鬥隊形，僧道尼俗皆有，個個對自己這邊怒目而視。

毛海峰嘆了口氣，對吳平說道：「老吳，今天看來咱們要折在這裡了。」

吳平咬牙切齒地說道：「還沒完，咱們有五千多人，還有的打，無非是殺一個夠本兒，殺兩個賺一個，跟他們拼了。」

毛海峰環視四周，大聲道：「大海的漢子們，你們是想棄刀投降，還是跟狗日的拼了？」

倭寇們紛紛高聲叫著要決一死戰，只是這聲音七零八落的，遠沒有今天剛出來時的那股氣勢。

毛海峰咬牙吼道：「打開鐵箱，每人拿一個銀元寶，殺一個夠本，殺兩個賺一個，老子擋住後面，其他的人全跟吳首領衝擊鐵山那裡的賊人，衝出一個算一個！」

還是真金白銀的刺激最有效果，倭寇們一聽有銀子分，馬上個個精神大振，毛海峰親自砸開了箱子，銀元寶滾得滿地都是，倭寇們個個爭先恐後地上前撿起一錠銀子，然後跑回自己的隊伍中。

也有幾個精明的，趁人不注意再偷撿一兩個，撿到的個個心中狂喜，只是最後沒來得及撿的那百十來個傢伙氣得大叫大罵，詛咒起多撿元寶的傢伙的祖宗十八代了。

就是倭寇們撿銀元寶的時候，李滄行站在陣前，冷冷地看著對方陣中的這一片混亂，天色已經漸漸地暗了下來，已近黃昏，**殘陽如血，照在這一片平地上，預示著過一會兒，這片土地將被血液所澆灌，被屍體所肥沃**。

智嗔問道：「李將軍，敵陣裡這時候你爭我搶，一片混亂，為何此時不攻擊呢？」

李滄行搖搖頭：「毛海峰不傻，大戰之前還想到用這種辦法來鼓舞士氣，只可惜他只得其形，不得其髓，雖說重賞之下必有勇夫，但那是兩軍對陣，勝負難料的時候，現在倭寇中，人人都知道敗局已定，這時候再分銀子，拿到錢的人自然不會作生死搏，只會想著如何保命，好能拿到這些銀子，所以反而省了我們的事，一會兒打起來的時候，要注意這些人趁亂逃跑，傳令各隊，每隊要鎖定一個敵軍的小隊，不用管其他人，只管自己盯著的小隊，可以分散追殺，務必不使一賊落網！」

智嗔和徐林宗等人迅速地把李滄行的命令傳了過去。

這時，倭寇陣中隨著毛海峰的一聲吶喊，潮水般的倭寇開始向正面的黑龍會弟子們發起了衝鋒，鐵炮手跑在最前面，他們的槍裡直接裝了槍子，氣勢洶洶地奔在了最前方，跑到山下大道上的黑龍會部隊前五十步處，便紛紛端起槍來。

站在山下的正是錢廣來和不憂和尚，錢廣來的胖臉跳了跳，一揮手，陣形後方奔出百餘名黑龍會弟子，二人一組，舉著一面一人多高的粗厚木盾牌，這些盾牌是從吳平的營地裡繳獲的，本是用來防止槍彈的發射，沒想到成了黑龍會眾對付倭寇鐵炮的最好工具。

一陣「劈哩啪啦」的鐵炮聲響起，這些木盾被打得木屑橫飛，四五個倒楣的傢伙站在木盾後，卻被貫穿的槍子打中，仆倒在地，被後面的同伴拖了下去，煙霧瀰漫間，對面的鐵炮手們開始七手八腳地再次裝起槍彈來。

兩百多名黃衣人從木盾後面縱跳而出，運起輕功，幾個起落就跳到了離鐵炮手們七八丈的地方，雙手連揮，以最快的速度把滿手的暗器打了出去，各種飛鏢，袖箭，迴紋針，飛刀，柳葉鏢，鐵菩提，鐵鍊子，暴雨梨花針，在空氣中呼嘯而過，清洗著最前排的兩百多名鐵炮手。

鐵炮們可沒有那些專享的護盾掩護了，被這一輪暗器雨打得哭爹叫娘，武林高手們可以瞬間扔出六七把飛刀，速度比鐵炮手的裝彈要快上許多，即使有十幾個鐵炮手們作為漏網之魚躲過了這一輪的洗禮，等他們剛剛舉槍的時候，第二輪的暗器又來了，釘得這幾個傢伙滿手滿身都是，慘叫著倒下，卻是只有四五聲稀疏的槍聲，便沉寂不見。

穿著黑衣的魔教徒們紛紛跳過鐵炮手的屍體，這些人也是暗器高手，兩百多人躍到了前方，戴著鹿皮手套的暗器如雨而出。

魔教馳名江湖的黑血神針更是劃破天空，瞬間，對面的黑龍會暗器高手們就倒下了三十多人，可比前面那撥鐵炮手造成的損失大了許多，看得後面押陣的吳平臉上也綻放起了一絲笑容。

黑龍會的黃衣暗器手們又扔出一波暗器，打倒了二十多個魔教徒眾，為首的一人發了聲喊：「風緊，扯呼！」這些黃衣人迅速地向後退去，地上趴著的傷者掙扎著起了身，被左右的同伴背負著或者挾持著，向後急退。

吳平大吼一聲：「追，別讓他們逃了！」

他手中的七齒海鯊刀一揮，兩千多魔教弟子們潮水般地向著前方湧去，甚至沒有人注意到那些鐵炮手的「屍體」中，有些沒有死卻在臉上抹了血的傢伙，這會兒正一邊裝死，一邊在摸身邊戰死同伴懷裡的銀元寶呢。

另一面，毛海峰的金剛巨杵橫在胸前，怒目圓睜，威風凜凜地一個人拖在最後，帶著五六百名弟子，緩緩地倒行向後退。

大難臨頭的時候，他還是做出了一個指揮官最正確的判斷：自己留下斷後，換取吳平全力攻擊前方打開一條通道，這才有一線希望，若是自己不主動做這事，今天肯定得全死在這裡了。

不過聽著後面的聲音，吳平的攻擊還算不錯，第一波進攻得手了，毛海峰的嘴邊泛起一絲笑意。

吳平指揮著手下，潮水般地向前方敗退了的黑龍會高手們湧去，他已經盤算好了，前面的黑龍會弟子只有一千多人，自己用這四千人強突，一鼓作氣把他們的陣形衝散，趕在山上的人過來幫忙之前，強行衝過這道防線，能衝出多少人就是多少，至於後面的毛海峰，那就讓他自求多福吧！

毛海峰一死，海上最大的勢力就成了自己，到時候收容舊部，說不定還可以徹底擺脫魔教自立呢。

吳平想到這裡，腳下的腳步也開始加快，不管怎麼說，只有自己逃出去，這一切才有可能。**成功還是成仁，就看這一波了！**

突然間，吳平只覺得腳下一沉，心中暗叫一聲不好，經歷無數場廝殺的他，太熟悉這種感覺了，**這是陷阱，大大的陷阱！**

吳平急忙使出輕功，身形一飛沖天，他身邊的幾個人都在飛快地下落，而他不失時機地用左腳在左邊一人的肩上狠狠一踩，借這力道，身子倒向後飛，砸在正向前衝的幾個人腦袋上。

他顧不得許多，左手一拍，一個傢伙慘叫著，腦袋被吳平的這一掌打得頸骨盡折，半個腦袋都縮進了胸腔裡，借著這一下，吳平的身子高高彈起，這下在空中，他算是看清楚了前面的情形。

前方的地面冒出一條長約三十丈，寬有兩丈的巨坑，坑裡橫七豎八地插著削尖了的木樁，落下去的魔教徒們，一個個被生生地刺穿了身體，前胸進，後背出，死相慘不忍睹。

有的木樁上足足串著四五個死人，最下面一層的傢伙已經被壓到坑底的泥土裡，只這一瞬間，就有四五百人葬生在這個死亡的深坑之中。

還有六七百人收不住腳，也掉進了這個深坑中，不過有些人運氣好，沒有被木樁刺到，還有些人更是踩在前面同伴的屍首上，沒被扎死，躲過一劫，坑中人擠人，沒死的傢伙呻吟著滾來滾去，能行動的人拼命地向上爬，活生生的一片修羅地獄，讓人不忍直視。

不憂和尚單手合掌於胸前：「阿彌陀佛，罪過，罪過，爾等罪惡滔天，貧僧慈悲為懷，就送爾等前往西方極樂世界吧。」

念完這段，他眼中的神芒一閃，一揮手，百餘名原寶相寺的弟子跳出盾牆，衝到陣形大亂的魔教弟子面前，隔著大坑，手中一堆金剛錘紛紛出手，扔出之後，迅速地向後縱躍，奔回本陣。

吳平這會兒剛剛落地，看得真切，顧不得喘氣，大叫道：「不好，金鋼錘，快趴下！」

當年滅寶相寺時，他也帶隊參與圍攻，吃了不少這種霸道暗器的苦頭，頗知應對之法。金剛錘的內部設計機巧，只有碰到硬物或者氣牆後才會爆炸，然後把裡面的碎片利刃以暴風驟雨的速度向四面八方打出，最適合對付大規模的人群，要想化解，一是低頭趴下，二是以柔勁把金鋼錘吸住，或者是以綿勁軟物將其包住，三是趁金剛錘在三丈之外的時候，以暗器相擊，同時飛速向後退，一旦離開碎片殺傷範圍，就不會有太大的事情了。

可是不憂和尚發暗器的時機實在是太好了，這會兒魔教眾們一半的人都陷在坑裡，或死或傷，後面在坑邊的人全都像沙丁魚般地擠在一起。

前面的人拼命地向後推，後面的人不知道前面發生了什麼事，還在使勁地向前擠，根本沒有任何閃轉騰挪的空間，一聽到吳平的大吼聲，不少人本能地準備向下趴，還沒來得及彎下腰，金剛錘就打中了前排的倒楣鬼們、

這些人連慘叫聲都沒來得及發出，震天的巨響就掩蓋了戰場上的一切，而碎刃激射，洞穿人體的那種「撲撲」聲，把所有人的慘叫聲，呻吟聲都淹得無影無蹤。

硝煙已經變得一片血色，除了火藥味外，就是刺鼻的血腥氣，令人欲嘔，一百多枚金剛錘的爆炸威力，比得上十門紅衣大將軍炮在人群中炸裂的效果，那四散飛射的鋼鏢碎片，更是把逃過爆炸這一劫的倖存者們無情地撕裂。

吳平的臉本來就很黑，這一下更是被煙薰得如同炭烤，他茫然地站在原地，只見眼前一片火光沖天，斷臂殘腿被炸得飛上了天，又重重地落下，一隻斷手抓著鋼刀，從空中垂直地下落，刀尖擦過吳平的鼻尖，就這樣倒插在他的腳上。

如果換了平時，吳平早就暴退幾丈躲開了，可是這會兒萬念俱灰的他，卻如同被抽走了靈魂似地，就這樣提刀站在原地，一動不動，眼看著自己多年的精銳就這麼被陷阱和金剛錘徹底摧毀，他連自殺的心都有了。

大坑裡也沒幾個人再慘叫和呻吟了，四處亂飛的鋼鏢斷刃，把還在大坑裡向上爬的活人射得一個個成了刺蝟，如此近的距離，如此強大的爆炸效果，別說是這些武功只在一二流之間的魔教弟子，就是換了李滄行這樣的高手，也無法抵擋。

也就是片刻的事情，吳平手下那兩千多魔教精銳，除了他之外，只剩下跑得慢拖在後面的一百多個人，嚇都嚇呆了。

毛海峰看著前方的慘狀，下巴都快要驚得掉到地上了，他的手在微微發抖，突然大吼一聲：「分散突圍，抄小路走，能跑多少是多少！」

他則是一轉頭，向西邊的一處密林裡奔去。

李滄行見毛海峰帶著幾十個親信奪路而逃，剩下的倭寇們全部陣腳大亂，慌不擇路地到處亂跑，轉身對著智嗔說道：

「就是這時候了，以小隊為單位，分散追殺，有勞大師盯住吳平，毛海峰交給我！」

話音未落，他的身形一動，直接衝著毛海峰逃跑的方向奔去，屈彩鳳和公孫豪緊緊地跟在他的身邊。

沐蘭湘看到屈彩鳳也跟在後面，小嘴不自覺地嘟了起來，跺腳對著身邊的辛培華說道：「師弟，你帶我這隊追殺逃敵，我去追毛海峰。」

辛培華笑了笑：「師姐去吧，這裡有我，你放心吧。」

不等辛培華的話說完，沐蘭湘的身影就如一道輕煙般飛了過去。

辛培華收起笑容，對身後的弟子們厲聲道：

「武當弟子聽令，隨我衝擊敵陣，追殺逃敵，衝啊！」

李滄行不緊不慢地跟在毛海峰的後面，現在跟著毛海峰逃命的，是他最忠誠的親兵護衛，武功也最高，逃命的速度遠比其他人要快了許多，但跟李滄行這幾位絕頂高手相比，還是差了許多，李滄行只用上了七成的功夫，便緊緊地跟在他們後面，一步也沒有落下。

屈彩鳳在李滄行的身邊並駕齊驅，一頭霜雪般的白髮迎風飄揚，她的嘴角勾了勾：「滄行，為什麼不追上去現在就殺呢，天色快黑了，萬一毛海峰鑽林入谷，就有逃掉的可能。」

李滄行氣定神閒地說道：「再等等，現在離他的大部隊還近，毛海峰若是拼死抵抗，也許還能組織起一些人來，增加我們的傷亡，再讓他跑個兩三里+路，那邊他的手下全部崩潰了，咱們再動手殺他不遲！」

公孫豪也在李滄行的另一邊跑著，笑道：「李兄弟，這回你可是讓老叫化子大開眼界了，想不到你行軍布陣，謀劃作戰這麼厲害，朝廷要是用你為將，別說平定倭寇了，就是遠入大漠，消滅蒙古，也不成問題啊。」

請續看《滄狼行》18 情字傷人

滄狼行 卷17 敵友難分

作者：指雲笑天道
發行人：陳曉林
出版所：風雲時代出版股份有限公司
地址：10576台北市民生東路五段178號7樓之3
電話：(02) 2756-0949
傳真：(02) 2765-3799
執行主編：朱墨菲
美術設計：許惠芳
行銷企劃：林安莉
業務總監：張瑋鳳

初版日期：2021年08月
版權授權：閱文集團
ISBN ：978-986-352-997-2
風雲書網：http://www.eastbooks.com.tw
官方部落格：http://eastbooks.pixnet.net/blog
Facebook：http://www.facebook.com/h7560949
E-mail：h7560949@ms15.hinet.net
劃撥帳號：12043291
戶名：風雲時代出版股份有限公司

風雲發行所：33373桃園市龜山區公西村2鄰復興街304巷96號
電話：(03) 318-1378
傳真：(03) 318-1378
法律顧問：永然法律事務所 李永然律師
北辰著作權事務所 蕭雄淋律師

行政院新聞局局版台業字第3595號 營利事業統一編號22759935

國家圖書館出版品預行編目資料

滄狼行 ／ 指雲笑天道 著. -- 初版 -- 臺北市：風雲時代，2021.01- 冊；公分

ISBN 978-986-352-997-2（第17冊；平裝）

857.7 109020729